A Picture of Guilt

谜案鉴赏

[美] 莉比・菲舍尔・赫尔曼 著

汪德均 刘建洲 马遇乐 译

天津出版传媒集团

天津人民出版社

献给迈尔和罗宾

目　录

代 序

您见过业余侦探吗？一个自己挣钱谋生的中年离异女人，带着个刚进入青春期的女儿，还有八旬老父的业余侦探？难道她真是业余爱好，自己去揽上一些大案要案来侦破，不顾自己与亲人的生命安危，以此作为自己的娱乐消遣？

本书是“业余女侦探”系列第二部，《谋杀鉴赏》是该系列第一部，无论是思想内容还是艺术特色都与《谋杀鉴赏》一脉相承，但对人物内心的刻画更加深入细致。第三部《凶案影像》、第四部《绝地反击》今年也将陆续与读者见面。

首先感谢作者不厌其烦地为译者答疑解难，感谢廖思丞博士指正书中的几处译法，廖博士在芝加哥学习、工作了十几个年头，对美国社会与芝加哥生活的方方面面都非常熟悉。他们的帮助对于准确地再现书中的生活细节提供了保证。

现在出版界习惯于把侦破案件的小说都归类为“悬疑推理”，所以本书的分类也是“悬疑推理”。于是很多人因为在青少年时期（那时大脑还是一张白纸）读了福尔摩斯、波洛系列，或是东野圭吾作品，先入为主，便以为天下的推理小说都是那个套路，或者只能是那个样子，自己要写这类小说，也只能模仿那个套路（该套路的特征，请见《谋杀鉴赏》后记）。

但本书故事的架构与情节展开的方式与大家熟知的福尔摩斯与波洛系列大不相同，走出了全新的路子。本书对于主人公内心世界的刻画、对于美国社会种种现象的揭示与剖析，更是发人深思。

从反映社会生活的广度与深度来看，本系列的这两部都超过了福尔摩斯与波洛系列（没读过东野圭吾，不好说）。至于好不好看，各人口味不同，并且见仁见智；福尔摩斯、波洛系列固然精彩，总不能这类小说都是那个套路、那种味道吧？这个园地里，是否也应该百花齐放、万紫千红呢？

不要单纯拿推理说事！真实生活中的侦破案件，其实推理只占极少的成分，没有必要的条件（线索、证据），推理无从谈起，条件不够，那就一定不是必然的结果（但也可能是正确的）！所以，寻找线索、寻找证据必然是主要的！要说推理，数学教科书与逻辑学教科书才是最好的！

创新，是艺术的生命，更是一个民族不断兴旺发达的标志。

所以，凡是不符合你预想之处，正是你思维进步的起点；凡是你觉得不熟悉的说法，正是你学习新东西的好机会；凡是你觉得奇怪之处、不解之处，往往是本书的悬念或伏笔！不要过早下结论，读完了才会恍然大悟，当然有些地方还必须思考。作者既然是悬念大师，那当然每一章都有不少悬念，而且往往一波三折、波澜不断，悬念包裹着悬念。仅举两例：阿卜杜勒的餐桌表现（第 1 章）、对戴尔·里迪指甲的一句描述（第 26 章），表达的内容就极其丰富，前者读完就会恍然大悟，后者就得多想想，还得联系主人公对自己类似习惯的几处描述才能明白。

正因为如此，旅欧作家尹强儒说：

> 《谜案鉴赏》堪称完美的悬疑小说，作者以女人特有的绵密细腻构织了引人入胜、步步心惊的故事，小人物的命运如何攸关宏大的世纪事件。译文优雅富于音乐美感，翻开书页犹如打开魔盒，无形的力量牵引你阅读，欲罢不能。小说继承了美国文学的特点，注重情节的跌宕与细节

的生动，人物刻画足见功力，值得一读。

衷心感谢尹先生的精彩评论！

最后，介绍一下本书的另外两位译者，一位是北外才女，颇有灵气；另一位可以称之为中年译神，曾三次获得全国性的翻译大奖，且学风严谨，另外还有省级的翻译奖；所以，如果读者诸君喜欢本书，功劳归于他们两位；其中的缺点错误，由我一人承担，因为我不仅参与翻译初稿，最后也由我就通稿修改多遍、统稿定稿。

限于精力与水平，错漏在所难免，恭请方家与读者诸君不吝赐教。

谢谢各位。

汪德均

2016 年 3 月 12 日

害人一命，罪如毁灭人间；

救人一命，功如拯救天下。

——《塔木德经·密西拿·法议会》

第一章

筏子直往下冲，撞进一道水墙，继而成 90 度直角飞上浪峰，将我抛起再扔进河里。激流拽着我打旋，把我扔过来抛过去，转眼又把我埋在水下。我竭尽全力想要直起身子，好把头伸出水面，却辨不清哪一边才是上方。此刻我肺如火烧，视线模糊——突然又被推出水面，才得以大口喘气。

抬起脚，腿伸直——导游这样叮嘱过。我努力想把腿伸展开，却又来了一股激流把我扭到了水下，我犹如脆弱的布娃娃一样翻倒下去。然后，似乎是在用脱险的希望捉弄我，河水又将我推了上来。只见前面两块巨石飞速奔来，越来越近，越来越大！我大口吸气，双眼紧闭，断定临终前的最后感觉，一定是撞个粉身碎骨的瞬间剧痛！

不料睁开双眼，巨石已在身后——原来是一股激流旋转而过，浪花飞溅，推着我恰好穿过了巨石之间的狭窄通道！透过激流的咆哮，一声尖叫传来——我扭头一望：蕾切尔！只见 20 码[①]开外，我那 13 岁女儿的黄头盔在漩涡中忽隐忽现。

顿时胃部一阵痉挛！我猛地一冲，双臂拼命扑打，想要游过去救她，但激流把我往相反的方向冲去，我快要沉入水下时，看见导游向她扔了一根救生索，但救生索并没够到她，我再次浮出水面，蕾切尔已不见踪影！

---

① 1 码=0.9144 米。

河水把我继续往下冲了400米——突然之间，似乎是炫耀其绝对权威，它平缓下来，顿时寂静降临。漩涡带着气泡掠过水面，细浪微波，涟漪轻泛，日头正毒，脸上火辣。

但这些都无所谓——蕾切尔不在了，我只想大哭，只想大叫！然而欲哭无泪！欲叫无声！我只得作罢——到底还是河水赢了！

“早就听说过那条河很厉害，我本该注意的。”我说着，喝干了第三杯葡萄酒。

“前几天下了暴雨，上涨了 2 英尺呢。”蕾切尔补充道，一边用吸管搅动着可乐。

“不过你还是脱险了。”和我们共进晚餐的阿卜杜勒对蕾切尔说。

一头金色的卷发围着蕾切尔的脸——犹如一幅柔软的金色云霞作边框的人物画。蕾切尔点点头，金发也随着跳来荡去。“另一只筏子救了我。”

蕾切尔继承了她父亲的皮肤与头发的颜色，眼睛却有几分像我，个性也像我一样争强好胜。我伸手把一绺浓密的黑发推向脑后，心里却想着差一点儿就见不着那头金色的卷发了。

“导游说了，其实你们有救生用具和头盔，并不是真的有危险。”大卫说道。

我瞪了他一眼：“他还能不那么说吗！”

当时我们坐在绿蔷薇[①]的主餐厅里喝鸡尾酒。这里位于西弗吉尼亚州的偏远森林，是全世界少有的高档度假胜地之一。优美高雅

① 绿蔷薇度假村，位于美国西弗吉尼亚州绿蔷薇县的白温泉镇，是福布斯四星级酒店，AAA级五钻奖的豪华度假胜地，吸引着全世界的达官贵人。

的圆柱、布满雕塑的花园、古色古香的建筑——一切都充满着南部上流社会的气息。

正因为如此，大卫邀请我们在这儿共度劳动节[1]的周末时，我就觉得太棒了。这将是夏日的华丽收场，也将是秋季的优雅开端。这也是我们仨一起度假的良机，因为我和蕾切尔住在芝加哥，大卫却在费城；也可趁机努力磨合出一种融洽的家庭气氛，以巩固我们的关系。我甚至开始盼望这趟旅行，想象着自己身穿薄纱连衣裙坐在游廊里啜饮着冰镇薄荷酒的情景。我当然没有适合那种场合的薄纱连衣裙，但我的闺蜜苏珊答应把她的借我，无论什么场合的服装她都有。

“还要一杯吗？”阿卜杜勒问道。

“还想。”

“艾利，”大卫插话道，“还没喝够呀？”

“还没呢。”

阿卜杜勒·阿尔·哈马拉尼来得正是时候，恰像童话故事里从魔法瓶中放出的魔鬼。身经磨难后，我和蕾切尔跌跌撞撞地走进漂流公司那间小小的办公室里，正遇上他在那儿买胶卷。

“我们真不该离开绿蔷薇。”我喃喃自语道，同时瘫倒在椅子里。

他转过头来。只见他身穿裤线笔直的卡其裤，精心熨烫过的衬衣和旅行背心，就像是从 J.彼得曼公司[2]产品目录里走出来的人物。“你们住绿蔷薇？”

---

① 美国劳动节是 9 月的第一个星期一。

② J.彼得曼公司，1987 年由美国人约翰·彼得曼创建，主要通过产品目录和互联网零售服装和时装配饰等。

我点点头。

“我也住那儿。”

这人圆脸，油光水滑的黑发中分，向后梳成大背头，还有一双活泼的大眼睛。他把胶卷放进衣袋，做了自我介绍。大卫和导游结账以后走了过来，阿卜杜勒热情相邀，请我们坐他那辆租来的奔驰一起返回酒店。大卫想婉拒，我却接受了阿卜杜勒的好意；因为刚刚经历了那一段生死漂流，不太想坐来时的那辆颠来簸去的面包车了。

车上继续交谈，才知他是沙特的石化巨头，也是沙特王室的远亲，这次是来参加一年一度的能源会议，提前几天到的。这是国际性的全球能源政策论坛之一，绿蔷薇正是以举办该会闻名于世。

“我喜欢拍照。”他指着自己肩上的帆布包说道。“即使是你们觉得最难受的夏日，我也觉得舒适惬意——与我所熟悉的夏日相比。”

晚饭期间，我们继续交谈，增进了解。

“对不起，艾利。”他带点轻微的英国腔。“既然你这么怕水，那为什么还要去漂流冒险呢？”他换了一套伦敦裁缝街[①]定制的高级男装来就餐。阿卜杜勒腹肌柔软，显然是世界上一些顶级餐馆的常客。

“是大卫建议的。”

说实话，我一直盼望能坐在山清水秀的河边享受悠闲，静看骄阳似火，鼻迎丹桂飘香。有人告诫我说，想欣赏那些娇艳的粉色和白色的花儿，为时已晚。不过也许可以看到一些白色的杜鹃花——那是桂花的近亲，此时花期正盛。杜鹃花是西弗吉尼亚的州花，路

---

① 又译作萨维尔街，是伦敦售卖高档定制男装店铺聚集的一条街道。

旁，溪谷，山冈——漫山遍野无处不在，就连我们盘子里的黄油块，也被雕塑成了杜鹃花。

“除了我们，还有四个十几岁的孩子，我们都是头一回。”服务员又放了一杯葡萄酒在我面前。“开始一切顺利，第一段急流只有两英尺深，没什么可怕的。不过，到了金尼斯就大不同了，金尼斯是那个河段水流最湍急最凶险的一段。”

我看看阿卜杜勒，再看看大卫，知道自己是在把这段经历变成故事重新加工和修改了，好像这样就能钝化我心中的余悸。不过，嘿，我本来就是制片人，就是靠用镜头讲述故事维生的。

“金尼斯平常水深4英尺，但因为前几天下雨，就差不多5英尺了。很显然，我们一到那儿，孩子们就吓得惊慌失措，连划桨都忘记了，真是大错特错！”我转了转眼珠，想起当时的场景，一时觉得天旋地转，只好紧紧抓住椅子的扶手。

“可不是！”蕾切尔说道。“导游一再说要不停地划桨，一直划过急流险滩。”

“要是停下不划，筏子就会失控，失去平衡，就把命运交给了河水。”我抿了一口葡萄酒。“我们当时就是这样的。”

阿卜杜勒轻轻拍了拍上唇的小胡子和精心修剪过的山羊胡子。他腕上的金手环在烛光里闪烁。“但你们还是平安地漂完了剩下的河段？”

大卫清了清嗓子。

我看向一边。“实际上，我跟他们说，要么派架直升机来接我，要么我就走回去。结果当时没有直升机——”

“你也不敢坐飞机……”蕾切尔插话道。

我瞪了她一眼：“你跟我一起走回去的！”

“我是不想丢下你独自一人。”她搅动一下杯里的可乐，嘴角因为无声的窃笑而扭动。

我靠向椅背，房间绝对开始旋转了。我双肘撑在桌上。“一个导游带我们回来，途中爬了一座 50 英尺高的悬崖，然后步行 5 英里，穿过树林。那才是这段旅程中最佳之处。”

“有没有路过废弃的铁道和煤矿啊？”阿卜杜勒问道。

我扬起一只眉毛：“你怎么知道？”

他用拇指摆弄着小胡子：“我亲自去查看过。”

“对，你说过。”我看向大卫，只见他微微摇头。

阿卜杜勒从一包高卢[①]烟里抽出一支，随即划燃一根火柴。挥灭火柴以后，东看西看想找烟灰缸，就是看不见，便随手把燃剩的火柴棍丢到了桌布上。站在一旁的服务员立即拿来一个烟灰缸并把火柴棍捡走，提都没提一下这是非吸烟区。

阿卜杜勒似乎也没注意到这点，开始与大卫讨论起俄罗斯的石油市场。大卫是费城一家银行的外汇交易部主管，一直关注全球金融问题。刚开始他们之间还有点儿摩擦，很快似乎就比较融洽了。

我凝视着阿卜杜勒扔火柴的地方——白色的锦缎桌布上一个微小的灰迹。我在想，假如你也与沙特王室沾亲带故，恐怕也有资格这么做。片刻之后，我才确信那个灰点并没有真的跳来跳去。我开始集中注意力听这两个男人说些什么，却只听到些只言片语、轻柔的音乐，还有银餐具碰撞瓷器的叮当声。

环顾四周，只见躲在金边镜框眼镜后面的一男一女正回望着我，男的戴着扑了粉的假发；女的穿着低胸长袍。这些一本正经的南方名流有没有察觉到我日益烦躁不安，漂流前吃了三天的美味佳肴，听了三天的温软口音，闻了三天的苏格兰喷雾，还没等下河，

① 高卢牌香烟，法国品牌，历史悠久。

我就开始招架不住了！

袅袅轻烟从阿卜杜勒的烟头上升起，在他的头顶上方变成了薄雾。我拿起一片面包，涂上黄油，却想着这么一朵黄色的小花，我居然要用餐刀去杀戮，好残忍！究竟是谁做了那些黄油花？难道是那些埃尔夫①？

“这么说。”我满嘴塞着面包打断他，“你是来参加能源会议的？”

阿卜杜勒朝我看过来：“完全正确。”

“是吗？那么你的看法呢？政府明年给你的好处，你是否心里已经有数？”

我笨拙地咽下嘴里的东西。

大卫眼中闪过一丝恼怒，蕾切尔把头偏向一边。

“别那样看着我，大卫。石油行业与政府沆瀣一气，路人皆知。而且——”我摊开双手。“还有比这更吸引人的地方吗？我的意思是，我们这儿的确是最奢侈豪华之地，可这是在全国最贫穷的州里。为什么如此贫穷，你会问？正因为这里如此丰富的煤矿资源被某些利益集团偷走，我们的政府却不闻不问。”

“够了，艾利！”

“这正是那些煤矿废弃的原因，你懂的。”我摇了摇手指。“权贵资本家只会剥削、蹂躏这片土地，掠夺完毕就溜之大吉，根本不考虑会留下什么后果。现在，他们又来糟蹋森林资源——”我点点头，但愿自己的言谈举止没什么不妥。“采伐原木。”

阿卜杜勒上唇的小胡子和下唇的山羊胡子似乎模模糊糊连在了

---

① 埃尔夫（Elf 复数 Elvis），德国神话与民间传说中的超自然物种，小精灵，挺淘气，爱搞恶作剧。

一起。

“所以你看，你们的会议选在绿蔷薇举办，真是再合适不过了。”我接着说道。“嘿，我有个主意。咱们干吗不做个广告片？《绿蔷薇——政府受贿乐园》。”我看看阿卜杜勒，再看看大卫。“有那么点意味，你们不这么觉得吗？”

阿卜杜勒深深地吸了一口，烟头一亮，橘黄色的光斑闪烁。大卫避开我的眼睛。

“你的信念狂热而坚定，艾利。”阿卜杜勒说。“但你高看我了，对于贵国的政治，我只是旁观者，而非参与者。”他拿起菜单，“我们该点餐了吧。”

饭后，蕾切尔走向保龄球馆，来度假村的孩子都爱在那儿闲逛。大卫和我走回我们的套房：两个宽敞的卧室，一个装饰豪华的客厅，客厅外是一个弧形的阳台。

大卫松开领带，走进了他的卧室，我四肢伸开躺在客厅的沙发上。他返回客厅，脱了夹克，坐在了沙发的另一头。我没有向他靠拢，自己虽说醉眼蒙眬，也很感到惊讶。平常，我总是迫不及待地想和他单独相处。他睁大深蓝色的眼睛凝视着我，眼里满含期待。柔和的灯光在他浓密的白发上跳荡；凸起的肌肉透过短袖衫显现出来。尽管已经五十好几了，他与 X 一代[①]的任何人相比都毫不逊色。然而此刻，只有沉默、沉默……

终于，他问道：“怎么总是那样？”

“什么样？”心跳一拍以后，我说，“喝酒无节制？”

他摇摇头。“为什么总是非要让人家知道你不属于这个

---

① X 一代指出生于 20 世纪 60 年代中期至 70 年代末的一代人，而大卫出生于 1945—1946 年之间。

圈子？”

“我本来就不属于。”

“阿卜杜勒才应该不属于。”

“的确如此，而且我这口袋里也刚巧装着20口油井呢。”我抽了一下鼻子。“我的天，大卫，看看这个地方！单单是这堆垃圾，就足够西弗吉尼亚的一个小村庄全村人食用了。还有，阿卜杜勒竟然把点烟的火柴棍扔在餐桌上，好像我们是坐在路边大排档一样。我知道有些人就是习惯于被人伺候，可我不是那种人。”我无精打采地说。“当然啦，就算我今天差点儿淹死，也不会有多大改变。”

大卫深深地吸了一口气。“艾利，我原本希望我们能一起享受这相聚的时光，我最不愿做的，就是让你和蕾切尔受到惊吓。”

要他承认那天下午我们确实与死神擦肩而过，他很可能顶多也只能那么说了。“但就归属感而言……”他叹了口气，“很多人一辈子都没意识到自己属于哪个阶层，你就只把这儿当成一段人生经历不行吗？”

或许我依然过于激动，或许酒意未消。可他的腔调让我恼恨不已。“对不起，我忘了是在和谁打交道——那个为了找到归属感而不顾一切的人，那个需要人人都接纳他的人！”

他跪在我面前。“不是人人。”他轻声说道，“只是你。”

我心里一动，胸中从未觉察到的沉重感开始融化。

“真的很抱歉，刚才是大脑掉线了。”

“没事儿。”他笑了，随即揽我入怀。

第二章

德雷柏咖啡店装饰着许多明艳的粉色和绿色植物。坐在里面，觉得自己就像被囚禁在一朵巨型月桂的花瓣里。

“艾利？”

阿卜杜勒走向我的餐桌，手里端着一个盘子，盘子里盛着法式吐司、腊肠和粗玉米粉。

我合上报纸。“早上好！”

“大卫呢？”

“还在淋浴，刚锻炼回来。”

他那一大堆食物差不多遮住了盘子边缘的月桂图案。放下盘子时，他笑了一下，感慨道：“我应该向他学习，可我又不像他那样善于自律。”

我也笑了，想起了自己头天晚上的放肆。他好像看出了我的心思，笑得嘴都张大了。

我的笑容随即消退。我困窘无比，感觉像是无缘无故被公交车撞了，头痛得要命，痛感犹如面积大得像整个蒙大拿①。“阿卜杜勒，我想为昨晚的行为向你道歉。”

他坐了下来。“别放在心上，没什么。”

“出那么大的丑！”

“你当时让人感觉神清气爽。”

---

① 即蒙大拿州，位于美国西北部，论面积为美国第四大州。

“你倒真是翩翩君子。”

他拉出一把椅子，坐了下来，打开一条粉红色亚麻布餐巾，放在了大腿上，然后伸手拿过糖浆，既蘸法式吐司，又蘸腊肠，玉米粥也放了大量的枫叶糖浆。相比之下，我的什锦水果简直就是斯巴达人的饮食[1]。他叉起腊肠，只咬了两口就吞了下去。假如他是穆斯林的话，一定算不上虔诚。

“大卫说，你是芝加哥人？”

“生于斯长于斯。”我做好准备，时刻回击芝加哥是“风城”或“我的小城[2]”或其他无聊的说法，那是外地人提到芝加哥一定要说的套话。好像我们芝加哥人整天都在哼唱辛纳屈[3]那首歌、为生活在一个充满活力的地方而亢奋不已。

然而，阿卜杜勒却只是说，“真令人不敢小觑呀，你的……那位……”

“大卫？”

“不错，对于外汇交易与市场波动之间的关系，他的眼光十分敏锐。”

不管我多么努力，就是对外汇交易提不起兴趣。

我承认，自己还真的不懂这一行，也一直想知道自己究竟应该懂些什么。照大卫的解释，那不过就是银行提供给客户的一项服

---

① 指清淡、简朴、节制的饮食。

② 《我的小城》，又名《我的小城芝加哥》，20 世纪 60 年代曾由弗兰克·辛纳屈演唱的流行歌曲，来源于同名电视连续剧。辛纳屈（1915—1998）是与猫王、披头士齐名的白人爵士歌王。

③ 弗兰克·辛纳屈（1915—1998），美国歌手，演员，奥斯卡奖获得者，美国 20 世纪最优秀的流行歌手之一。

务，银行不想亏损，但也不想暴利。外汇交易界偶尔会出点丑闻，不过那些查出来后都是判断失误，而不是欺诈行为。除此之外外汇交易也没什么特别的诱人之处。对此我深感欣慰。我的前夫老是想投机赚大钱，结果血本无归倒欠巨额债务；我至今还背着他造成的债务，就是铁证。

不过阿卜杜勒显然是个富人，而且是沙特王室成员，我尽量表现得有教养。“我不太懂外汇交易，但我猜你需要美元——呃，为什么需要美元呢？”

一位身穿绿色和粉红色服装的女服务员给我们续上咖啡。等服务员离开以后，他说：

“你真是一个好奇心很重的女人。”

我耸耸肩。

他仔细地打量着我，似乎要把我外貌的每一个细节都牢牢记住。这使我紧张不安，因为我只习惯于观察别人。

“没那么复杂。”他放下叉子。“是因为石油用美元计价，我的大部分业务也都用美元结算，然后我再用美元收益去兑换做其他投资需要的货币。”

“投资什么项目呢？”

他迟疑了一下。“我一直都在寻找新的理念与技术，把它们带给我的国人。比方说，我曾经投资一家基因工程公司，这家公司培育抗击旱灾的种子。我也投资过互联网搜索引擎公司，好让孩子们检索信息更加方便。”

“真的？”

“或许我会和你的大卫·林登合作，我就有更多的东西可谈了。”

他笑了起来，拢起一团玉米粉。“生意谈够了吧，今天早上你显得更——该怎么说呢——气定神闲了。”

“说得好！”我也笑了。“乘筏子漂流……唉，我再也不想了。”

他又笑了，然后接着用餐；吃完后，拿出一份报纸。“你不会介意吧？”他示意要开始读报了。我也拿起早先买的《芝加哥论坛报》。于是我们静坐读报，气氛融洽。西弗吉尼亚的山区能看到芝加哥的报纸，这让我颇感意外。转念一想，这儿是绿蔷薇，后面很可能有他们自己的印刷厂。

浏览到第九页，一则新闻抓住了我的眼球。市区的刑事法庭将要审判一件谋杀案。被告名叫姜尼·桑托罗，被控殴打并在市区东南部的卡柳梅特公园枪杀了自己的女友，他声称自己无罪。可是根据这篇报道，他的罪证极其充分。夏天的最后几周，具有新闻价值的重大消息通常很少，让人难有作为，因为没有更值得关注的事件，媒体便铺天盖地般报道此案，当地电视台也承诺绝不会放过这场辛普森杀妻案[1]一样的大戏，会曝光一切操纵司法的行为。以前我很少关注此案，想着不管当地电视台要我去看什么，我都应该一概拒绝。

不过，今天的报纸上刊登了一幅模糊的桑托罗的照片。文章说他 26 岁，但看上去不止。他双眼半睁半闭，头发剪得很短，贴着头皮；他没有对着镜头，但可以看见眉毛浓密粗长，靠近鼻根——一副猿猴相。

我盯着这张照片，突然感觉身上沁出冷汗，我伸手去拿水杯。

“怎么啦，艾利？”阿卜杜勒问道。

---

① 美国前橄榄球明星辛普森轰动一时的杀妻案。由于警方证据失误，辛普森明显有罪而被判无罪仅负民事赔偿责任。

我喝了一大口水，举起报纸。“这个杀人嫌犯，他……看着面熟，我好像认识他。”

他双眉扬起。

“早上好，弟兄们!”

强壮的双手捏住我的双肩。

我仰头一看。

大卫俯下身子，亲吻我的脸颊。

“是他那张脸。”我对阿卜杜勒说道，“我以前见过。”

大卫拉出一张椅子。“什么好消息我没听到呀？”

我把报纸递给他。“看看这个。”

“看什么？”

“照片上的人，被控谋杀罪。”

大卫细读那篇文章。

“我觉得我认识他。”我说道，“可又不知是怎么认识的。”

我感觉阿卜杜勒打量着我。

“这家伙殴打女朋友还枪杀了她。”大卫递回报纸，“你可真是认识了一个好人呀。”

第三章

蕾切尔说得对，我的确有恐飞症，甚至在“911”之前就有，一直如此。这次回家，我硬撑着，尽量显得若无其事，但飞机途中因为贴近雷暴而反复颠簸，并且从另一场雷暴中穿过，在奥黑尔[①]着陆时，我就像一堆颤抖的果冻。不过，我这样子比起飞离芝加哥那次的情况要好很多。

走进前门时，我绊倒在了蕾切尔的提包上——她已经在打电话了，播放的最新专辑音量开到了最大。我把大包小包拽进了屋子，这一次我可不在乎什么地毯上的污迹、墙上的裂纹，以及所有的缺陷和不完美之处了。这是一处位于芝加哥北岸的普通三居室住房，离婚以后我想方设法保住了它，看来我得在此终老一生了。搬家？那花费太大了。今晚终于平安到家，真是谢天谢地。

我把脏衣服堆放在了地下室，然后上楼到了工作间。这里以前是客房，巴里搬出去以后，就把它做了工作间。电脑、扫描仪和打印机就占了大部分空间，但我去年买了一把符合人体工程学的椅子，下载邮件时就可以惬意地转来转去。若有新信息，总是伴随着点击声、铃声或蓝色光条，好惬意！网络空间的这个小小角落，一切都那么温馨舒适。但过去并非一直如此。

清除垃圾邮件以后，剩下的只有几封，而且都非急件，于是我

① 奥黑尔国际机场，位于芝加哥西北部，是美国面积最大、客运最繁忙的机场；芝加哥还有两个重要机场：中央国际机场与中途国际机场。

就去打开行李包。翻查那个身兼公文包与小件行李箱二职的帆布包时，发现了昨天那份《芝加哥论坛报》，正好在登载姜尼·桑托罗照片的那一页折叠着。我再次细看这张照片，依然是那种相同的熟悉感。

找到一个新闻数据库，键入桑托罗的名字，几秒钟以后，就跳出来十几篇文章。我开始浏览这些文章。桑托罗被控谋杀了玛丽·乔·博赛尼克，一个二十多岁的年轻女子。夜校放学以后，玛丽·乔就去湖滨客栈与桑托罗相会。湖滨客栈是芝加哥东南边的一家酒吧，但桑托罗迟到两个小时。一阵激烈争吵之后，两人怒气冲冲地离开了那里。

第二天早上，人们发现了玛丽·乔的尸体，离桑托罗的雪佛兰轿车只有几英尺远，轿车位于卡柳梅特公园的船舶下水处。她生前惨遭暴打，头部中了两枪。显然她曾竭力反抗，指甲缝里残留着桑托罗皮肤的碎屑。第三天，桑托罗就在码头被捕，他是那儿的装卸工。

我向后靠在椅背上。芝加哥已经没什么码头生活了——至少比不上纽瓦克、休斯敦或新奥尔良。20 世纪 50、60 年代还有无数的船只往返于五大湖区，但从那以后航运就日渐萎缩。一个原因是铁路和公路运输的竞争，另一个原因是出现了更大、更有效率的货轮，气候也是一个原因。尽管他们确实对一个终年作业的码头进行疏浚，但连接芝加哥与大西洋的圣劳伦斯河航道[①]每年的通航期也只有九个月。

剩下那丁点儿船运量主要是钢材及钢铁产品，集中于卡柳梅特

---

① 北美五大湖人工航道系统的总称，从大西洋直达苏必利尔湖西岸，全程 3800 公里，美加两国联合建成，冬季有冰冻。

港，离卡柳梅特公园不远。难得有轮船停靠的时候，装卸工在水滨仓库前排成长队开始一天的劳动，他们这种日子已经延续了40年。大多数码头工人都早已过了身强力壮的年纪，只是单靠一点微薄的养老金吃不饱，才被迫出来找活干，找到什么就干什么。不过也有一些年轻人在那里寻活儿干，警方就是在那儿找到桑托罗的。他当时站在早晨的寒气里跺着脚，期盼着能找到什么活儿干上几个小时。

窗外是小小的房前庭院，我看着院中那颗皂荚树。微风阵阵，月华如水，树叶轻舞，银光闪烁。远处传来一只大雁的哀鸣，但又不知来自何处。

桑托罗可能是一个码头混混，但这并不能解释我为何会认识他。我关了电脑，进了卧室。

蕾切尔已经睡了，但我依然极其兴奋。我打开电视，刚好播放着英格玛·伯格曼的《野草莓》[①]结尾部分。从表面上看，这是一个教授遭遇生活空虚的电影，实际上，是拍得最好的意识流影片之一：木板封住窗户、时钟没有指针、棺材滑出灵车、死尸伸出一只令人毛骨悚然的手。

好吧，伯格曼的作品可说不上温馨，但你还能指望一个瑞典人怎么样？他的作品现在看来甚至有些程式化，但那是因为全世界的电影人都模仿他的模式，模仿他运用光与影的手法，模仿他镜头移动的细微区别，模仿他赋予人物鲜明个性的那些简单而恰到好处的动作。我为了谋生拍的那些片子，只能算是技术上的熟练工，也可

---

① 英格玛·伯格曼，（1918—2007）瑞典影视戏剧演员、导演；又译作英格玛·褒曼。其1957年作品《野草莓》又名《杨梅树下话当年》是意识流电影的代表作，获1960年奥斯卡奖。

能拍出一些精彩或流畅的镜头，但没有倾注我的感情，更谈不上形式与功能的和谐统一，而伯格曼的弃置镜头也是艺术作品。

尽管影片很精彩，我的眼皮还是开始打架。好几次强令它们睁开，结果实在撑不住，只好关掉电视，钻进了被窝——突然坐直了身子，尽管一片漆黑！水滨，夜间，弃置镜头。我突然记起是在何处撞见过姜尼·桑托罗的了。

第四章

每年秋天总有一个月左右，到处菊花盛开，香满芝城，似乎花神早已下令：“汝须尊奉菊花，须得处处种植。”

麦克的影视公司也不例外：门口两边是巨大的花盆，花盆里长着红红黄黄的各样菊花，尖尖长长的花瓣令人忍不住笑逐颜开——这就是我进门时的情景。

麦克阿瑟·肯德尔三世和我开始合作的时候，只有一间小小的摄影工作室，被摄影机和编辑器材塞得满满当当的。十年以后，他的工作室已经拥有两个非线性编辑[①]室，一个有声电影摄影棚，还有一个全银河系最优秀的编辑。

有些人好像天生就是干某个行当的那块料——迈克尔·乔丹、玛莎·葛兰姆[②]、汉克·切诺维斯基就是这类人。汉克瘦瘦的身躯，柔软而长长的手指，鼹鼠一样的眼睛在阳光下闪烁，注定了他要么是一个钢琴演奏家要么是一个音像编辑家，他选择做了编辑，不过，看着那些灵巧的手指在操纵台上飞来滑去，你别说，还真像是观看一位艺术大师的表演呢。

我与汉克好几天都忙到了深夜，他总是像有魔法一般，让我们

① 非线性编辑是相对于线性编辑而言的，非线性编辑直接从计算机的硬盘中以帧或文件的方式迅速、准确地存取素材，进行编辑。它是以计算机为平台，可以实现多种传统电视制作设备的功能。

② 玛莎·葛兰姆（1894—1991），美国舞蹈家、编舞家。

的片子不同凡响。这倒多亏了爱才惜才的麦克，他总能使汉克心情舒畅，其实对于汉克来说幸福基本上就是一种永恒的状态，我从没见他发过脾气。

记得有一次，我问他最大的幸福是什么。

“你先说。”

“好吧。”我紧闭双眼，“四季酒店①的一张床上，一盒暖暖的卡卡圈②等着我。”

他头一歪：“四季酒店？”

我睁开一只眼：“你在那儿住过没有？”

“呃，没有。”

“首先，那些床很大，而且既柔软又硬挺，不管是坐着还是躺着，都舒服极了！还有——呃——你知道吗，他们不仅提供住宿，而且一年要卖出去两百多张床呢。”

“你怎么会知道四季酒店的情况……”

“嗯……呃……”

“好吧，”他打断了我的话，“好啦，什么口味呢？”

“什么什么口味？”

“卡卡圈呀！”

“哦。”我想了一下，“那无所谓。”

我们相互点头以示会意。

“该你说啦。”

他俯身于键盘，完成一段编辑。“最幸福的时刻，嗯？”他十

---

① 国际性奢华连锁酒店，总部位于加拿大。

② 即“Krispy Kremes”，美国大型甜甜圈连锁品牌，超过 70 年历史。

指交叉，向后拗着指头。“这个好说，就是和克莱普顿[1]同台演出呀。”

“地点呢？”

“谢伊体育馆[2]。”

“乐器？”

“当然是贝斯呀！”

“不弹钢琴？”

“那可是我的撒手锏！”

“怎么讲？”

“要到卡内基音乐厅[3]与贝西伯爵[4]同台竞技。”

这下你该明白，我说的命运是什么意思了吧。

今天上午，编辑室里却涌出了乱糟糟的声音，好像被一群愤怒的鸽子占领了一样。我避开了编辑室的门口，走向麦克的办公室。

“喂！”

麦克穿着圆领毛衣和卡其裤，看上去就像一个大龄预科生。不过，绝对不能小看他。他可是一位优秀的导演，并且精于识人。他从一堆文稿上收起目光，然后抬起头来。“什么风把你吹来的？又有了新客户？”

我摇了摇头。“没那么快。”以我的经验，企业宣传片制作产业

---

① 埃里克·克莱普顿（1945— ），英国音乐人、歌手及作曲家。

② 又译作谢伊体育场，位于纽约皇后区。

③ 纽约的第一个大型音乐厅，由美国钢铁大王兼慈善家安德鲁·卡内基（1835—1919）于1891年建立。

④ 贝西伯爵（1904—1984），美国著名钢琴家，大乐队领班，爵士乐代表人物之一。

是宏观经济的风向标，如果我的生意面临停滞，美国经济停滞的日子也就不远了。

“我想要看看咱们给水区[①]的片子拍的那些素材。”

“怎么想起这个了？”

“需要查看一下。”

他满脸放光。“他们想重新编辑？”

“看来你也没揽到客户。”

他起身，“很多年都没这么不景气了。”

我随他穿过厅堂，来到一道紧闭的门前。他在墙上的一个控制板上输入 4 位数字。门开了，房间里没有窗户，只有灰色的墙壁，灰色的搁架，架子上挤着成百上千盒灰色的录像带。

“会好起来的，对吗？”

“肯定会挺过去。”他开始扫视那些搁架。“你呢？”

“有一点儿害怕。”

他把额前长长的棕色头发甩到脑后。“我已见怪不怪。呃……你到底要找什么？”

“芝加哥水区。”

“咱们尚未谱完的交响乐？”

“正是。”

去年夏天，我们开始为芝加哥水区制作一部宣传片，介绍自来水是怎么从密歇根湖到达人们家里的水龙头的。水的旅行从取水装置开始，取水装置位于离岸几英里远的 40 英尺深的湖底。大量湖水从装置抽入，经管道通过水下隧道，随后进入岸上的两个水厂。水厂处理过滤之后又通过另一个地下管网配送到遍布全城以及郊区

① 指芝加哥自来水公司的供水区，又称水源区或抽水区。

的上百个输送中心，这些中心再把水送入千家万户。

简单至极的设想，叹为观止的工程！

不幸的是，才拍了一半，便发生了“9·11”事件，水区立刻取消了该项目。鉴于当时的形势，制作自来水生产过程的宣传片当然很不明智。不过幸运的是，项目取消之前，我们已经做了的部分依旧拿到了报酬。

可能比舒伯特①拿到的多一些。

“找到了。”麦克指了指架子顶层那一堆录像带。“想要哪几盘？”

“情景再现期间的拍摄花絮。”

麦克踏上活动折梯，向上跨了一步。“当时拍这些镜头的确是很好的创意，就是你提出来的。”

我不禁笑了。我们曾乘坐市区的拖船从海军码头出发，去探查一个名叫卡特—哈里森的取水作业区。其实卡特—哈里森就是一个小小的吊桥连在一起的两个圆筒；一个围着石灰岩和红砖墙，另一个外表是白色，边上是自上而下的浅粉色条纹，就像一个巨大的婚礼蛋糕，只不过它中心矗立着一个小小的塔尖。出于安全原因，我们没能去拍摄圆筒内部；迪威尔装置——船工们称之为“志愿者护士”，就是实际的抽水之处。

在石灰岩和红砖墙圆筒处，我们下了船。那是几十名工人的宿舍，抽水自动化以前，工人们都得住在那里操作机器。装置建于1900年前后，有卧室、厨房和餐厅等生活设施；到了现在，工人们只是夏天到那儿去保养维修才需要住上几周。我们曾计划，待到

---

① 舒伯特（1797—1825）奥地利音乐大师，作品无数。本句与前面“交响乐”相呼应。

天气热起来后就去拍摄一些镜头。

我还记得，曾经进入一道沉重的铁门，原本有几分期待身后立即传来“砰”的一声——可关闭式吊桥关门的声音，结果却没有。原以为里面破旧不堪，不过一进门，我却大吃一惊——作业区是改造过的，里面灯光明亮，墙壁雪白，一端是一个宽敞而空间很高的厨房和用餐区，另一端是一排寝室。原来作业区早已经过了改造与修缮。

接待我们的水区公关部人员解释道，改造期间，把原来的一些大寝室隔成了小间，以便能住下更多的人员。经过其中一个大房间时，只见靠墙立着一张巨大的翻盖式木书桌。

“那是干什么的？”我问道。

“那个，说来可就话长了。”公关先生扫视了一眼书桌，然后对着我。“但不得发表。”

我耸了耸肩。我不想被人当作记者，我的工作内容本来就根本谈不上客观。不得已时，你可以将我的片子称为“信息广告片”，但底线是，如果客户不喜欢某个内容，我就必须将它拿掉。

“以前这里一度声名远播，禁酒令期间①，这儿是地下酒吧，还有妓院。”

我还记得，当时自己眼睛瞪得老大：“不可能！”

他笑了起来；对于我的震惊，他显然觉得非常有趣。“听说过大比尔·汤普森吧？”

---

① 美国禁酒令，1920年1月—1933年2月，国会曾立法，严格限制酒的制造、贩卖和运输，由联邦禁酒探员执法。

我点点头。大比尔·汤普森，本名威廉·黑尔·汤普森[1]，芝加哥历史上最贪婪的市长之一。他勾结黑道，收受贿赂，于 20 世纪 20 年代市长任上敛财 200 多万美元，几乎相当于今天的 2000 万。不过，人们记得最牢的并非他那些肮脏的交易——毕竟他在那方面有不少同类——而是他那句号召市民的口号："早投票，常投票。"

"不错。"公关先生说道。"这儿就是他那帮人的老窝。你该听说过酒宴和野女人的传闻吧。卡彭[2]也是这儿的常客，传闻还说这是他最爱来的地方之一。"他指向那张书桌："他们甚至还自带家具。"

"竟有这等事？"

他举起两根手指："敢以童子军的荣誉担保。"

我看了看四周："恐怕那时候他们不仅仅是早投票常投票吧。"

听到取水区的这段历史，我们当时极为震惊；于是设法说服客户让我们进行一场情景再现拍摄——我至今也没弄明白是如何说服他们的。但只准夜间拍摄，才不会影响取水区的生产秩序，这当然只是小问题。于是我们雇用了演员，扮演轻佻女子和嫖客，麦克用绝妙的灯光，创造出了乌烟瘴气的氛围，这个构思是要创造一种淡出淡入、画面叠加的效果，使过去的妓院猖獗与今天的科技昌明形成鲜明的对比。

---

① 威廉·黑尔·汤普森（1869—1944），共和党人，曾于 1915—1923，1927—1931，两度出任芝加哥市长。以"大比尔"闻名，被称为美国历史上最不道德的市长。

② 阿尔·卡彭（1899—1947），于禁酒令期间声名赫赫，是芝加哥黑手党的老大及创建者之一。

这时麦克带着几盒录像带走回办公室，然后拿出一盒放进了播放机。我跟在他身后走进去，拉过一把椅子坐下来观看。首先出现的是彩条信号及声音，接着是一阵马达的嗡嗡声，然后是一片昏暗模糊占据了屏幕。

“那次拍摄倒是妙趣横生。”麦克说道。

我盯着屏幕。情景再现那天晚上，麦克、摄影师和我一起从戴弗西港[①]出发去拍摄前往抽水房的沿途风景。当时设想的是从聚会者的视角拍一组连续镜头：漆黑的湖水，船只的轻微颠簸，以及浅浪轻拍船帮的景象。

结果到了南边的橡树街湖滩，我们才开始调试摄像机的增益[②]，因为想得到最佳曝光度。

夜间拍摄很难操作，尤其是在湖面上，而且是在没有人造光源的条件下。这样不仅会丢失细节，而且一不小心，影像就会变得模糊不清。当然可以使用夜视镜头，但画面有可能发绿，就像海湾战争[③]期间电视新闻中的飞毛腿导弹那种拍摄效果。解决的办法就是尽可能在画面里利用现场已有的光源，不管那光多么昏暗。

我紧盯着屏幕。镜头从一个红色浮标摇回到岸上，稀稀落落的街灯围着一个小公园站了一圈。这时的声音还算正常：浪涛拍岸、

---

① 戴弗西港，位于芝加哥林肯公园密歇根湖畔，很多私人游艇停靠之处，周围还有动物园和高尔夫练球场。

② 增益，即摄影机拍摄时的曝光补偿。

③ 海湾战争（1990.0802—1991.0228），萨达姆领导下的伊拉克入侵、吞并科威特，于是以美国为首的多国部队发起了对伊拉克的战争。最后伊拉克宣布遵守联合国 660 号决议并从科威特撤军。其间伊拉克曾向以色列多次发射飞毛腿导弹（前苏联研制），却被以色列装备的爱国者导弹（美国研制）拦截。拍摄该新闻的电视画面全球直播，爱国者导弹由是名满天下。

我们自己的低语、湖岸车道上的车声等等。突然间，音轨上出现了低沉连续的呜呜声，不时夹杂着静电的噼噼啪啪声。几秒钟后，一连串白色的线条横穿影像，古怪的雪花点布满了屏幕。

我看向麦克："怎么搞的……什么玩意儿？"

麦克身子前倾，双眉紧皱，"奇了怪了！"

带子继续转动，屏幕上影像失落和噼噼啪啪的静电声越来越多。

"麦克，究竟是怎么回事儿？"

他起身，按下了停止，倒带，然后按下播放键。那一段依然是受损的。"带子上有噪音。"

"我知道有噪音，可怎么会是这样的呢？"

他也在不停地思索。"好像是某种射频干扰。"

我俩困惑地面面相觑。射频干扰，又叫无线电频率干扰，20年以前还算是一个问题，摄像机会吸收无线电信号，信号就会渗入透到镜头，毁坏音轨和影像。尤其是在西尔斯大厦[①]拍摄，那简直就是一场噩梦。本地大多数电台和电视台都在其顶层安装天线，结果楼顶上天线林立；若是在此拍摄影视节目，极有可能把菲尔·唐纳修[②]的脱口秀、最流行的40首歌曲等信号接收进节目的音轨；不过今天的摄像机屏蔽功能强大得多，已经基本可以避免这个问题了。

---

① 西尔斯大厦，又名威利斯大厦，芝加哥的摩天大楼，于1973年建成，当时为世界第一高楼，2013年11月才被世贸中心一号楼打破记录；地上108层，地下三层，净高443米（含天线527.3米）。

② 菲尔·唐纳修（1935—），美国作家，制片人，电视节目主持人；脱口秀节目的创始人；他主持的脱口秀在全美连续热播29年。

“怎么可能呢？”

“我也想不通。”麦克抚摸着自己左脸的疤痕——那是他十几岁时一场严重车祸留下的。“平生第一回遇到！”

“可那附近没有任何电台、电视台呀？”

他摇摇头，表示同意。

“附近船上的通信设备？”

“不可能，船上发出的频率低得多。不管怎么说，我们那次拍摄时，不可能有什么射频干扰的。”

“嗨呀，你说得真对！你想啊，要是有干扰的话，我当天记录时就会发现。”我皱起了眉头。“的的确确，我记得是播放了那盘带子后才去拍摄那一段画面叠加的，当时一切正常。”我朝他看去。“你到底把这些带子放在何处的？”

“艾利……”他左脸的疤痕开始发红。

我举起手掌。“对不起，只当是玩笑。”

麦克一直都把影像资料带放在有温控设备的音像资料库里，并且锁得好好的。他快进到磁带的中部，按下播放键。

“看，”我指着显示器，“现在好些了。”

屏幕上依然闪着断断续续的条纹，但雪花已经消失，低沉的呜呜声也没有了。现在我们可以清楚地看见一个长镜头——街灯下公园里的一条长凳。随着镜头拉近，长凳上起初的一团黑影变成了一个蜷缩一团的男子，男子面向镜头。镜头变成特写：男子抬起头来，看着镜头。浓密的眉毛横跨前额，几乎连成一线，两眼无神。他挣扎着坐起来，想要站起，但刚一起身，就重新瘫倒在了长凳上。

“倒回去！”我说。

麦克开始倒带。男子飞起，笨拙地躺下，然后看着镜头。

“暂停!”我说。

麦克按下遥控器。

“日志上记载我们什么时候到那儿的？”

麦克从磁带盒套里取出一张纸条，摊开一看。

“去年 7 月，23号。”

“拍摄时间呢？”

“午夜至 1 点之间。怎么啦？到底怎么回事儿，艾利？”

我打开包，取出前几天的那张《论坛报》。

麦克看了看报纸上姜尼·桑托罗的照片，再看看屏幕，接着再看看报纸。“是同一个人。”他柔声说。

“查查他被指控杀害女友的时间。”

“正好是 23 号，”他说，“午夜至 3 点之间某个时候。”

他脸上皱纹加深：“可他当时在公园里，那张长凳上呀，我搞不懂。”

我俩目光相遇，“我也搞不懂。”

第五章

锁好沃尔沃车门，我刚把帆布包拽到肩上，便觉一股浓浓的汽油味儿直冲鼻孔。我一边向车库出口的电梯走去，一边试着抚平坐得皱巴巴的裤子。无奈这次进城足足开了两个钟头，裤子上的褶皱根本弄不平展。

布拉谢尔斯律师事务所位于声名显赫的拉塞尔大街①，听上去光鲜气派，实际门面却不过尔尔：27 楼一扇普普通通的黑色镂花磨砂玻璃门，夹在一家地产公司和一家会计师事务所中间，如此而已。

5 点已过，办公室里却还亮着灯，门也没锁。我推门进去，只见灰暗的接待区里摆了两把椅子，还有一盆蔫头耷脑的蕨类植物，像在乞求有人解救它。几英尺远之外坐着一个女人，弓身敲着键盘。角落里的复印机不断往外吐出纸来。房间后面什么地方忽然有人“砰”地掼上了电话，那女人桌上座机电话上的指示灯一下灭了。

“盖尔，过来，”一个粗暴的声音嚷道。

女人吓了一跳，似乎因为在陌生人面前失态而感到难堪，便缩了一下脖子。

我冲她微笑，“我是艾利·福尔曼，找查克·布拉谢尔斯，预约过的。”

---

①芝加哥街道，财政、金融机构聚集，属于美国中西部金融中心。

“盖尔，人呢，死哪儿去了？”

女人朝我勉强挤出一个笑容，拿起电话接通后说：“艾利·福尔曼来访。”

接着听见关抽屉和椅子“嘎吱”一扭的声音。不一会儿从后面走出来一个男人，瘦高瘦高的，秃顶，稀疏的金色小胡子，一双冰蓝色的眼睛从无框眼镜后面打量着我。

“福尔曼小姐。”他迈着猫步迎过来，动作有些夸张。我们握了手。“谢谢你专程来市区一趟。”

感觉他比我还小几岁，但一脸疲态让他略显老相。

“抱歉迟到了，到处施工，还堵了一长串往返城郊的通勤车，真是急死人。”

话一出口我瑟缩了一下，他却好像没注意似的，直接带我穿过一处短短的走廊。

他的办公室既不像我前夫的事务所那样装饰豪华，也不像我父亲以前住的公寓那样杂乱而充满生气：屋子正中央摆张破橡木桌，桌上文件夹摞得老高，桌前放了两把椅子，后面墙上挂着一张装在相框里的约翰·马歇尔法学院[①]法律学位证书。拉开的百叶窗外面，露出大楼的通风井。

从门口看，这是间再普通不过的办公室，甚至还有点儿简陋；不过当我走进去站到一旁让他关门、看到门后那面墙时，我却一下改变了看法。墙上挂的，不是大家都会挂的家庭照，也不是带相框的风景照，而全都是布拉谢尔斯本人的照片。有一张是他穿着红色

①美国知名法学院，创立于 1899 年，位于芝加哥。

夹克，戴着名牌墨镜在滑雪。一张是他穿着白袜队[①]球衣，拿着球棒。还有一张，穿的是跑步短裤和钉着号牌的汗衫；甚至有一张，是他戴着头盔，手握船桨，置身于一片激流之中。照片都是宽 8 英寸、高 10 英寸，精细地装裱在黑漆哑光相框里的，一排挂三张，挂了三排。

他看着我研究他的照片墙，说："我喜欢运动健身。"

他好像在期待我表现出震惊，更有可能是希望我显出崇拜的神情。

"你怎么弄到白袜队球衣的？"我问。

"白袜队……有一回慈善拍卖，我竟拍到了在球员休息区玩儿一天的特权。"他有点不耐烦地说。

我笑了，本垒打[②]呀。

他指了指那张滑雪的照片。"那是在'雪山'[③]。那张是波士顿马拉松[④]，我全球都跑遍了。"

"哦，还真有你的！"

他指指激流漂筏的照片。"还有那张，是西弗吉尼亚州的新河。"

---

①即芝加哥白袜队，隶属美国职业棒球联盟的元老棒球队和传统强队之一，创建于 1893 年。

②棒球比赛中，击球手击出敌方接球手无法接到的高球，使得全部垒上的队友以及自己都得以跑回本垒得分，这种情况称之为本垒打。此处比喻布拉谢尔斯直接进入球员休息的大本营，就像本垒打。

③美国东北部主要滑雪场之一，位于佛蒙特州。

④ 波士顿马拉松，每年于爱国者日（四月的第三个星期一）在美国马萨诸塞州波士顿举办的大型马拉松比赛。

“我知道那条河。”

他的眉毛倏地耸起。“你也玩漂流？”

我看着他，他移开了视线。“再也不玩了。”

“哦。”他回到桌后，把文件夹推到一边，坐了下来。“行，那我们现在谈谈你电话里说的事吧。你说你有我当事人不在犯罪现场的证据？”他拿出一个黄色便笺簿。

我在他面前的椅子上坐下。“我是一名影视制片人，我手上有姜尼·桑托罗在被控杀害女友的时刻出现在橄榄公园[①]的录像带。我从报上了解到你是他的辩护律师，我觉得，你应该想看一看。”

“橄榄公园？什么——橄榄公园在哪？”

“就是海军码头[②]北边一小块封闭区域，旁边有一个自来水过滤厂。从橡树街湖滩[③]能看得到。”

“桑托罗那时候在橄榄公园？”

“对啊。”我在椅子上轻轻地转了一下身。“可你已经知道了呀。”

他一脸茫然。

“你不知道？”

他用手指推了推眼镜架。“你就跟我具体讲讲吧。”

“当时我忙着拍水区的片子。那是在出发去抽水房的路上——”

“抽水房？”

---

① 芝加哥市级公园，位于密歇根湖畔。

② 芝加哥著名旅游景点，游乐场。

③ 芝加哥著名旅游景点，位于市中心的密歇根湖滩。

“就是湖上那个卡特—哈里森取水装置。”

他点点头。

“我们想先拍几个镜头，就从戴弗西港[1]乘船船出发。到橡树街湖滩南边的时候我们开始尝试不同的曝光效果。你知道夜间拍摄的时候，唔——”我又在椅子上转了一下。“总之，我们拍了几组公园的镜头，桑托罗就在那儿，昏倒在一张长椅上。”

布拉谢尔斯一直盯着我。

“当时还有两个人和我在一起，我确信他俩都能作证的。”他没有回答，我叠起二郎腿。“你不相信？”

“倒也不是。”

我等他说下去。

他清了清嗓子。“问题是——就是姜尼·桑托罗——怎么说呢——那一晚上并非只在那儿待过。当时他昏头昏脑的，应该是喝高了或者嗑药了什么的，具体我不清楚。他自己都不知道。反正他肯定是断片儿了，都不记得自己干些了什么。”他拿起一支铅笔。“这样就很难辩护。”

我想起录像里他茫然的表情，他想从椅子上起来时那艰难的样子。“你打算怎么办？”

“能怎么办？试着找找法子呗。他还能记得自己的名字就是万幸了。”

桌上的电话颤声叫唤起来，他抓过话筒。“喂？”

如果桑托罗那晚真像布拉谢尔斯说的那样神志不清，他还能夺人性命吗？

“等会儿打给你。”布拉谢尔斯挂上电话。“跟你说，这是我目

① 密歇根湖港口。

前为止听到的第一个不在场证明，你为什么过了这么久才来找我？”

这问题令我诧异不已，我把二郎腿放了下来。“我也是才弄明白。那天看报上他的照片，觉得眼熟，前几天才记起来他在我的录像带里出现过。”

“为什么没去找警方？”

我看了看他。开始当然想过找警方，但我是看报纸的人，我可知道芝加哥警察“遗失”重要证据，或“疏于”将其上报那一套。不过和布拉谢尔斯毕竟是初次见面，不适合争辩，于是我谨慎地答道：“警方的调查工作都基本完成了，据我所知，接下来该轮到你发挥作用了。”

“你对司法程序有点了解啊？”

“我父亲和前夫都是律师。”

“哦，难怪。”

感觉我在他心目中一下子上升了好几分。

“录像带拿来了吗？”

我把手伸进帆布包里掏着。“你有录像机吗？”

“没有，但是你应该可以把带子留下来吧？”

我点点头，拿出麦克在工作室拷好的一份录像带副本。“我还带了我们拍摄日志的一份复印件。你可以查到记录，23 号凌晨前后我们在湖岸线处拍了一些片段镜头。”

布拉谢尔斯接过录像带和日志，摆在桌上，两样东西都和他的铅笔之间成一个精确的角度。不知怎么的，他看上去并没有一个律师刚拿到突破性证据的那种喜悦。不过，也许他只是谨慎处事而已，抑或他思维超前了我几步，已经在构思法庭对证的策略，又或者他只不过是个敷衍塞责的混混律师罢了。

“带子有……有一点受损。”我给他解释了射频干扰的事。“你会看到中间有些片段缺失，而且时不时会出现雪花点。我们也是几天前放的时候才看到的。但是拍的那天没有这些东西，我们其他带子也没问题，希望没什么影响。”

他拿起那支铅笔。“我要看了才知道，如果能清楚地显示桑托罗在那个公园里，他可能就没事了。”

“希望如此，”我说。“我就是见不得有人被冤枉。”

他皱起眉头。“直到现在，我都没理由相信不是他干的。”

“是吗？”

“检方的证据很有力，他的车，指甲刮痕，他还没有不在场的证明。老实说，我都想劝他认罪以求轻判了。他是在冒一个极大的风险。”

“冒险？”

“可能会摊上无期徒刑。”

“有可能他混沌记忆的深处还是知道自己确实没犯罪。据说，即使是健忘症患者都对这种事有直觉的。”

“当然会说自己无罪啦。岂止是他，我那些当事人全都是这样。”

“但你不信他？”

他耸耸肩。“桑托罗承认跟那女孩打了架，说是可能打了她一拳。但又声称那女孩后来开他的车溜了，从此就再也没看见过那女孩。”

“然后呢？”

“控方有证人说看见两个人开桑托罗的车进了卡柳梅特公园。”

“他怎么说的呢？”

“他说不记得了。”

“这么说这录像带可能真是一个突破性证据。”

“也许吧，不过我要先让它通过审核。”

“怎么会通不过？明显就是桑托罗。你看了就知道了。”

他身子向后靠去。“是否真实是一方面，还得通过证据监管链认证，两方面都不能有问题。”

“假如都没问题，然后怎么办？”

“那样的话，我会尽全力让陪审团相信他无罪。”

“然后去找杀死那个女孩的真凶？”

他顿了顿。“他脱罪以后我的工作就结束了，侦破谋杀案不在我职责之内。”

“可是如果……如果是有人陷害呢？就算他无罪释放，又怎么阻止那些人再度陷害他呢？”

“你已经提出三个假设了，福尔曼小姐。那些假设的东西我管不着，我只管事实。”

他直起身来，凝视着一墙的照片，似乎要从自身的形象中获得灵感。

他摆着这个姿势不动，一旁的我不禁疑惑着桑托罗怎么会找上他做律师。桑托罗看上去可不是什么运动型的，布拉谢尔斯想必也从未踏上过码头这种地方。随即我想起来，新闻里说桑托罗的工会会员证还是最新的，可能是工会给他找的律师吧。

他看向我。“你最近都不会去外地，是吧？”

“是，怎么了？”

“你很可能得出庭作证。”

第六章

回家路上，我打电话问蕾切尔要不要顺便带份比萨回去。

“不用，我和卡蒂要去逛商场。”

“你要去哪儿？”

“她妈妈来接我们，已经在路上了。”

“嘿，丫头，我好像没说过你可以去商场吧，况且你明天还要上学呀。”

“妈—啊—妈——”她把一个字拖成三个音节。“才刚开学呀——”

“我知道刚开学，作业呢？”

“做完了。”

“全做完了？”

“嗯。”

“去那儿干什么？”

“妈妈，你怎么什么都管呀？”

“呃——还不是关心我女儿嘛，想随时了解她的动态。”

“天哪，妈。去个商场而已。”

“我知道。”

“妈妈，这是我自己的生活。别侵犯我隐私，好不好？”

我握紧了手机，准备大发一通关于学习习惯、责任和行为界限的议论。“蕾切尔，你要搞清——”

“她们来了，妈，”她打断我的话头。“走了啊，九点钟来餐饮区接我。”

我一看表，七点还不到。“蕾切尔，我没说你可以去。”只听得清楚的戳屏幕的一声，随即一片静默。“蕾切尔？”

我愣愣地把手机按在耳边，足足向前开了一个街区之远，才将手机扔到前座上。这孩子，脑子被火星人带走了吧。但愿她二十五岁的时候，火星人会把她的脑子送回来。

进入司考基[①]，已是傍晚，万物都浸没在一片沉沉的紫色暮霭之中。蜿蜒穿行于小镇之中，车窗外飘来叮叮咚咚的音乐声和电视里的阵阵笑声，不时夹杂着一两声孩童的叫喊。上了高尔夫路，突然涌起一丝伤感：纯真时代已然逝去，一去不返，这种伤感，是对蕾切尔的，还是我自己的？说不清楚！

掏出钥匙，打开老爸房门，他正在看电视新闻。这是一间生活辅助型养老公寓，不过据他说，这里唯一辅助到他的地方就是帮他不停地耗尽积蓄。他靠在皮革安乐椅里，抬头瞥我一眼。这张金包线的椅子是从老房子随他一起搬来的。旁边坐垫上搁着一个盘子，盘子里有吃剩的半个汉堡。空气中徘徊着一股烤洋葱的气味。

“嗨。”我关上门说，“怎么样啊，最近？”

他回转身面向电视机。“唉，人老啰，就会有这样的问题！”

“怎么啦？”

“现在搞得谁都有我的钥匙，一天到晚都有人进进出出的。这就是不折不扣的侵犯隐私，知道吗？”

我忙把钥匙放回包里。瞧我这三明治一代[②]的快乐生活！“对

---

① 芝加哥北部小镇，二战后成为主要的犹太人聚居地。

② 美国俗语，一般指上要供养父母，下要抚养儿女，像三明治夹层一样夹在两代家人之间而备受压力的中年人。

不起啊，我应该先敲门的。”

他转过脸颊让我亲一下。身边桌上那盏台灯柔和的光线里，他的脑袋犹如大理石一般光洁。尽管年已八十有一，机警与活力依然不减当年。其实，苏珊说过，我爸让她想起了本·金斯利[1]饰演的甘地。

我穿过房间走向窗前，打开窗户。“新开的药效果怎么样？”

老爸一直有心悸的毛病，那些医生才两星期就给他换了两个药方。第一种药吃后他异常疲劳，我都想把他送去急救了！后来总算七拐八弯联系上给他看病的那位心内科医生。这医生当时正在夏威夷开会，只在电话里口授一个新的处方过来，还安慰我：没事，我们有十二种备选药品，现在才试到第三种。如果这种没用，他轻松愉快地说，还有九种可以轮着试呢。

看样子情况不错，老爸今天气色挺好。“这次有什么副作用？”

“副作用嘛，就是今天把那群老家伙宰得落花流水。”

“梭哈还是牌抽？”

“你觉得呢？”他咧嘴笑了。“你是没看到我出绝杀的时候马弗那个表情。他还以为他能出一手妙招，其实他到现在还不会算我出绝杀的时机。”

玩五牌梭哈，老爸可是高手。我回他 笑，指指那个盘子。“你就吃那点儿？”

“艾利，打住行不行？我要死的时候通知你好吧！到时再担心也来得及。”

---

① 本·金斯利，英国演员，于 1982 年传记电影《甘地》中出演圣雄甘地，荣获奥斯卡奖。

“我才没担心呢。”我撒谎道。

“我知道，”他轻轻地笑了。“说吧，今晚又不是周末，什么风把你吹来了？”

我把电视关上，在播放器里插入一张 CD。听着辛纳屈[①]低柔的吟唱，他的表情也渐渐舒展开来。看着他的悠然自得，我心头竟划过一丝嫉妒的刺痛。还记得我年轻时，大家激烈讨论过流行音乐这个话题。认为流行音乐是既成体制兜售给我们的麻醉剂，让我们对自己遭受的苦难和政治剥削失去知觉。直到现在我听到底特律爵士乐的即兴重复乐段，都会有强烈的负疚感。但此时，听着弗兰克的歌声在房间里的飘荡飞扬，老爸合着眼，扳着手指，怡然自得；一定是那熟悉的旋律把他带回了旧日的美好时光吧。

等到一曲终了，我才把姜尼·桑托罗的事讲给他听。

我还没讲完，他就烦恼地揉起了两边太阳穴。“艾利。”他声音都高了几度，“你搞什么呀？这种事碰都不能碰！”

“不碰都不行了，他们可能要我出庭作证。”

“你又不知道他是否清白。”

“案发当晚，他倒在海军码头附近一张公园长椅上不省人事，那地方离卡柳梅特公园至少七英里呀。”

“那又怎样，你怎么知道他有没有搭车去杀人现场——或者搭车回来？我是说，既然他真的像那个律师说的那样记忆模糊——”

“爸，那家伙都瘫成一堆烂泥了，站都站不住。”

老爸一下站了起来。“艾利，他一个码头工人，是什么来头，结交些什么人，你可是一点也不清楚哟。”

---

① 即弗兰克·辛纳屈（1915-1998），20 世纪美国流行音乐巨星，别号“白人爵士歌王”，多次获奥斯卡奖和格莱美奖。

"你是说我不该帮他？"

他举起双手。

"咦，好奇怪耶！我怎么记得好像——好像跟我关系还很亲的某人——也做过这种事呢。"

老爸朝我眨眨眼。他在海德公园[1]长大，但二战前有几个月在兴旺的犹太社区朗代尔[2]混过酒吧，给人当跑腿小弟。六十年前的短暂经历，直到今天还不时提起。

"这不是一回事。这人可能是职业罪犯。黑帮控制了那些码头，还有那里的工会。"

"但我认为他不是凶手。"

"你怎么就变成他的救世主啦？"

"我看，问题就在这里，不是吗？遇到这种事，谁能清清楚楚地划出一条该管不该管的界限？见到那些无家可归者，什么时候该给予帮助，什么时候该径直走过，假装没有看见呢？"

他伸出一根手指指着我："艾利，这人可不是什么流浪汉，而是杀人嫌犯！"

我交叉抱起双臂，瞪着他，他也怒目瞪着我，两人相峙而立。片刻后，他坐回安乐椅上，大摇其头。"我算是看出来了，你跟你妈妈一个德行！以前每逢感恩节、逾越节[3]，她都将一个个流浪者领到家里。我从来都不知道她去的哪个犄角旮旯里找到的那些人。"

"爸，如果我本来可以帮他，却因为害怕、没时间或者冷漠而

---

① 芝加哥南部社区，风景优美，富有文化底蕴。

② 芝加哥西南部社区，以黑人为主的多种族聚居地。

③ 犹太宗教节日，和美国感恩节一样有邀请穷人进餐的习俗。

置之不顾，看着他被定罪，我会内疚一辈子的。那个录像带说不定真的可以改变他的命运。”

“也许能，也许不能。”他说完又沉默了，两根手指一上一下地敲着下巴。随后，他开了腔，语气变柔和了：“你没必要为这个自责，有时候为自己考虑一下无可厚非。你有权决定自己的生活，甚至有权享受快乐无忧的生活。”

“我——没那么忙，有时间。”

“那倒不如多花时间陪陪女儿，陪陪男朋友也好，何必为一个陌生人冲锋陷阵，把生活重心都搞丢了。那句话怎么说的，莫管他人……”

我扭开头。

“蕾切尔最近怎么样？”

“还好。”

“肯定吗？”

“爸……”

“今天下午放学她打电话给我，说想骑车到我这儿来。”

“蕾切尔？”我惊诧不已。“我这女儿还会自愿骑车锻炼身体？”

“她说，她腻烦透顶。”

哟，原来三明治两边的夹片面包也会绕过中间的夹层连通起来。“你怎么说的？”

“我叫她不要来，骑车来司考基太远了。不过，她怎么不去游泳啊？”

我家附近有个公共泳池，骑一小段路就能到。蕾切尔能在那儿从早泡到晚——至少去年夏天就是这样的。

“她说了些什么呢？”

“她说：‘Opa[①]，’——那调调呀，真是跟你小时候一模一样——‘劳动节都过了，泳池已经关了[②]。再说了，小孩子才去泳池玩儿呢。’”他起身，拿起盘子向厨房走去。我跟着他进了厨房。“我说呀，她放学了自己有点活动也没什么不好。”他把盘中剩下的汉堡倒进垃圾桶，把盘子放到水池里冲洗。“我不是教训你，平心而论，你这个母亲确实是尽职尽责的，可她毕竟才 13 岁呀！西尔维娅说，她依然需要你，就算她自己认为不需要。”

“西尔维娅？”

我每次都会吃惊——81 岁的老爸还会脸红，而且一直红到脑门儿。“她刚搬来不久。”

“啊哈！那——敢问，这位西尔维娅小姐芳龄几许啊？”

“年方七十有九。”他笑了。“不过不用担心，她非常肯定自己不会怀孕。”

我也忍不住大笑起来。

他笑着把洗干净的盘子放在滴水板上。“宝贝儿，你就不要搅进这个人的事里去了，你自己都有一堆 tsuris[③]。”

看着他下颌的线条绷得又硬又直，一副说一不二的神气，和蕾切尔那副倔样子如出一辙，我顿时感到一丝孤单。

---

① 德语：外公，爷爷。

② 美国的劳动节为每年九月的第一个星期一，也就约定俗成地成为夏天结束的象征，所以用以避暑的公共泳池也会关闭。

③ 意第绪语，烦心事。

第七章

电话和门铃同时响起。我拿起电话，再去开门。

“福阿德!”看到站在门外的男人，我笑了。“好大一个惊喜呀!”

“我是查克·布拉谢尔斯。”

“抱歉。”我对电话说道。“请不要挂，好吗？”

我一只手将电话从耳朵旁移开，另一只手和福阿德握手。“见到你太高兴了，现在感觉怎么样？”

“吾有疾痌，仰之痊愈。”

福阿德·阿尔·哈姆拉用古兰经经文迎接我，这不足为奇。他是我的朋友，有时也帮我打理花园。他用手指摸了摸自己卷曲的斑白头发，几个月前他为救我受了枪伤，不过已经康复了许多，可以做少量的轻活儿了。

我点点头，指了下电话。“我等下就出来。”我重新把电话贴紧耳朵。“抱歉，布拉谢尔斯先生。你刚才要说什么？”

“我昨晚看了那盘录像带，上面千真万确是桑托罗。”

我本想说早就告诉你是他，但还是忍住了。

“我放了好几遍，就是想确定此事。不过，我们应该继续下去。我想让你作证，而且，我已经把情况讲给检方听了。”

“这么说，录像带的质量不算问题？”

“嗯，是有些欠佳，不过镜头对准他的时候图像质量不算太差。你说你不清楚是怎么损坏的？”

“不清楚，是我们拍摄以后才受损的。”

“拍摄以后录像带一直存放在一个地方？”

“一直存放在公司里一个上锁的房间里，也就三两个人能进去。”

他沉默了一会儿，这表明他对此感到满意。接着，“嗯，也许这不能证明什么，不过应该会引起一些疑问。我已经通知法庭，说要让你做被告不在犯罪现场的证人。法庭会给你打电话，会在初始辩论前要你宣誓作证。”

我咳嗽了一下，宣誓作证——至少离婚案那种——我可不愿意。

“他们想知道你是在哪里发现这个证据的，还有拍摄环境，以及自那以后录像带存放在什么地方……诸如此类的问题。”

“可我……简直没料到……”

他没有理会我的反应。“有一件事我应该提醒你，临到开庭前夕才出现一个新证人，这种情况下，公诉方总是很容易产生怀疑的。”

“你这话什么意思？”我说道，想起几年前巴里的那些律师们说的话。“他们会充满敌意吗？”

“也许——嗯——是慎重。”他答道。“不过不用担心，你应付得了的。同时，我会给桑托罗看录像带，也许能唤起他的记忆。”

“如果我跟他见面呢，有没有用？向他解释我们是怎么发现他的？他可能会记起更多情况。”

再一次短暂的沉默。“我认为这样做不好，这可能影响到你证词的效力。”

“可假如他能够记起来，他的证词不就很有说服力吗？”

“我不打算让他作证。”

“不打算？”

“他过不了前面的关口，检察官会百般折磨他。听着，预审阶段快结束了，法官很可能会批准公诉方的请求，尽快审核清楚录像带的事。如果下周一开庭——我觉得会是周一，应该几天就会审完。可能周三就会让你出庭作证。但在此之前，咱们应该把那些问题过一下。”他顿了一下。“顺便提一下，开庭的时候我要用到原始录像带。”

“拷贝不行吗？”

“法官绝不允许的，鉴于拍摄中出现干扰，最佳证据规则嘛。”

“那样的话，你得租借另外一种播放器。我们是用 Beta SP 设备拍摄的。”

“什么设备？”

“一种与 VHS①不同制式的设备。更专业。有点像 16 与 35 毫米胶片的区别。”

“更贵些？”

“那当然。”

“那么，只好这样了。”

“好吧，不过，审判结束后还给我好吗？我不想弄丢了。”

“没问题。”

我说自己会给麦克的文件做个新的主文档，并且把原始录像带寄给他，同时，我们约定了会面时间，好让他指导我如何陈述证词。

“你觉得他还有机会吗？”

“很难说，不过我们现在掌握的证据比以前要多。谢谢你自愿

---

① VHS，家用录像系统，一种录像拍摄格式。

帮助我们。”

“就算是尽公民义务吧。”

挂断电话后，我竭力想搞清楚：究竟是什么让我对这个律师感到困惑？但我却说不清道不明。他并非不胜任。他确是在做着这项工作，可我感觉不到他是在全力以赴。不过，他是一名辩护律师，不可能对每个当事人都倾情辩护。尽管如此，只要能听到他说些伸张正义、揭露真相之类的话，我也会很赞赏的。我站起身来。也许，我只是在对他的自恋做出反应。

我换上运动装，走到外面福阿德那里。此刻阳光灿烂、微风拂面，这样的天气会让人蓦然生出与大自然合二为一的愿望。我手搭凉棚，看着福阿德从他的皮卡车上卸下施肥机。他瘦了——劳动时穿的那条帆布裤此时低低地滑到臀部——当然，话说回来，他也从来没怎么富态过，如今脸庞瘦削，那对黑眼珠就被衬托得很大很大了。

我的前夫将护理草坪视为一种竞技运动。我们结婚的 4 年里，巴里将成千上万的美元花在庭院景观设计、各种工具和草坪护理产品上，为的是让我们的草坪生长着北岸最碧绿、最茂密的草皮。刚刚进入四月，甚至地面还覆盖着白雪的时候，他就会要求福阿德精确地告诉他何时施肥，何时修剪灌木，何时除草等等。可以说，他患上了严重的“绿色攀比症”。

离婚以后，单凭我的收入无法继续雇佣福阿德了。有那么几年时间，绿草枯萎，杂草疯长，害虫横行。到后来，整个草坪犹如风沙侵蚀区。今年春季，福阿德隔几天就来打理一次，当然我也会协助他，结果还别说，真的是大有改观。“今天将是入冬前的最后一次施肥。”他注视着长满野草的草坪，颇为伤感地说道：“很抱歉，以前来得太少了。”

我俯身去拔一根马唐草，但一只有着黑色斑点的瓢虫正沿着茎干向上爬。瓢虫是益虫。我没有碰它，站起身来。“大自然母亲得谅解一下了。”

福阿德笑了笑，将一袋看起来像橙色沙子的东西倒进施肥机里。“‘信奉真主，积德行善，方得众多花园，河水穿行其间。’”

福阿德开办了一家园林景观服务公司和一个花园用品商店，尽管生意兴隆，已经算是成功人士，但其内心深处，依然是个谦恭、虔诚的穆斯林。他推着施肥机，撒出的肥料一行一行的，整齐而笔直。

绿草坪上覆盖了一层微小的橙色颗粒。他推着施肥机前行，我跟在他身后。

“你们这次去西弗吉尼亚还顺利吧？”

“吓死人了。”我就说了那段激流漂筏的经历。

他停下来，手还放在施肥机把手上。“你和蕾切尔没受伤吧？”

“受伤倒没有。不过，再也不想玩那种心跳的游戏了。”

“理解。”

我回想着那次徒步穿越树林，德雷柏咖啡店，还有阿卜杜勒的盘子。接着，我记起谁说过我看不到多少月桂了。“有一件事你说对了。”

“什么事？”

“我所见到的唯一月桂，是雕刻在一块黄油上的图案。”[1]

---

① 此处艾利记错了，黄油上的是杜鹃花图案，见到的月桂图案是在阿卜杜勒的盘子边缘；现实生活中，这样的记忆错误对于中年人来说比较常见，也就显得很真实。

第八章

芝加哥刑事法院[1]五楼的审判室天花板很高，大理石的墙壁，围绕证人席的桃花心木栏杆擦得锃亮，不同于下面几层楼的审判室那么狭窄（那里有厚厚的玻璃将旁听者与审判人员隔开，环境就像一个发放驾照的场所）。看样子，还真像是一个正义得到伸张之处。

审判是在星期一开始的。因为我即将出庭作证，所以不能出席庭审，但我有一个朋友在电视台“十一频道”，他也是制片人，认识另一家电视台在场采访的速写画家，请那位画家告诉了我具体情况。第一个证人是警方探员。在接受助理州检察官柯克•瑞安讯问后，他确认杀死受害人的子弹来自一只 38 口径左轮手枪，不过他们一直都没找到那把枪。接下来是法医。他说明了受害人死亡的原因及方式，以及从受害人指甲里找到的一些碎屑，DNA 测试结果表明与桑托罗的一致。

然后瑞安领着受害人的母亲陈述证词。玛丽的母亲眼泪汪汪地陈述了一番。她说，玛丽·乔是个听话孝顺而且有进取心的孩子。因为钢厂发生事故，玛丽的父亲终生残疾，她自己只得打两份工，但都只能挣到最低工资。玛丽·乔立志改变处境，读了夜校，希望

---

① 芝加哥刑事法院大楼位于 26 号大街与加州大街交叉口，人们简称为“26 与加州”。

将来在卢普区[①]做一名办公室簿记员。

“可现在，我可爱的孩子离开人世，我们的生活全都被毁了，”她泣不成声，并且很夸张地指着桑托罗说：“都是因为他！”

布拉谢尔斯没有在盘诘中将她驳得体无完肤，而是旁敲侧击，淡然指出这么一个事实：即她和丈夫跟桑托罗多次见面，甚至曾邀请桑托罗到他们家吃饭。

接着检方指出，玛丽·乔遇害那天晚上，她和桑托罗都出现在了湖滨客栈。湖滨客栈是个不上档次但很安静的街区酒吧，离卡柳梅特公园不远，单身女子偶尔进去喝杯啤酒是不会受到骚扰的。酒吧侍者作证说，玛丽·乔大概 10 点钟的时候进来，要找桑托罗。他知道桑托罗是个码头工人，口袋有了现钱才来这里。那天晚上，桑托罗大约午夜时分才出现。侍者说，当时他显然已经喝了几杯，当玛丽·乔责备他迟到的时候，他反唇相讥。两人争吵的声音很大，侍者告诉他们，要吵架就到外面去。几个小时后，卡柳梅特公园内船舶下水处就发现了玛丽·乔的尸体，检察官特别提醒陪审团注意：尸体就在桑托罗的小车旁边。

检方的主要证人就是玛丽·乔的闺蜜，朗达·迪萨皮奥。她们同在一个学校上的学，加入了同一个天主教会，玛丽·乔还是朗达·迪萨皮奥婚礼上的女傧相。朗达体态丰盈，染一头金发，戴一身珠宝，口抹猩红的唇彩。她作证说，玛丽·乔一直在抱怨桑托罗不仅是个穷光蛋，而且没有志气。她还说，玛丽·乔觉得桑托罗不但言行粗鲁，而且是个百无一用的废物，她很后悔自己竟然跟桑托罗搅在了一块儿。其实，就在遇害的那天晚上，她正打算跟桑托罗分手。

---

① 芝加哥的中心商务区。

布拉谢尔斯立即表示反对，说她的证词纯属道听途说。法官对他的反对表示支持。但布拉谢尔斯煞有介事地申请延期开庭，立即遭到否决，不过，法官指示陪审团不予考虑这名证人的评论。

不予考虑？真像是闹市区出现了粉红色的大象，却呼吁人们一定不要大惊小怪一样。

瑞安结束了讯问，布拉谢尔斯走向证人席。他再次决定不在盘诘中攻击朗达，不过也确实指出朗达一些言辞前后不一之处，逼得朗达承认自己并不清楚桑托罗和玛丽如何相遇、也不清楚当晚他们为何争吵。布拉谢尔斯便为自己赢得了几分。速写画家还跟我说，朗达从证人席走下来时，还用纸巾揉擦双眼。

星期二，检方自动停止提供证据。这时的形势本来已经对被告方有利了。布拉谢尔斯却说，这正是陪审团喜欢的那种案子，容易让人根据情况推测出真相：男友喝得烂醉，跟踪怒气冲冲的女友，女友将他甩掉，男友勃然大怒，开枪打死女友。这样联系起来分析，案情很容易真相大白。

星期三早上，审判室座无虚席，除了各路记者、对庭审感兴趣者，还有不少麻木的看客。一想到自己穿了灰色职业装，我就很庆幸——尤其是我在审判室外见到布拉谢尔斯之后。

“除了我，还有谁作证？”我问。

他透过眼镜冲我皱了一下眉头。“供水区的一位副总裁将谈到橄榄公园的开放时间。”

原来，毗邻水过滤厂的橄榄公园属于供水区。这公园“9·11”以前还一直对公众开放。

我点点头。“很好，还有谁？”

“就这么多了。”他微微笑了一下。

我瞪大眼睛：“就我一个？”

“我找不到其他见到桑托罗的人，要是你早点找我们，也许……”他的声音越来越小。

“你就不能申请延期审理，好接着找下去？”

“法官不准。”

“水处理厂的夜班人员呢？也许有人见到桑托罗在附近走动。”

布拉谢尔斯摇摇头。

“啊，那麦克呢？我的摄像师呢？“

“他们的证词会跟你一样的，不管怎么说，是你挑的头嘛。”

“可瑞安会百般折磨我。”检察官柯克·瑞安绰号“铁锤”，就因为在盘诘证人时老练凶狠，犹如铁锤连续猛击。

“别担心。”布拉谢尔斯说道，神情很乐观。“我们有录像带嘛。”

我对司法系统也了解不少，知道如果一名律师告诉我不用担心，那么正是我应该担心的时候。

法官问布拉谢尔斯是否已准备好，后者点点头，随即声音清晰、大声说道：“请法庭允许我们召唤埃莉诺[①]·福尔曼。”

我走过去时，尽力不理会审判室里的骚动，可所有的眼睛都投向了我，包括桑托罗的。我偷偷看了他一眼。他个子不高，但宽宽的肩膀结实有力，原先的平头已经长成一团厚实的黑发。身穿廉价的棕色西装，坐在被告席里。

迈上通向陪审团的台阶时，我们的目光相遇了。起初，他目光呆滞而恍惚，令人奇怪，随即又闪现出一线希望。

---

① 艾莉诺是艾利的正式名字，艾利是艾莉诺的昵称，只因法庭重地庄严郑重，需用此名。

我不禁倒抽一口冷气。

“福尔曼小姐，感谢你今天来到这里，”我宣誓以后，布拉谢尔斯说道。“请告诉我们你的职业。”

“我是一名企业宣传片制片人。”我回答得非常简洁，不主动多说话，就像布拉谢尔斯叮嘱我的那样。

“企业宣传片制片人都做些什么？”

我本想说，“那该死的节目该干的我都干”——结果当然没那么说。我只是解释说，制片人的角色取决于导演、预算及其他一些情况，我通常负责所有的调研、各种后勤工作、写脚本，还要监督外景拍摄与后期制作。

布拉谢尔斯点点头。“让我们转向去年 7 月 23 日，玛丽·乔·博赛尼克那天夜晚遇害。那天晚上你在从事本行工作吗？”

“是的。”

“你当时在做什么？”

“我和摄制组在卡特—哈里森抽水房，正准备为供水区拍摄一个场景。”

“抽水房？”

我告诉他是什么抽水房，位于什么地方。

“拍摄什么内容？”

我概括地讲了那个情景再现的拍摄项目以及我们的计划。

讲到“大比尔和卡彭”时，听到几声窃笑。

等到安静下来时，布拉谢尔斯说道：“好，那天夜晚你们还没有开始在抽水房拍摄，对吧？”

“是的。”我告诉他，我们试验了相机增益，在橄榄公园拍了几个镜头，才前往抽水房。

“请告诉我，福尔曼小姐，你看看全场，有没有看到当时在橄榄公园里或是附近出现的任何人？”

我按布拉谢尔斯教给我的方式，指向桑托罗。人群里马上有人开始低语。

“请在审判记录中载明，该证人指认了我的当事人姜尼·桑托罗。好，福尔曼小姐，他当时在干什么？”

“他躺在街灯下的一条长凳上，看起来似乎在睡觉。”

“他当时睡着了吗？”

“刚开始没有，他确实挣扎着要站起来，可就是站不起来，又倒在了凳子上，后来就一动不动了。”

“你怎么记得这些？我的意思是，你怎么能准确回忆起他所处的地方和他做的事情？”

“因为我有他当时情况的录像记录。”

人群中再次传来一阵窃窃私语，布拉谢尔斯笑得让人难以察觉。他停顿了一下，要好好利用这一刻。

“你什么时候意识到录像里那个人是我的当事人？”

“在新闻里看到他照片的时候，我当时就觉得他面熟，但过了几天才意识到在哪里见过他。我明白之后，立即给你去了电话。”

“那么，”布拉谢尔斯朝我的方向稳稳迈了一步。

“在你看来，我的当事人因为喝了几杯酒，当时行动不是那么灵便，是不是？”

“反对，”瑞安插话道。

布拉谢尔斯眨了眨眼睛。

瑞安站起身来。“这是在对证人进行诱供。并且，证人对被告可能处于的状况毫不知情，她说的全是猜测。”

“法官阁下，我们想让一个证人帮助被告回想在湖滨客栈究竟喝了几杯，”布拉谢尔斯针锋相对。“福尔曼小姐看到他的身子是怎么动的，或者说没有动，她可以就自己看到的情况作证。”

法官紧闭双唇。“允许这么做，但请将问题换一种说法，律师先生。”

布拉谢尔斯笑了。瑞安坐下来，摇了摇头。“嗯，福尔曼小姐，你看到桑托罗先生做了什么？”我再次将自己看到的情况解释了一番。

“就你所知，桑托罗先生起身离开公园了吗？”

“我们拍到他的时候，他正瘫倒在公园的长凳上。”

“那是什么时候？”

“大概凌晨1点。”

瑞安似乎想表示反对，但随后放弃。

“那么，福尔曼小姐，”布拉谢尔斯接着说道。“你们一直没有完成供水区的录像，对吧？”

“确实如此。”

“为什么？”

我解释说，去年9月项目取消了。

“然而，即使该项目没有取消，你们也不会在最终出品的片子上使用我的当事人出现过的那段录像，是不是？”

“没错。”

“为什么？”

“那些场景本来就没打算作为最终产品的一部分，那些是废弃镜头。我们拍摄那些是为了确定正确的曝光量。”

“可在此之后，你们在这些废弃镜头中发现了某种情况，对吧？”

“确实如此。”

“你能向法庭解释一下吗？”

“上面有桑托罗先生影像的带子，后来发现轻微受损。”

“什么样的受损？”

“录像带中似乎出现某种干扰。”

“无线电干扰？”

“反对，”瑞安突然再次大叫。“她不是无线电专家。”

法官看了看布拉谢尔斯，然后望向我。“反对有效。”

“让我换一种说法，”布拉谢尔斯平静地说道。“你不是电子专家，不过也许你可以从制片人的角度解释一下这个问题。”

“反对，法官大人！”瑞安高声叫道。

“请控[①]辩双方律师到法官席这边来！”法官起身，走到审判席旁边。

两位律师和法官低语的时候，我四下张望。玛丽·乔的父母就坐在检方席后面。挨着他们的是朗达·迪萨皮奥。玛丽·乔的母亲两臂交叉坐在那里，后背挺直。她父亲用双眼死死盯着我，那样子像要吃人。只有迪萨皮奥的表情似乎在告诉我，她还没有完全把我当成不共戴天的对手。

我凝视着被告席后的那一排人，想知道桑托罗是否有家人或朋友前来旁听，可从他们冷漠的表情和身体语言猜测，没有这种可能。

这时，他们的小会显然已经结束，因为两个律师都离开了法官席。

“反对无效，”法官宣布。

布拉谢尔斯冲我笑了一下。“那么，福尔曼小姐，录像带上的

---

① 控方律师指公诉人，因为刑事案件为公诉案，由检方起诉，即控告方。

问题是怎么出现的？”

我解释了一下无线电频率可能对录像带造成的影响。

“这么说，录像带上有关我当事人的镜头——对不起，应该叫废弃镜头——显然受到了无线电频率干扰。”

“是的。”我开始感觉比刚才自在了些。询问正沿着布拉谢尔斯预言的方向进行，对于我们正在谈论的话题我还是有所了解的。

布拉谢尔斯来到一张单独摆放的桌子前，拿起一盘包着塑料套的录像带。“你认得这盘录像带吗？”他把东西递给我。

“是的，这是我给你的那盘原始录像带。”

“你怎么知道？”

我指着带脊上的标签：“福尔曼传媒”。“录像带边上有我的标签。”

“这就是我的当事人坐在橄榄公园的那盘录像带吗？”

“是的。”

“录像带是否清楚准确地显示了他那天的状况？”

“是的。”

“那么，就你所知，录制之后，是否有人对录像带进行过任何篡改或变动？”

“没有。”

瑞安发了狂似的在标准拍纸簿上潦草地写着。

“法官阁下，我想将这段录像作为第一份辩方证据，”布拉谢尔斯说道。“如果您许可，我们将为陪审团播放。”

“反对。”瑞安再次叫道。“监管链呢？从拍摄录像那天开始到现在录像带都在哪里？”

布拉谢尔斯眯缝起眼睛。“律师先生，我以为我们已经完全解决了那个问题。”他转向法官。“请求在法官席小会，法官阁下。”

两位律师与法官进行了另一场小会，随后布拉谢尔斯问了我一系列问题，得出这么一个结论，即我们拍摄录像后，带子一直保存在麦克的音像资料库里，资料库上了锁，只有两三个人能进去。瑞安似乎很满意，坐了下来。

布拉谢尔斯将一辆装着放像机和监视器的小车推至审判室前面。陪审员们都朝前探着身子，整个房间静了下来。布拉谢尔斯将录像带放进去，按了“播放”按钮。带子已经调到桑托罗坐在长凳上的那一段。我们听到声道上的嗡嗡声，看到画面上出现一些条纹。

这一段不到一分钟就放完了，布拉谢尔斯随后按了“暂停”按钮。整个审判室鸦雀无声。布拉谢尔斯走向陪审团。

“再问你一次，福尔曼小姐，录像带上那个人是谁？”

“是姜尼·桑托罗。”

“这是什么时间拍摄的？”

“去年 7 月 23日。”

“谢谢你，福尔曼小姐。”布拉谢尔斯咔擦一声双脚并拢，转过身来，退回辩护席。脸上现出一道光彩，似乎是刚完成一场 5 英里长跑。他对瑞安点点头。“该你了。”

第九章

我喝了一小口水。法庭气氛轻松了。观众席传来一阵低沉的嗡嗡声，人们似乎也放松了——只有博赛尼克一家嘴唇紧闭，静坐不动。

但柯克·瑞安一站起，全场就安静下来，人们纷纷摆正了坐姿。第二排一个女人舔了一下嘴唇。法庭后边的门打开，老爸走了进来。他是怎么来的呀？他向我点了一下头，就在后排坐下了。

瑞安是个矮胖子，却摆出一副彪形大汉的派头，手指梳过波浪式的金色头发，脸上粘贴着微笑，从容不迫地向我走来，似乎我与他是经常相聚的老朋友。

"早上好，福尔曼小姐，很高兴咱们又见面了。"

其实他指的是上周我在法庭宣誓作证，当时他们那伙检察官也在场。布拉谢尔斯说得对，他们并没有敌意，反而人人都彬彬有礼。我勉强回了他一个微笑。

"你是纪录片制片人，对吗？"

"不完全对。"

"难道你不是？"

"我现在制作企业宣传片——由企业出资。"

"可你的确为千禧年庆典活动制作过《欢庆芝加哥》，该片播放于有线电视。"

"不错，是芝加哥市政府出资拍摄的。"

"这么说。"他双手圈成一个圆形，似乎抱着一个大圆球。"你的作品中确实有一部分最终会上电视？”

我不知道他的意图是什么，但我预感情况不妙。“是的。”

“你自己创业以前，曾在一家电视台制作新闻纪录片，对吗？”

“对，可那是很多年以前。”

“即便如此，我们可以理解为你是新闻制作的内行，对吗？”

“反对！”布拉谢尔斯跳了起来。“不知他到底要说什么，也不知与这件案子有什么关系。”

“我这是在为下文铺垫，法官阁下。”瑞安迅速回答。

法官揉揉鼻子。“允许这样。”

“那么，”瑞安转过头来。“福尔曼小姐，可不可以说，你懂得新闻采集过程是怎么回事？”

“我想是的。”

“你经常看电视新闻吗？”

“本地新闻还是全国性的？”

他低了一下头，好像是承认我占了上风。

“就从本地说起吧。”

“算不上经常。”

“对不起，但你不是说从新闻照片中认出姜尼·桑托罗的吗？”

“是在报纸上看见的。”

他把双手拇指插在西服的翻领下面。“这么说来，你的确一直关注本地新闻，通过报纸？”我点了下头。

“请开口说出来。”

“是的。”

“那么，你是什么时候从报纸上认出姜尼·桑托罗的照片的？”

“大约两周以前。”

“可是指控桑托罗的罪行一年多以前就发生了，我们能够相信你——前电视新闻专业人士，在这么长的时间里，就没有看过新闻、没有买一份报纸吗？”

“反对！”布拉谢尔斯再次抗议。“公诉人假设事实而没有提出证据。”

“我马上就直达要害，”瑞安说道。

“瑞安先生，务必如此。”法官说道。

“怎么样，福尔曼小姐？这一年多以来，你没有看过新闻，也没有读过一张报纸吗？”

我双手紧捏，“当然要看新闻、读报纸。”

“那么你就知道桑托罗案是这一年多来的重大新闻，对吗？”

我点了下头。

“请让大家都听见。”

“对。”

“作为一个曾经的新闻界人士、一个懂得新闻时效性价值的人士、一个其作品至今仍在播放的人士，你为什么要等到如此之久才提出你的……”——他在空中比画了一个问号——“发现？”

“我上个星期才意识到，桑托罗先生就是供水区录像带上那个人。”

“可你平时都在看电视读报纸呀！请问，你认为自从桑托罗被捕以来，报道该案的新闻一共有多少个小时？”

“不知道。”

“能不能说，该案一直是反复报道的新闻？”

“不知道。”我的胃部开始绞痛。

“是或者不是。”

“是。”

“可能一月一次？到了现在，随着审判的临近，报道甚至更多？”

“我怎么会知道？”

“难道这么长的时间里，你居然一次也没看见桑托罗的照片或影像，只是到了上个星期才看见？”

“完全正确。”

“恰恰就是那一眼激活了你的记忆？”

“不错。”

“没那么简单吧？”

“反对！”

“反对无效！继续！”

瑞安转向陪审团，确保陪审员们都能看见他一脸的得意。

有几个陪审员交换了会意的眼神。我瞥了一眼爸爸，爸爸眼里满是不屑，我脸颊发烧。与此刻相比，激流漂筏倒没那么糟糕了。

瑞安大摇大摆地在陪审团席位前面来回踱着步子。“好，福尔曼小姐，7 月 23 日你看见被告在公园的长凳上，是吗？”

“是。”

“你拍他用了多长的时间？”

“大约 10 分钟。”

“除了被告，你们在那儿还拍到了其他东西，对吗？”

“我们当时只是想找到最佳曝光量。”

“好，请问，你们大约什么时间到达那儿的？”

“12 点或 12 点半。”

“什么时间离开的？”

“约 1 点钟。”

“你们离开时，是直接驶向抽水房的，对吗？”

“对。”

“你们在那儿又呆了五六个小时，对吗？”

“大约早上 7 点完工。”

“不过，你们离开橄榄公园附近以后，实际上你并不直接知道那儿发生了什么，无论是公园里还是湖岸上？”

“反对！”

“反对无效！证人必须回答问题。”

我盯着双脚。“是。”

瑞安朝向陪审团，面带微笑，似乎他解开了一个重大的秘密。“好啦，福尔曼小姐，咱们来谈谈磁带损坏的问题。你声称是射频干扰？”

我紧张得咽了一下口水。

“磁带上的损坏真的是由于无线电频率干扰，你有什么证据？”

“没有——我不大理解这个问题。”

“我来说得更明白些，你拿着磁带去做过技术分析吗？”

“没有，但我并不——”

“因此，你并没有独立方的证据，证实射频干扰是磁带问题的真正原因。”

“导演也说是射频干扰，我们以前见过这种情况。”

“但你并没有寻求任何独立的证据来证明。”

“不需要，我们本来就知道这种情况。”

“依据你的经验？”

“对，还有导演的经验。”

“好吧，假定你知道是怎么回事，你依然从未发现问题来自何处，对吗？”

“对。”

“可是，由于受损过于严重，即使该项目未被取消，你的最终产品里也不会使用这盒磁带。”

“对。”

“那么，你明明知道这盒磁带的问题所在，却解释不清楚它为何存在、又从何而来，对吗？”

“对。”

“非常专业，福尔曼小姐。”

“反对！”布拉谢尔斯发出了尖叫。

“陪审团将忽略最后那句评论。”法官说道。

“我道歉。”瑞安一脸微笑，门牙尽露。“现在咱们不妨回到橄榄公园，模拟一下当时你们拿着摄影机的场景。可以复制你在磁带上看到的损坏吗？”

这家伙穷追猛打，冷酷至极。“不知道。”

“为什么不知道？”

我迟疑了一下。“射频干扰可以有很多不同的来源，而且最初磁带并未受损。”

“你怎么知道的？”

“因为拍摄后我播放过一次，当时都是好的。”

眼角的余光一扫，只见布拉谢尔斯全身僵硬，瑞安则笑逐颜开，似乎早已知道胜券在握。“现在咱们来想一想。磁带在你播放以后还是好的，可是现在，一年以后，就有了严重的损坏，你作证说是锁在你的导演的影视公司的一间屋子里长达一年多，对吗？”

“对。”我底气不足地说——已经知道结果了。

“那么，你并不知道问题来自何处，而且你再看后已经过了一年，你却依然坚持认为磁带不可能被人做过手脚。”他并不等我回应，猛然转身面向陪审团。“谢谢，福尔曼小姐，我问完了。”

我早已晕头转向，只好在证人席呆坐了片刻。然后环顾审判室，几张脸充满同情地回望着我，多数人则很好奇，差不多期盼着这个结果，似乎等着我当场瘫倒。毕竟，我刚刚遭遇了一场奇袭——“铁锤”猛击，名誉扫地！

老爸猛地站起，走向门口，就在他刚才坐的地方，我瞥见一个男人坐在他后面一排。年轻，黑发，二十多岁，五官清秀，颧骨高耸。卷曲的黑色胸毛从衬衫开领处伸出来。即使我当时羞愧难当，也看得出来他具有那种深色皮肤的地中海沿岸高加索人种的风情。

我看着他，希望得到一个同情地点头或微笑。他回看着我，但他脸上的某种东西——一只眉毛轻快地跳了一下，另一只则收紧——让我感觉他能看穿我，并且断定我没有多少内涵。一阵局促不安传遍我全身。我移开视线，走下了证人席。

第十章

周三我出庭作证，周四案子就到了陪审团那里。瑞安在结束性辩论中将我折磨得死去活来，暗示我是全世界最愚蠢、最幼稚的纪录片制片人。为什么我没有早点儿站出来？我怎么知道录像带没有篡改？为什么我对录像带所受损坏不能给出一个令人满意的解释？我在技术上就那么烂吗？他说，如果不是由于这些，那就是还有别的、更险恶的原因。

最后他以嘲笑的口吻宣布，无论哪种情况，都不能算作嫌疑人不在犯罪现场的证明。我也许在橄榄公园看到了桑托罗，但有什么能阻止他在此之前或之后到卡柳梅特公园呢？那盘录像带只能描述桑托罗在某个具体时间点的所处位置。确实，要是把指甲抓挠的碎屑、这对恋人的争吵，以及在他汽车旁边发现玛丽·乔的尸体这一连串事实放在一起，12 名聪明的陪审员怎么可能相信我的说法呢？

他们当然没有相信。星期五那天，桑托罗被判有罪。

整个下午，电话响个不停——大部分是记者，想从我这里搞到一个原声片断，以便能在 10 秒钟内概括这起冲突，结论是让我承担后果。我断定，要是他们得逞，我就死定了。电话密雨般打来，我礼貌地表示无可奉告；但他们显然不肯罢休，我就试了一个新办法。

“是艾利·福尔曼吗？”一个声音问道。

“Sí[①]？”

“你是艾利·福尔曼吗？”

“Sí？”我故意将单词的声音拉长。

“呃——我找影视制片人艾利·福尔曼，她在吗？”

“Meesus[②]不在家。”在一连串流利的西班牙语还没向我袭来之前，我猛然摔下电话。

终于小胜了一场。

大卫开了前门进来的时候，我正看着电视里自己的镜头。我本无心打开电视，可是，喝完半瓶葡萄酒后，某种东西将我吸引到那场报道上面——或许这就是吸引着一群麻木看客围观事故现场的同一种东西，或许，就是一丝潜在的受虐狂心理。

大卫看了我一眼，进了厨房。

冰箱门打开了，一只橱柜抽屉合上了。片刻之后，他走进家庭娱乐室，手里端着一只装着百吉圈[③]、熏鲑鱼、奶油干酪和洋葱的盘子，坐在沙发上。

“你今天还没有吃东西，对吧？”

“我不饿。”

他在半个百吉圈上摊了些干酪，放上薄薄的一片熏鲑鱼，最上面放上一些洋葱。洋葱的气味熏得我鼻腔直发痒。

“这两天可真够你受的。”

“一场实实在在的人生教训啊，啥时候都不要做‘仁慈的撒玛

---

① 西班牙语，意为“喂？”。

② 主人公生造的西班牙语单词。可能是想表达“小姐”的意思。

③ 一种先煮后烤的硬面包圈，又译作“百吉饼”、“贝果”。

利亚人[①]'。"

他慢慢咀嚼着。"我想，即便是说你做得对，恐怕也无济于事。"

我凝视着百吉圈，摇了摇头。

"你父亲是怎么说的？"

"他说布拉谢尔斯没有尽职尽责。"我伸手拿百吉圈。"对了，巴里跟我爸想的一样。他来接蕾切尔的时候几乎是深表同情。"我在那份三明治上咬了一口。"唉，作为前夫，也只能同情到这个份儿上了。"

大卫走进厨房。"他是怎么看的？"他扭头大声问我。

"他说，布拉谢尔斯在案子里留的漏洞之大，都能通过卡车了。"

"比如说？"

"首先，该反对的时候不反对；第二，不召唤其他证人。他说，瑞安应该庆幸自己的对手太无能。而且，他对布拉谢尔斯没有申请到延期审理感到吃惊——鉴于我们有那盘录像带，并且我给案子带来了新材料。无可否认，巴里通常会想方设法刺激我，但他这次说那家伙应该吃官司，因为律师无能。"

大卫从厨房回来，带来另一只百吉圈。"他的确是内行。"

"他还说，瑞安干得很漂亮。你知道，只让我回答'是'或者'不是'的问题。不让我有机会发表意见。"我将百吉圈吃完。"不过，你知道最让我着恼的是什么吗？"

"什么？"

"恐怕他是对的。"

---

① 好心人，见义勇为者。出自《新约圣经》之《路加福音》。

大卫皱了皱眉头。

“这件事情我也想过了，布拉谢尔斯是做了工作，可其中没有感情投入，没有灵魂。我有种感觉，他并不真正在乎桑托罗，也不在乎我。”

“你能责怪他吗？想想他每天都要代理的那些混蛋吧，他需要职业上的超脱。”

“这不是职业超脱的事。如果没有感情上的投入——至少应该有那么一点点吧。否则，怎么对得起当事人？怎么能为当事人做好辩护？”

“并不是每个人都有和你一样的激情，能像你那样投入，艾利。你看到有人蒙冤，就心里难受，想要伸张正义。绝大多数人却并不为此烦心。正是这一点让你与众不同。”

我团起餐巾向他掷去。“你这家伙，怎么总是有套说辞？”

他将餐巾扔到地板上，走过来，用手轻抚我脖子后面。我后靠在垫子上，专心感受着他手指的触摸。“好舒服，”我声音沙哑地说道。

一个小时以后，心里好受得多了。

入睡之前，我在心里将审判过程又过了一遍电影。原以为，自己作证肯定是理直气壮，坚持原则，伸张正义。可是现在，躺在大卫怀里，围着枕头、被单和毛毯，我又困惑起来。我关切的到底是什么——他人蒙冤，——还是自己受到伤害？

大卫的腿压在我的腿上面——好舒服！

或许我应该放弃这一切。什么事都看开一些，随和一些。大卫或许觉得跟我相处很费劲，觉得我让人生厌——但他绝不会说出来。我有时觉得，他要是跟一个价值观只围着他转、一个从不质疑权威的女人在一起，会更开心。就像《往日情怀》[①]里罗伯特·雷德福在和芭芭拉·史翠珊分手后得到的那个性感但有点傻乎乎的女人。

我将胳膊搭在头上。大卫微微动了一下，睡意蒙眬中他的手掌向我大腿上摸去。我的神经一阵战栗。跟他生活在一起将会很容易，会让我颇感愉悦，不必工作、可以专心打网球、加入花园俱乐部，然后感到厌烦——除了在床上。

① 美国电影，1973 年拍摄。

第十一章

新年[①]那天，我们从犹太教堂里出来，外面的空气特别清新。老爸兴奋得搓着双手。“我爱死秋天了，”他高兴地说。“秋天总是让我想起新的开端。新学期，新朋友，还有赎罪日[②]穿的新衣服。”

蕾切尔用手抚平她的新裙子——朴素而雅致的灰褐色针织品，是从诺德斯特姆[③]买来的；配上那金发、蓝眼、雪肤，简直就是一个童话里的公主——只是个子太大了。

老爸一只手臂盘着大卫的肩头走向小车。

尽管比老爸高了半英尺[④]，大卫还是让他们的步态显得自然。

“午餐吃什么呀？”大卫问道。

“你会知道的。”我笑着回答。

其实出发去参加教堂的庆祝活动之前，我就做好了大部分午餐——或许用“拼凑”这个词儿更准确一些：薄卷饼[⑤]，百吉圈[⑥]和沙拉，以及我们到家后要做的炒蛋。当然了，还有苹果和蜂蜜。做

---

① 这里指犹太新年，是犹太历每年七月一日，在公历 9 月与 10 月之间。

② 犹太新年后第 10 天就是赎罪日，是犹太人一年在最庄严、最神圣的日子。

③ 美国高档连锁百货公司。

④ 半英尺，约 15.24 厘米。

⑤ 这里指一种犹太烹饪食品，卷有水果与乳酪。

⑥ 一种环形面包卷，又名贝果、百吉饼。

饭菜从来就不是我的强项。但不要误解，我恰恰爱好美食。尤其是有人做给我吃的时候，但今天不同于往日。

“嘿嘿，”老爸兴奋得合不拢嘴。“吃大餐去啰。蕾切尔，你妈妈的手艺呢。”

蕾切尔眼珠子一翻：“那你可得硬撑着。”

“蕾——切尔，”老爸说，带着他那希伯来语的发音，“今天是新年，应该是个好的开端，不能这样对母亲说话。”

蕾切尔扔给我一个冰冷的眼神。

我扬起一只眉毛瞪了她一眼，算是回答。

她两眼眯起，蹦跳着到了她外公身旁。“我敢打赌，明天不会去教堂了。”

“你还想多耍一天呀！”我很不满意地说。

老爸瞪着我俩：“住口，你们两个！”

大卫连忙说：“再去一次也不错呀。”

他看着我的样子使我顿感羞愧。“其实，这主意可真不错呢。”我转向蕾切尔，“我们全家都去，怎么样？”

她耸了耸肩。

不过，话说回来，蕾切尔也并非完全无理取闹。因为我家并不像以前那样严格遵守犹太教教规了。老爸说过，原因在于我是不同教派联姻的产物。我母亲在一个犹太教改革派家庭中长大，基本上已经美国化了，外祖母每年的平安夜都要举办家庭招待会，还要把一颗小小的圣诞树戴在头顶。我父亲呢，则是在海德公园长大，生活在一群联系紧密、严守教规的德裔犹太人之中。妈妈过去常常开玩笑说，爸爸当时只要是个犹太姑娘都可以娶，无论她属于什么教派都无所谓，结果就选了她。不过我依然觉得，对于爸爸教我犹太教教义一事，母亲其实心存感激。

第二天从教堂出来，巴里就来接走了蕾切尔。因为大卫要回费城上班，我就先送他到了机场，再送老爸回家，然后换了衣服立刻奔向商场。那些新衣服的广告语令人热血沸腾。不过一到商场，我就胆怯起来。若是购买贵的东西，我常常要听苏珊的意见，因为我花冤枉钱的时候太多了。

先浏览了一会儿橱窗，然后漫步进入一家又小又窄的礼品店，墙壁上是人工抹的灰泥。商品陈列在过道两边，收银机后面坐着一个蓝发女人，店里似乎只有她一个员工，但我发觉还有一个顾客。过道这头摆放着包装精美的香皂，我站在那儿，欣赏着那上面小小的蝴蝶、精致的花朵及其他图案。一张广告牌上宣称，香皂艺术是最新潮的时尚，香皂图案保证遇水不溶化。我看，还是给蕾切尔买上几块，就算是主动表示和解。

我继续浏览，欣赏着那些包装好的篮子、陶瓷小屋和其他小摆设，然后转身返回那堆香皂。那个顾客背向着我，手里摆弄着两块香皂，我正要说“请让一下”，好自己也拿几块——突然，她把香皂偷偷装进了衣袋!

我惊呆了。片刻之后她转过身来——也惊呆了，一脸的内疚和恐惧。我知道我应该做的是，或要求她放回去，或叫来经理，或大呼保安。但我什么也没做。我麻木不仁，犹如钉在了地板上。

我俩目光相对，虎视眈眈，谁也没有动弹。最后，她肯定猜到我既不能也不愿多管闲事，眼神里慢慢有了新东西——蔑视？或许吧。或是胜利，她闪过我身边走出了小店。

我畏畏缩缩地进了过道，直到回过神来，才挑了三块香皂，拿去柜台，付了账。蓝发女人把包好的香皂递给我时，我感到极为内疚，似乎自己是那个扒手，甚至想过要为那女人拿走的两块香皂付款!

尽管那么想着，我还是出了店子，步子沉重地走向门厅。经过一个五颜六色的售货亭，一个女人在亭里卖着一堆坚果，坚果散发出一种森林的清香——但恐怕她一辈子也没有砸开一个坚果来自己吃过。我挪动到了商场的餐饮区，买了一个带有许多巧克力碎屑的大圆饼干，狼吞虎咽，一扫而光。我一边走向出口，一边分析自己刚才为什么没有挺身而出。原来，那场审判已把我锤扁——坚持正义已成往昔，正义之剑，就让别人去高举吧！我拂掉了衬衣上的饼干碎屑。

没走多远，身后传来追赶的脚步声。

我加快步伐。

脚步声也加快。

我慢下来。

脚步声也慢下来。

起初还以为是那个扒手，但想不通她的动机。难道她想要道一声谢？解释一下？没必要呀！我很理解。因为我也曾顺手牵羊！

顺手牵羊必须机灵，还得厚起脸皮。很久很久以前，我两者俱全。我体验过那种惊慌，那种剧烈心跳，那种羞愧难当。正因为如此，我才知道她绝不可能跟在我身后。她既不会归还香皂、也不会来向我表达懊悔之情。肯定是穷困潦倒所逼，我那时就是。

我接着走下去。

身后那人也一路跟来。

时值金秋，气候宜人，商场里并不拥挤。究竟是谁在跟踪我呢？礼品店那个收银员？我并没有偷香皂，只是没有制止。莫非，她注意到了我与扒手心照不宣的那一幕、以为我是共谋而来找我？

不可能。那只是一场内疚的交流。我没能占据道德的制高点，但怯懦并不违法。再说，什么样的店员会跟出去而让店子无人看守呢？我停步转身。

除了一个推着童车的女人，走廊里空无一人。

我自转一圈，依旧无人。突然发现橱窗玻璃上自己的影子；于是扫视橱窗里面，看看有没有映出什么人匆忙而古怪的动作——果然，就在那几家店铺后面的一家门口，一个身影半在门里、半在门外。不是蓝发女人，也不像那个扒手。我等着。那身影转身而去。

我便继续向前走。脚步声再次跟来，仅在几码之内！我不觉抓紧手提包。去年在城区的一家餐馆，我曾被抢走钱包。当时我刚走进旋转门，一个男子将门拽住，另一个男子趁机钻进了我进入的那一格；我拍打玻璃呼救，身后的男子一把从我提包里抢出钱包；他的同伙松开转门，他就趁机跑掉了。我并没受伤，但不到一个小时，我的维萨信用卡就被他们刷掉了 3000 美元！

于是我赶紧躲进一家香水精品店。

“请问想买点什么？”女售货员突然现身，就在我旁边，满面狐疑。

“谢谢，只是看看。”

她站在我前面，一动不动。

我不紧不慢地细看了一会儿装满各种香水的陈列柜，对这个讽刺性的一幕颇觉好笑。然后走出店子，装出一副样子，仿佛逛橱窗就是今天下午最重要的事情。店员轻蔑的哼哼随我而出。

又经过了几家店铺，现在不觉着急起来，想去停车场驱车回家了，不料刚刚靠近主过道连接走道的转弯处，突然被一只手抓住了肩膀！

第十二章

我猛然转身，挣脱肩膀，同时将手袋向后一挥，一下子就打中了一个金发脑袋。多亏里面有几块香皂，手袋砸到脑袋时响亮地发出“梆”的一声。跟踪者身子摇晃着后退了几步，倒在了地板上。

“别打了！求求你，求求你了！”

我倒退一步，抱着手袋，直至狂跳的心脏平静下来。金发女人畏缩着靠在墙上。当时我刚刚走出了主过道，进入狭窄的穿堂还没几步。

“好吧，我不打了，”我说道。

她试探着抬头看的时候，我不禁大吃一惊——朗达·迪萨皮奥！玛丽·乔·博赛尼克的闺蜜！

“是你？”我叫了起来。

她满脸的表情告诉我，她的恐惧呀，丝毫不亚于我的震惊！

我俯下身子，向她伸手。她迟疑了一下，然后拉住我的手，站起来的时候，丹娜“禁忌”女士香水的麝香气味向我飘来。中学时期，女孩子们洒了这香水后就神气活现地在教室楼里走来走去，身后飘出浓浓的一团香雾，中学毕业后，就再没有闻到了。

“你要是想玩跟踪，”我不屑地说道，“恐怕还得好好练练——太烂了。”

我环顾四周。头顶荧光灯闪烁，脚下是大路货瓷砖地板，并非大理石铺就；对面是个储藏室，远处有个标志指向员工卫生间。

“你想说为什么跟踪我？”

她鼓起两腮，似乎不知如何开口。“我……我真的好害怕。”声音短促刺耳，比我以前记得的更羞怯。“我甚至觉得自己不该来这里，可我不知道该怎么办，我需要你的帮助。”

“怎么找到我的？”

“一路跟来的，电话簿里有你的住址。”

我搓了搓下巴。审判过程中，朗达看起来心情舒畅而自信满满。我记起来，当时她的表现让我觉得，她生活中最兴奋的事件，莫过于朋友的遇害！那 15 分钟则是她非常高兴的时刻。这时候，看到她肥大难看的衣服，又脏又糊的唇膏，以及和服装并不搭配的耳环，我才明白，她其实承受着很大的压力。

或许，我该有一些同情。不行，我提醒自己。她确实曾偷偷走近我，而我又最讨厌这种鬼鬼祟祟的行为。“说吧。”

她将手袋的带子拉到肩上。手袋底部系着一条蓝底白点的头巾。“我在出庭作证时，呃……有一些事情没有讲。我本应该随即离开这个城市的，可我走不了。”她无奈地耸耸肩。“我有个孩子。”

“什么事情？”

她扯拉着头巾上那个结。

“朗达，你找到我的住处，还一路跟踪我穿过商场！要是有什么话讲，现在总该说了吧。”

“好，好吧，可请你不要叫警察。至少，先听我把话说完。”

“叫警察？”我不安地扭了一下身子。“我干吗要叫警察？”

“我下面要讲的话也许会让你想叫警察。”她紧闭双唇。“玛丽·乔遇害那天晚上……我跟她在一起。”

“你当时在卡柳梅特公园？”

她点点头。“她和姜尼吵架后叫上了我，她开着姜尼的车。”

“她开了桑托罗的车？”桑托罗的车在卡柳梅特公园出现，这是指控他的一条关键证据。

“她有一套姜尼的钥匙。你知道的，他们实际上已经住在了一块儿。”

“不，我那时不知道。”没有哪个人知道。

“她跟父母讲是跟我住在一起，”她说。“不管怎么说，当时姜尼用皮带打她，她真气坏了，立马上了车，匆匆来到我那里。我们提了一瓶酒，到了公园。”

我皱皱眉。“我记得你说过自己有个孩子。”

她摆了摆手。“那时候已经过了午夜，你知道小孩子怎么睡觉的。再说我妹妹就住楼下，不会有事。”

我想要答话，但没说出口。

“我们开车去了船舶下水处，明白吗？我们以前也在这样的时刻去过，深夜的时候那里真不错，真安静啊！你能真真切切地感受那片湖水。”

“这么说那些证人看到的是你们两个开车进了公园。”

她点点头。“我们就坐在石头上，喝得有点醉醺醺的。玛丽·乔跟我讲，说她真想跟姜尼一刀两断。他就是个蠢货，不会有什么出息的。我们就这么说啊喝啊笑啊什么的，然后看到那只船开进来……”

“船？半夜的时候？”

“那时是夏天，人们整夜钓鱼，不管怎么说，天很黑，看不清楚，但似乎船上有两个人，他们正朝下水处开过来。我们就开玩笑说，要不去跟这两个家伙搭讪搭讪啦，说不定今晚还能有什么意外收获啦。玛丽·乔甚至站起身来，好像真要走过去跟他们搭话。但我抓住她，拽她坐下。‘你怎么知道他们都是些什么人哪，玛·乔[①]？’我说道。‘他们说不定是些混蛋’。”朗达的声音有些颤抖。“‘搞不好是罪犯、色情狂、毒贩子，你知不知道？’”

“说下去，”我语气和缓地说道。

朗达用舌头舔了舔双唇，将唇膏弄得比原先更加稀里哗啦。“玛丽·乔转过身子说……她说，‘你以为我不知道那些狗屁事儿’？”

“什么狗屁事儿？”我问道。

“我也这么问她，可她摇了摇头，说，‘没什么……不要提了。’不过她又说，如果船上有什么狗屎玩意儿，他们可藏得真好。瞧那些垃圾。’我就看了一下，看到船上装满废物。”

“废物？什么废物？”

“我不知道，有点像原木，就像壁炉用的原木，不过是金属的。”

“金属的？”

“在月光下能望见，可我没细看，因为我得撒尿。”她顿了一下。“我真不该去尿尿。”她的嗓音变得有些嘶哑。“可我实在憋不住了。”她用头巾拭了拭眼角。

我等着她恢复镇定。

“停车场的另一头有一些树，我就去了树后面。我去的时间肯定比原先估计的要长，因为我突然听到有人说话。先是玛·乔，接着是一个男人，然后又是她的声音。接着她说道，‘嘿——住手！’我然后听见有人跑过停车场。然后她尖叫起来，‘快跑，朗达，快跑！’脚步声越来越急。接着我听到几声枪响……然后，然后……”她用手捂住了脸。

---

① “玛·乔”是朗达对“玛丽·乔”的称呼，下面还有这样的称呼。

“怎么啦，朗达？”

她垂下头，似乎在回答一个问题。“然后他们跑过草地，径直朝我跑来。我能听到他们说话。”

“说些什么？”

“我听不清，听起来他们好像是在骂骂咧咧。不过他们是在耳语，好像知道自己得小声。”

“然后呢？”

“感谢上帝，树后面的防护网有个洞，洞后面有个红色建筑。一个车库，工棚或是什么的。我看到了这个洞，就钻了过去。然后我拼命跑。我以为自己安全了。可现在……”

她眼里满是恐惧。

“我觉得他们在跟踪我，他们已经知道我是谁。”

“是因为那场审判？”

她哭了起来。“我不想作证的，可他们非让我去不可。”

“朗达，你干吗不去找警察？这样案子就能真相大白了。”

“事后等我回过神来，警察已经逮捕了姜尼。如果去找了警察，我担心杀了玛·乔的那两个人就会追杀我，要么会杀死我的孩子。”她用手指摸了摸脖子上的金十字架。“可现在，他们还是追来了。”

“那就更应该去找警方了，或是找瑞安。”

她马上现出惊骇的表情。“我不能这么做。他一定会把我送进监狱的。”

“至少你那样会安全的，”我说。“你认为我能怎样帮到你？”

她向后瞥了一下走廊那一头，似乎害怕跟踪她的人随时出现。“审判时我看到了你，我听到瑞安谈到你，你是在电视台工作的。”

“不是的。”

“你就是，就像《内部版本》[①]的那个金发女郎？你知道的。”

“德博拉·诺维尔[②]？”

她面露喜色。“是的，是她。”

“朗达，我……”

她打断我的话。“你认识的人多，我敢说你能把事情搞定，不让他们把我关进监狱。你懂的，让我做个秘密消息提供者或是什么的。”

“你想让我采访你，是吧？让你上电视——但不泄露你的身份——讲述玛丽·乔·博赛尼克遇害的真相？你是这么想的吗？”

“啊，是的，或许吧。”

一股怒气穿过全身。“我们让你上电视独家报道怎么样？就叫作特别调查，冠以臊气煽情的标题大肆宣传：‘秘密消息人士全盘澄清……敬请收看10点钟实况采访。’”

她顿时两腮通红。“我知道你不把我瞧在眼里，可你得相信我。起初，我以为也许是姜尼跟踪我们到了船舶下水处。但我随后意识到不可能是他。”她朝走廊尽头瞟了一眼。“是那两个家伙，如今他们又回来了。”

“你凭什么认为他们在跟踪你？”

“呃，审判结束后，我不断看到同一辆车在我家外面出现。是一辆SUV[③]，你知道吗？深色的。好像是绿色或是别的什么颜色。

---

① 美国辛迪加电视新闻杂志节目。长度为30分钟。

② 《内部版本》节目主持人。

③ 多功能箱式跑车。

接着我又在工作的地方看到它——我在‘欣欣发屋’那边上班。然后，就在昨天，我去父母家吃饭，却发现那辆车就停在他们房子外面。

“看车牌了吗？”

“看不见。”

我正要问她是否知道那是一辆什么车，突然，走廊尽头传来一阵嘈杂声，朗达开始喘息不止，我猛然转身，紧紧抓着手袋，就像握着一根棍子。

一群十几岁的男孩疾速跑过，相互比赛着谁的打嗝声最响亮；看到我们时，其中一个用胳膊肘碰了碰同伴，随即轰然狂笑，故意嗓音低沉。我回看朗达，却见她眼神慌乱。

“朗达，你别无选择，你得去警察局。”

“我跟你说过，不能找警察。”

我开始迷惑不解，她自己有案底吗？正处在缓刑期？还是正在假释？

“你还能记起些什么？看到或是听到的？”

她迟疑了一下。“我说过的，他们大部分时间是小声低语。不过你既然问起来，我觉得，有可能听到了其中一个人的名字。”

“真的吗？”

“我觉得他们当中有一个人叫萨米，对，萨米。”

“萨米？萨米什么？”

“不知道。”她又开始解头巾上那个结了。

“还有呢？”

“没了。”

她终于将头巾上的结解开，头巾飘落到地板上，像是一面展开的圆点旗。她弯腰去捡时，走廊那一头远远地传来拖着脚走的声音，接着一个穿着米色工装的男人拐了进来，面前推着一只带脚轮的大桶。他停下脚步，显然是因为看到这地方有两名顾客而感到诧异，而朗达则吃惊得随即发出一声轻轻地尖叫，紧接着身子猛地前倾，抓起头巾，疾步跑过那个男人，冲出去进了商场。

第十三章

走回车边时，只见乌云蔽日，北风劲吹，树叶纷纷落下枝头。

行驶在司考基大道上，我竭力梳理朗达的叙述。深夜饮酒。船上的神秘人。不经意间提到的毒品。我敢打赌，这些事里任何一件在庭审中说出来都能改变判决的结果。至少瑞安不会那样气焰嚣张，不会那样穷追不舍地逼问我。其实这很可能是我一厢情愿的幻想，看瑞安那个的架势，他应该有招数能驳回朗达的证词。他是"铁锤"，无所顾忌！

但是布拉谢尔斯就大不同了。

我到家便给他打了个电话，无人接听，便在答录机留了言。

只过了几分钟他就打回来了，让我着实吃了一惊，还以为他一定是抛却俗务休假去了，可能正在什么异国胜地玩铁人三项呢。但他说他一直在工作，我把刚才的事告诉了他。

"迪萨皮奥说她也在现场？"话音里透出一丝吃惊。

"对，她很害怕，不敢站出来，她觉得自己有危险。"

那边沉默了一会儿。

我生气地冲电话里吼道："你不觉得这可以成为你上诉的有力武器吗？我是说，这些证词可以为案子带来新的可能性，对不对？至少可以引起对原起诉的怀疑吧？"

"有可能吧，但是上诉时不能提出新的证据。"

"但这个——这个说不定可以改变全局呀。"

"这证词确实会让人感兴趣，这点我承认。"

一道闪电横劈长空，雷声在头顶炸裂、震荡。刹那间，一阵秋天的暴风雨已从西边横扫而来。

“我先看看我能做些什么，明天再回复你。”他说。

挂了电话，听筒抱在胸前，不觉陷入沉思。对于这些新情况，布拉谢尔斯似乎不感兴趣，一点儿也不像一个正常的刑事辩护律师的反应。刚才我们那番对话更像是在聊芝加哥熊队[①]比赛的分差。也可能是，像我这样的一个外行人居然对他指手画脚，他很反感而故意如此冷漠呢？

大雨重重地击打着屋顶，狂风肆意地抽打着窗棂。

我倒了一杯葡萄酒，想着朗达·迪萨皮奥。她无疑陷入了一个困境。如果她去找相关部门陈述实情，很可能会招致极其严重的后果。然而我也想不出她该怎么办。

我烧上了一壶水。

一小时后，只听前门“砰”的一声关上，随即重重的脚步声上了楼梯。蕾切尔回来了。我追到楼上，见她正弯下身子从旅行袋里拽出衣服来往地板上扔。每次跟她父亲去玩了那些让人心跳的活动以后，蕾切尔总是兴奋莫名，要过好一阵子才会平静下来。

我在她头上吻了吻：“嗨，宝贝儿！玩得好吗？”

她猛然转过身子。“哦，嗨，妈。”她再次转向自己的旅行袋，把它翻过来一抖，随即掉出来一双球鞋。

“你干吗？”

“给我买双史蒂夫·马登[②]，好吗？”

“史蒂夫·马登？”

---

① 芝加哥橄榄球队名。

② 美国长岛鞋类品牌，风格耀眼时髦，受到众多好莱坞明星、歌手喜好。

“就是一双鞋，妈妈！潮牌，大家都穿这个牌子。”

“我看你不需要新鞋。”

她抓起那双鞋，扔进垃圾桶。“我现在就需要。”说着又把一件T 恤揉成团扔进去，正好盖在鞋上。“还要一件迈克尔·斯塔尔斯[①]。”

“什么？”

“迈克尔·斯塔尔斯牌衬衫，就是——哎呀，算了，反正你也不会给我买的。”

“是吗？”

“这牌子很贵。”

“多少钱一件？”

“大概 60 美元。”

简直过分。“那么贵！”

“看到了吧？我就跟他们说——”她刷地举起手，紧紧捂住嘴巴。

“跟谁说？说什么？”

“没什么。”

“蕾切尔！”我恼了。我从没给她定什么规矩，只有一条：不允许在外人面前说自家人坏话。在家里，你怎么抨击、批评、指责家人都可以不算什么，但在外面，一概不行。这可以算是我继承了父亲的德国传统家规。

“周末除了你爸，还见谁了？”

“没见谁。”

哼！女儿一回家就扔衣服，闹着买新的，还说没见过特指的某

① 美国南加州服装奢侈品牌，款式简单、年轻化而时尚，颜色多样。

人？还说没向人抱怨老妈抠门儿？鬼才相信！一时间，母女相对无言，只听得雨点像弹珠一样砰砰砰砰地打在房顶上。

还是转移话题为好。我一边向楼梯走去，一边说："饿了吧？我去做点意面和沙拉。"

女儿脸上闪过一丝困惑，然后摇了摇头。

"那好吧，我下去了。"我开始走下楼梯。

还没走完，她就从房间里跑了出来。

我不禁笑了。

"还有爸爸的女朋友。"她说。

笑容僵住了。我确实听说过前夫新近找了个女人，有着凹凸如搓板的腹肌和结实的臀部。巴里最近似乎是在和她一起做健身运动，或者在她身上做。唉，无所谓了。"玛琳，那个健美操女王？"

蕾切尔尖刻地扫了我一眼。

"哦，对对对，"我举手投降。"也是举重达人。"

"还有她女儿。"

"哦。"

"她女儿叫卡拉。"

"这个卡拉多大了？"我走进厨房。

蕾切尔跟着我。"16岁。"

我拿出刀，开始切生菜。

"卡拉的男朋友超酷。他叫德里克。"蕾切尔说。

"德里克有多大？"

“不知道，但他已经开车了[①]。”

我更加轻快地切起菜来。对于她和大一点的青少年一起开车兜风这种事，我可激动不起来。不过巴里还算是个负责的家长，他们也可能只是去买了个冰激凌。“你们去哪了？”

“呃，我们听说附近有个狂欢派对，就——”

我猛地转过身。“狂欢派对？你们参加了？”

蕾切尔当即改口。“我们没进去，只是在停车场兜了一圈。别紧张，我什么也没干。”

我攥紧了拳头，指甲都扎进了掌心，整个人都气糊涂了，甚至有那么一刻感觉刀刃切到了手里。“蕾切尔，你才13岁！那种场合你不能去！”

“跟你说了没进去，不过大家都说我看起来不止13岁。”

我打量着女儿。她又比去年长高了3英寸，看其模样气质，已然褪去了小女孩的顽痴，浑身上下处处开始显露出迷人的曲线，撒谎说16岁都行。我强迫自己把拳头松开。

镇定，艾利。

“你确实长大了，漂亮了。但是不管你看起来什么样，我都不允许你和一群16岁的人去参加狂欢派对。”

“为什么？”

“因为你才13岁，狂欢派对不适合你，你还没到参加的法定年龄。那个卡拉也不应该去那儿晃荡。不知道她妈妈知不知情？我应该打电话问下——”

“妈——”她尖叫起来，“不行！”

---

① 美国法规规定，公民十六岁可以考初级驾照，考过一年后可以考正式驾照，考过则可以独立开车。

“要再听到什么狂欢派对，我就打电话找他们。”

“就知道不能跟你说！”话毕，她闷闷地不吭声了。

我转身继续做沙拉，但已全无胃口。

那天晚上我打电话找巴里，他不在家。肯定是和健美操女王约会去了，让他们在暴雨里淋个落汤鸡才好！等了一个小时，还不回我电话，我打开晚间新闻频道，看他是不是遭抢、被杀或者打残了，从而有理由不回电话。

10 点的新闻中充斥着“任血流淌”[①]的事件。闲散的周末，或者说缺少重大新闻的日子里，媒体总要把方圆五十英里以内发生的每一桩车祸、谋杀与火灾都长篇累牍地唠叨一番。

我换上一件 T 恤，走进卫生间，往脸上拍着保湿水。看着镜中的自己，想起曾经有人说我像格蕾丝・斯利克[②]；我一直视之为高度的赞美；我和她一样，虽然都早生华发，但也同时有了成熟的气质。我快做完保湿的时候，新闻切回了主播的画面——已是一副严肃的面孔。

“丹・瑞安高速公路[③]今天晚间发生一起车祸，一名 24 岁女子当场身亡。据目击者称，事故发生时，女子所乘车辆在行驶中突然失控，冲出道路中线，随后与对向驶来的一辆卡车相撞。”

---

① 此系作者幽默，引用滚石乐队在六十年代发行的著名专辑《任血流淌》（内包含同名曲一首）。

② 美国迷幻摇滚歌手、音乐人、模特，生于 1939 年，成名于二十世纪六十年代。深色鬈发，脸型瘦长，两眼大而深邃，且相距较近，整体气质偏成熟、感性。

③ 连接芝加哥城南和郊区、印第安纳州西北部和芝加哥市中心的枢纽公路，每日通过 27.5 万车辆，是世界上交通最繁忙的公路之一。

我猛地抬起头，朝屏幕看去。镜头被雨水打得模糊不清，一时只能辨认出旋转而交替闪烁的红、蓝警灯。等到画面变清晰了，才看见一个警察站在高速公路边上，身后有一辆车，车头已被撞裂、轧扁。镜头摇到另一边，两个医护人员正把一副轮床往救护车后厢里抬。床上的尸体盖着白布，风吹起白布的一角，露出一小块蓝底、白色圆点的东西。

第十四章

凌晨3点，往往是理智陷入昏睡、阴谋悄然孵化的时刻。窗外的暴风雨早已减弱，变成了温柔的小雨点轻轻落下，发出纸张燃烧时那种轻轻地噼啪声，一滴一滴可以数得清清楚楚。我在床上辗转反侧，脑中浮现出昨天的事情。

一个男人为一桩命案被定了罪，而他很可能是无辜的。一个年轻女人隐瞒了命案现场的重要信息。不久以后，这个女人向一个影视制片人推心置腹地讲出了命案现场的所见所闻、并且察觉自己已被跟踪的种种迹象之后，当晚便死于车祸。

诚然，事故发生在驾车者容易疲劳和懈怠的夜晚。诚然，暴风雨后路面湿滑。诚然，朗达·迪萨皮奥有可能车技奇烂。

依然疑点重重。

早上六点，我跑过门前的草坪去拿报纸。老天仿佛在为昨晚的坏天气道歉似的，一大早就阳光明媚。草地上的小水珠在晨曦下像宝石一样闪闪发光。晨雾从地上升起，萦绕在一片常绿植物之间，整个花园看上去宛若上古的仙境。我拿着报纸进了屋，煮了一壶咖啡，不禁期待着小精灵和森林仙女跃过窗外的场景。

我摊开报纸，往杯里倒了一包糖粉，小口品着咖啡。咖啡里冒出一缕缕香气，鼻腔里顿时涌起一股痒舒舒的感觉，好惬意！杯子上印着“生活不易，英雄亦苦；何以解忧，唯有购物”的字样。嘿，干脆写成“唯有盗物”岂不更妙？——我居然满脑子都是这样的玩意儿！难道这意味着，真的已从昨天的沮丧中恢复过来了吗？

昨夜的车祸发生得很晚，早报尚未刊登，电视新闻里说的我昨晚也都知道了。我想着要不要打电话问问负责巡查高速公路的州警察局，但他们很可能不会透露任何情况——不过如果我有过硬的正当理由需要知情，他们倒还可能告诉我。运气好的话，说不定还有一个布罗德里克·克劳福德[①]式的脾气暴躁的警长来接电话呢。

送蕾切尔上学回来后，我又上楼嗅着咖啡的香气。不知为何，我的咖啡总是闻起来诱人而尝起来差一点。别误会我的意思——要是我的咖啡味道再好一点儿，我可能就得找个老公，不再工作，专心做个小鸟依人的“麦斯威尔[②]咖啡主妇”：穿着衬衫裙打扫屋子，迎候他下班回家。

我进了工作间，把客户通讯录翻了出来。还记得，以前那个个业务清淡时期是 80 年代初，当时我花费了很大力气拉业务：从图书馆查找公司名录，再把需要联系的公司一个一个挑出来，然后写信给它们，并寄去用于展示技术及效果的样片。甚至还参加过几次咨询面谈——就是那种双方都清楚根本不可能谈成任何业务的面谈，但人们终究还是要走这个过场。

我依然认为，我所付出的所有努力取得的唯一结果，就是让我有一种错觉，以为自己还掌控着局面，以为自己成竹在胸。其实有点像冷战时期政府让儿童们做的那种躲避与掩护训练，效果也跟那个一样。等经济复苏了，我的生意也一定会好起来——一如既往地靠着良好的口碑。

尽管知道可能没人接，我还是给潜在的客户逐个打了电话。我

---

① 美国男演员，著名的角色包括 1955 年电视剧《公路巡警》中脾气暴躁的硬汉警长，故主人公出此言。他本人生于 1911 年，奥斯卡奖得主。

② 美国著名咖啡品牌。

并不预料会有人回复。对于大多数人来说，早上都是忙忙碌碌的。我留了言，想着当天下午也许会开始接到回电。我把咖啡杯拿到水槽里，正冲洗着，突然有人砰砰地敲厨房的窗子。

苏珊隔着窗玻璃向我招招手。“去散散步！”

我抓起跑鞋穿上，套上一件毛衣。苏珊·塞勒和我就像阴阳两极：迥然相异而和谐相融。她一头红发，高挑袅娜，总是打扮得像从《Vogue 服饰与美容》[①]杂志里走出来的女郎。她是美食家兼大厨师，有着无可挑剔的好品味。她的人生也平顺美好，不像我的总是磕磕碰碰，极为不顺。

雨后清凉的空气里，弥漫着浓烈的松香和木材燃烧的气味。暴风雨后，路上积起了几个水坑，我们绕行而过。

“你听说斐丽诗·哈特福德的事了么？”

“怎么了？”

“乔治上周搬走了，他们已经在一起27年了。”我和斐丽诗并不熟，只知道她是个烘焙达人。

每一个节假日、学校活动或社区聚会上，我们都能吃到斐丽诗做的点心。对于这些周而复始的节假日活动，烘焙糕点就是她的本能反应，就像膝跳反射[②]一样。

“她现在呀，简直是六神无主!”

“她可以做柠檬小方糕来排解呀。”

苏珊突然看我一眼，目光炯炯，信心十足，“我有配方，等着瞧吧!”

走上一条自行车道，就进入了森林保护区。小道穿林而过，像

---

① 美国顶级时尚杂志，水平齐于《时尚芭莎》《Elle》，高于《嘉人》。

② 指人在膝盖下被敲击时小腿弹跳起来的生物本能反应。

田野中割出的一道刈痕。树木已渐露秋色，在阳光下闪烁着一道道橘红和金黄的光彩。脚下是一层尚未干枯的落叶，踩上去一阵轻柔的沙沙声。我迈起步子来不禁有些敬畏，唯恐惊扰了大自然的安宁与和谐。

“说起烘焙，蕾切尔昨天晚上像酵母面一样爆发了。”

我把蕾切尔怎么扔衣服、扔鞋子、怎么要求买新衣新鞋的情况都告诉了她。

苏珊咯咯地笑起来。

“你还觉得好笑？我刚给她买了秋天穿的东西。包括一套相当不错的衣服。”

“这是女孩子的荷尔蒙在波动，艾利，习惯就好，也就持续那么 40年。”

“是吗？好，那你听这个。”我告诉她蕾切尔和卡拉、德里克新萌生的友谊。“她刚满 13 岁，才上八年级[①]，就开始大谈和男生一起开车兜风。”

“那就给她找点事做呗。”

“她有钢琴课和曲棍球训练，但是曲棍球十月份就停训了。”

“再参加个课外兴趣班怎么样？贾斯汀去年上了个摄影班，挺不错。”

“一个每天沉迷于 MTV 的 13 岁女孩，你告诉我什么东西才能让她保持兴趣呢？”

苏珊朝我轻轻绽开她的招牌——蒙娜·丽莎式的微笑，“肯定能找到一样。”

路旁秋麒麟草丛中盘旋着几只大黄蜂，我只好闪身躲开。令人

---

① 指美国初中三年级。

欣慰的是，它们很快就要在秋风中销声匿迹了。我可不喜欢带刺的飞行物。转过一个拐角之后，我把朗达·迪萨皮奥在商场里对我说的话转述给她听。

“你相信她的话？”苏珊把袖子挽到手肘。“我是说，如果她在证人席上都敢做伪证……”

“跟了我一路就为了向我编个故事？不可能吧。”我犹豫片刻，又说：“而且还发生了另一件事，让我开始相信她说的是真的。”

“什么事？”

“她昨晚出车祸死了。”

苏珊的眸子先是睁大，然后又眯缝起来。

我解释了事情始末。

“那场雨确实很大，”她思虑着说，“有些地方今天都还没有恢复供电。”

“她一直说感觉有人在跟踪她。”

当时气温至少有 60 度①，苏珊却颤抖起来。“那你打算怎么办？”

“我本想打电话给州警察局，问他们是不是把车祸定性为偶发事故——”

“为什么不会？”

“我——我也不知道，但就算不定为事故，他们也不会告诉我。我又不是死者的亲友——根本就和这女人毫无关系。而且我估计，那次庭审之后，很多人都不会相信我的话了。“我耸耸肩。“但我把这些都告诉了布拉谢尔斯，桑托罗的律师，你知道吧。”

---

① 美国通用华氏温度计，华氏 60 度约等于摄氏 15.6 度。

“他怎么说？”

“什么也没说。其实，我觉得他从头到尾对这个案子都不怎么上心，就比如——”我蓦然住口。

“比如什么？”

我呆呆地不说话。

“艾利，究竟怎么了？”

“我——我也不知道，也许是我想多了。”

“怎么了？”

“我在想，从商场回家后，我第一时间就把和朗达的谈话告诉了布拉谢尔斯，然后只过了几个小时朗达就死了。”

苏珊放慢了脚步，眉毛高耸：“艾利……”

“好好好！”我举起手掌。“我不乱猜了，也不管这事了，这事也轮不到我来操心。”我蹦蹦跳跳地在她前面走了几步。“我好得很啦，你等着瞧！等会儿回到家我会尽力揽些活儿来干。”

自行车道已是尽头，我们便改沿日落岭①走下去。突然，我看见前方道路上有一辆深色 SUV 正缓缓转过弯。我停下脚步，用手遮在额前，惊讶地瞪着它一路远去。

“又怎么了？”苏珊问。

我看着那辆车消失在公路拐弯处，心里怦怦直跳。“没什么。”

这种事我跟苏珊说不到一块儿。她从来不相信这世上还有坏人、阴谋这种东西。毕竟，肯尼迪遇刺时她还是个婴儿呢。

---

① 街道名。

第十五章

小时候，妈妈老说我是个不怕摔打的孩子，每逢挫折，我最终都能恢复过来，就像那些被打击后还能弹回原型的充气娃娃。我的榜样就是蒙蒂派森[①]中的黑色骑士[②]——四肢都被砍掉，依然要向国王挑战！尽管如此，到了下午的时候，我还是说服自己，生活还得继续，什么桑托罗、玛丽·乔·博赛尼克和朗达·迪萨皮奥都见鬼去吧！目前为止，我还看不出什么名堂。或许朗达的死就是一起交通事故，或许桑托罗真的杀了玛丽·乔。

我去了周围的公园区和学校。大部分热门校外课程，如表演、足球、摄影、电脑等，7 月份就都报满了，最后才找到两家还有名额的："我们一起学拉丁语"和"科学俱乐部"。这两个都不属于蕾切尔的十大首选，但我还是将它们记了下来。

我查看了答录机，还没人回电话！我盯着罗拉代克斯旋转名片夹，思忖自己是否得撒更大的网。其实我和那些名片的主人仅仅有过几句寒暄，距离可打业务电话的程度还差得老远。不妥。于是我从蕾切尔房间的地板上拣起衣服，用洗衣机洗了几批。

四点钟的时候，电话终于响起。是中西部互惠保险公司的凯伦·毕晓普，我多年的客户。"凯伦，你好啊？"

---

① 蒙蒂派森（Monty Python）是英国六人喜剧团体，喜剧界的披头士。

② 黑色骑士是电影《蒙蒂派森与圣杯》（Monty Python and the Holy Grail）中的一个角色。

“我很好，对不起，这么晚才给你回电话，艾利。什么事？”

“只是想看看是否有什么事情能为你做，我们好长时间没有……”

我听到她吁了一口气。“我就觉着你是为了这个才给我来电话的。”

“请讲。”

我和凯伦一起合作了5年。她是个职场母亲，说话直来直去，在公司环境里不但挺了下来，而且还算是出类拔萃。虽说如此，我还是没有料到下面这一幕。

她踌躇了一下。“艾利，我不能雇佣你。而且，我认为恐怕没有人想和你沾边儿。”

“怎么讲？”

“都是因为你那次在法庭作证。你让那么多人注意到你。眼下人们对你都有点戒心呢。”她顿了一下。“你知道是怎么回事。”

我紧握电话，盯着墙上的一条裂缝——以前从没注意到。“不会吧，凯伦！这到底是怎么回事？”

“你知道人们的心态。他们不喜欢扰乱现状的东西，不喜欢那些实际上要求他们形成独立观点的东西。你这算是一个人冲了出来，让人们看到了。大家都在新闻上见到你……”

“请等一下，我这是因为作证而受到惩罚吗？”

“不，当然不是，尽管瑞安对你的证词挑出许多漏洞。”

“这意味着今后再也没有企业雇佣我制作宣传片了？”

“我没有这么说。”

“那你说的是什么意思呢，凯伦？”

她清了清喉咙。“坦率地说，艾利，是征得同意的问题。你发布了从法律上说并不属于你的影像资料，至少我们的律师是这么讲的。”

“凯伦，录像是水区发布的。他们一直都很清楚此事。”

“但事情是你挑的头，那些律师说你越出了界限，这是个恶劣的先例。”

“可这上面根本不涉及所有权问题啊。”

“也许不涉及，可问题在于，是你给他们做了决定。没有哪个公司愿意他人，尤其是第三方，迫使自己采取某种行动。那本来就不是你的录像带。没有谁会为这件事采取什么行动，可他们说这件事也表明了某种东西。”

“表明了什么？”

“表明……呃，我这么说吧，他们已经对你的职业道德失去了信任。”

我一下子惊呆了。“真让人难以置信！你怎么看？”

“艾利，得了吧，你觉得呢？”

震惊与气愤之余，我听得出来，她也对此感到为难。“上帝啊，凯伦！那个男子被控谋杀罪，而他也许并没杀人。我该怎么办？将脸扭向一边？假装不知道这件事？”

“我懂，我懂。可你我都知道，你是否真的做了错事无关紧要，一切都看表面，你没有团队精神。”

“可我没有做错事呀！”

凯伦叹了口气。“听着，艾利！我没必要告诉你，公司里的人在涉及自己的利益，或是他们认为的利益时，就会闭上眼睛。他们会不择手段来保护自己……以及他们的饭碗。坏消息是，只要靠他们给我发工资，我就只能言听计从，不过也有好消息。”

“是吗？什么好消息？”

“这种状况长不了的，人们的记性没那么好，再过几个月，这一切都会烟消云散。春天的时候给我打电话吧，那时我们可以谈谈。这期间你干吗不给自己放点假呢？我敢说，你经受了这一切，也该放松放松了。”

“谢谢。”

我挂断电话。现在我总算搞明白，为什么没人给我回电话了。芝加哥制片行业的圈子很小，消息传得飞快，尤其是在通过公司通信手段传播的情况下。况且，说实话，水区对发布录像带一事本来就不那么满意呢。

可这是我的谋生手段，还要过6个月才是春天呢。这事情要是不能“烟消云散”呢？我可能被无限期列在黑名单上。或许他们永远都不会让我回到那个“团队”。巴里给的孩子抚养费说得好听点才是不稳定，我该怎样才能做到收支相抵呀？

我开始来回踱步，真有点怒气冲天。几年前，我可能会在利益集团那里吃苦耐劳而成为一个有价值的人，因而受到赏识。可这样的日子早已过去，我需要那些公司来维持生存——至少是需要获得它们的业务——来生存。唉！算了！让那些诉讼见鬼吧。让柯克·瑞安见鬼吧。也让查克·布拉谢尔斯见鬼吧。

自哀自怜了六个小时，泡了个热水澡，并且喝了两杯葡萄酒以后，我终于认识到凯伦是对的。没有人强迫我走上证人席，是我自己主动跳出来的。在某种程度上讲，是我挑起了自我摧毁信誉的这一连串事件。另外一件事也让凯伦说对了：他们不在乎我以后还要不要工作，他们有自己的利益要保护。

可我也有自己的利益。

我拽过被单，钻进被窝。自己惹上的麻烦，还得自己来摆平。

第十六章

周一清早，我驱车前往芝加哥东区。你可能常听人说芝加哥的北、南、西区[①]，而很少听说东区。该片区东南部环抱密歇根湖，有“南芝加哥”“南荻岭”“黑格威施”等多个劳工阶层社区。

我下了公路，刚进入 130 号大街，便有一股汽油味儿透进车窗。如果说芝加哥是“巨肩之城”[②]，那么这里就是“巨肩”上肌肉最健壮的部分了。尽管东边过去一段可以看到两旁立着小平房的街道，一边街角有个酒吧，另一边有个教堂，但 130 号大街和托伦斯路的交叉路口一带却是实实在在的工业中心区。这里簇拥着工厂、仓库和起重机，街面上随处有废弃的火车车厢。大烟囱格格地向空中喷着沙尘以及别的一些东西——鬼才知道那是些什么！

我刚刚做出了一个重大决定。要修复我的名誉，只有两个办法：其一是证明朗达·迪萨皮奥的证词属实。但困难在于，我没有在船舶下水处安装监控设备，调查无从下手；另外，如果船上那两人真是杀害玛丽·乔的凶手，那我可不想卷进去，以免引火烧身。其二是彻底查清桑托罗的背景以证其清白。我已经知道了他常去的

---

① 芝加哥北区为白人富人区，而西、南部则是穷人区，并聚居着很多黑人。

② 芝加哥别称，来源于普利策奖两届得主、芝加哥诗人、社会主义者桑德伯格的《芝加哥》一诗：“这世界的屠猪场……巨肩之城……”，主要是形容芝城的雄伟和工业化的繁荣。

地方：酒吧和码头。

两者之中不难选择。

卡柳梅特河自密歇根湖沿西南方向流出，流经卡柳梅特港，最后汇入密西西比河。该港口经过疏浚和改造成为深水港，可接纳从圣劳伦斯海道[①]来的大货船，称得上是芝加哥又一工程奇迹[②]。河水在港口边缘纵切出若干个狭长的水湾，被切开的码头像个巨大叉子的一排齿。就是在这些码头，货物卸下轮船，运往全国各地：以前多靠火车，如今多走公路。

我绕过托伦斯路的福特厂区，拐入122号大街；然后再次拐弯后，进入一条经过多次修补而疤痕遍布的马路。一眼看去，这条路前方好像还有一个转弯，我不由得哀叹一声。沿此路又开了一英里，终于看见了一个破破烂烂的黑白指示牌，标着“赛瑞斯码头”。我转过车头开进停车场，场地上散落着几块庞大的混凝土碎块，最后把车停在一栋破旧的瓦楞金属屋顶砖房后面。我前面先就停着几辆车，停放的角度很是随意。

这是十月里一个凉爽的早晨，车的挡风玻璃上已凝起一层白雾。我戴上一顶白袜队棒球帽——我可不会傻傻地在城南戴小熊队的帽子[③]——慢慢向正在仓库前排队的一群码头工人踱去。一个肉墩墩、头发花白的男人正站在生锈的钢制脚手架上，手拿夹纸板俯

---

① 一系列连接大西洋及北美五大湖的运河、船闸和航道，跨越美、加，是五大湖区重要的经济运输水道。

② 原本的“工程奇迹”指芝加哥西尔斯大厦（后改名韦莱集团大厦，一度是全球最高楼）、倒流的芝加哥人工河段等。

③ 芝加哥城南多白袜队球迷。该队被称为“城南杀手”。而城北多小熊队球迷。两支球队都是美国著名棒球劲旅。

视着他们。工人们穿着帆布工作服和磨旧的钢头靴，大多数看上去年纪很大，其中有几人挥舞着工会会员证。

“对不住了各位，今儿人招满了，”拿着夹纸板的人说，“不过我这儿礼拜五会来一船钢卷，能雇上十来个人。”

人群中哄然发出一阵抱怨的声音，然而这声音出奇地温顺，似乎他们早已习惯于希望落空。我用肩膀搡开旁人，一路挤到拿夹纸板那人面前，他却假装没看见我，自顾爬下了招工时站的高架，从口袋里掏出一只马口铁盒，打开后用拇指和食指捏出一团“红人”①烟叶。

“请问，”他把烟叶塞进嘴里时，我开口了。他朝我眯起眼睛，一边的腮帮子鼓了起来，像只花栗鼠。“你认识姜尼·桑托罗吗？”我问。

他的眉毛倏地耸起，但他依然嚼着烟叶不说话。

“我知道他以前在这儿干活。”我继续说。

他吐出一团黏稠的黑色东西，正好落在离我左脚球鞋几英寸的地方。“一年多没见着他人，现在也不想见。”

我坚持问下去：“但是你认识他吧？”

他把我从头到脚打量一遍。“你警察呀？”

“不是。”

“律师？”

“不是。”

“工会的？”

“不是。”

“那我没啥可告诉你的。”

---

① 美国嚼烟品牌，初创于 1904 年。

他转身走了，甩给我一个背影。几只海鸥从他头顶平行俯冲而过，肚皮上闪动着晨光。我思忖着要不要向他求情，说自己的职业生涯将因为不能挽回名誉而面临灭顶之灾，但我看到仓库边那群被冷酷拒绝的工人，便又放弃了这个念头。我把帽檐拉下一些，走回停车场，正绕过一座墙漆剥落的仓库，突然闪出一个人影。

“借个火？”一个身板粗壮的男人从耳后抽出一根烟，对我说道。他灰白头发，圆鼻子上突着红色血管，皮肤呈干苹果的颜色，身上一股酒味，口袋里有一块凸起处让人生疑。我从手袋里翻出一只火柴盒。盒子已经有些磨损，是从我最喜爱的社区餐厅“意大利花园”拿来的。

他用粗短的手指给烟点上火，深深地吸了一口，接着悠悠然吐出一口烟来，好一副怡然自得的样子，我这个十五年没抽烟的人都快被他撩起烟瘾来了。他似乎知道我的心思，冲我咧嘴一笑，把剩下的火柴都装进了自己的口袋。

“你就是电视上那位女士。”他打量着我说。“你真有胆量，敢为姜尼辩护。”

那火柴就给他好了，他认识桑托罗，我按捺着激动的心情。“我好像也没帮到什么忙。”

“这可说不准。”他把拿在手里的烟又塞回嘴里。“你为什么大老远跑到这来？罪还没受够？”

“我——他的一些情况我想找人问下。”

“哦。”他放下双臂。“但你怎么想到跑这儿来的？”

“哦，原来如此。”我误解了他的话。“我打电话问工会怎样能找到码头工人，他们说今天只有赛瑞斯才招工。”

他点点头，示意我跟他走。我跟着他来到码头边上。几码之外拴着一只驳船，船上的物品上面盖着几层油布。河水拍击着船身。

水湾的另一边，一条货船靠岸了，叫喊声传了过来，几个工人正闹哄哄地忙着从船上卸货，一股浓浓的腐鱼气味冲鼻而来。

他把烟灰弹进河水里，又吸了一口，肚子一凹一鼓像个气球。“我叫斯威尼，你想打听什么？”

这是我几周内听见的最友善的话了。

“不知道从哪跟你问起，呃——先告诉我你怎么认识他的吧。”

斯威尼吸了一口，香烟的尾端闪起橘黄色的光。

“他老爹跟我是哥们儿。”

“桑托罗的父亲也是码头工人？”

“是啊，不过，他已经走了，癌症。”

我妈妈也是。“他——姜尼——他们家是不是个大家庭？”

他又吸一口。“算是吧，我记得有四个小孩，除了姜尼还有三个女儿。”

“他们住这附近吗？”

“就在这不远。”他把烟往码头外一弹。烟灰落在水里，发出轻轻的“嘶”的一声。“你想知道什么，女士？”

我吸了一口气。“斯威尼先生，我认为姜尼·桑托罗没有杀他女朋友，但是陪审团不相信我。如果不能证明我言之属实，我就再也不能正常工作了。我正在寻找能证明他清白的任何证据、任何说法、任何有可能证明他没杀人的东西。我觉得要先从这个地方找起。”

他凝视着我，又一次长长地审视着我；然后才开口道：“如果是这样的话，我恐怕也帮不上什么忙。”

“为什么？”

“我——嗯，这么跟你说吧，姜尼这小子不招人待见。”

一只小船嘎嘎嘎地穿过了水道，随后引得驳船轻摇起来。

“怎么讲？”

“姜尼是那种吊儿郎当混日子的主儿，你懂么？仅仅因为父亲在这儿工作，就以为自己该这样胡混。”

“他经常在码头上干活吗？”

斯威尼嗤笑一声。“不怎么经常，来了也是到处晃荡，一副拽样儿，好像他是这儿的老大似的，还天天吹牛皮。”

“吹什么？”

“他那帮朋友啦，他的毒品生意啦。说什么他会大赚一笔，就那一套扯淡的东西。”

“毒品生意？桑托罗贩毒？”

“不知道。”他眼睛看向水面。

我等着他开口。

他重重地咳嗽起来——这是典型的烟民症状——然后又掏出一根烟。“但是我好像记得，被抓的几个月前他说过，他自己将不必长久干这个了。”

“干什么？”

“就是不再来码头找活儿嘛。”

“为什么？”

“他说要干一票大的。”

“但是你没细问？”

他眯缝着眼睛看着我。“也不关我的事，对吧？”

“他有没有提到过一个叫萨米的人？”

他皱着眉，掏出“意大利花园”的火柴盒。“我印象中是没有。”

他又点上一根烟，挥灭火柴，火柴棍丢在了混凝土碎块上。

我清了清嗓子，谨慎地为下一个问题考虑措辞。

“桑托罗办了工会会员证，是吗？”

“哦，他爸给搞定的。就是查理不对，老惯着他。”

我顿了顿。“嗯，就这边的情况来看，你觉得他是不是惹上了不该惹的人？这些人可能哪里看不惯他，所以对他——”

“你是说那群人？操控雇用劳工、榨取我们的养老金——哪怕我们找不到事做——你说的是那群人吧？”

我点点头。

他犹豫了片刻。“我不好乱说，反正我和查理从没和那帮人搅在一起，那些人会把你的血都榨干。”他轻哼一声。“当然了，要是二十年前，谁也不会把他们当回事。那时候毕竟工作多，做个工还能填饱肚子，可到现在就……真是从来没现在这么恶劣过，一个星期可能都不来一条船，根本没法儿活了。”

他偷偷瞥了我一眼，接着竟咧开嘴笑了，露出一排污渍斑斑的黄牙。“坦白说，我和查理也不是没干过让船上的货偶尔‘不小心丢失’的事。比如那次一艘货船运来的科尔维特[①]发动机，就有一些‘丢’了。卖掉之后，有一些装在了‘南岸’[②]的车里。听说联邦调查局还调查 79 号大街和菲利普斯路的交叉口上那家麦当劳，专门堵那里开雪佛兰的高中生，让他们一个一个打开车的引擎盖给调查员检查里面的发动机。”他轻轻地笑起来，肚子一颤一颤的。“但这些好日子都过去啦，现在没啥可偷的了。我是说，谁会想要一堆钢卷呢？”

“这么说，姜尼不可能——”

---

① 即雪佛兰科尔维特，通用旗下最高端的超级跑车品牌。

② 芝加哥东区位于密歇根湖滨的社区，居民以中产阶级为主。

“我说了，我这人不招惹麻烦。”

“明白。”我朝水道对岸望去。一丝丝纤细的阳光在水面上穿针般地跳动。“问你件事，斯威尼先生。有什么人来问过桑托罗的事吗？”

“你指什么人？”

“警察，侦探，律师之类的。”

“我印象里是没有。不过，除非必须来，没人愿意光顾这种地方的。”

“哦。好吧，谢谢你。你真帮了我大忙。”

他挺了挺腰杆。“我说过，我和查理是好哥们儿。”我向自己的车走去，转弯之前，我回头看了斯威尼一眼。只见他正出神地望着河水，似乎码头盗走了他的灵魂，他却懒得索回。

第十七章

我沿着福特主教高速公路向北驶去，白色广告牌上的一对红唇让我想起朗达·迪萨皮奥，想起那天她的嘴挤成了一个紧致的深红肉球，与苍白的肤色形成强烈反差，想起那天她胡乱涂抹的唇膏——哎呀！那天她就是走的这条公路北上来见我，却没料到永远也没能走完返回的路程！

我紧了紧安全带。其实，我去港口调查可能并没什么好处。姜尼·桑托罗像是跟黑道人物搅在了一块儿的小混混，我也并不想帮助这种人，要是当初就知道了这些，还会跟他掺和在一起吗？

丹·瑞安高速公路从 95 号大街通往卢普区。快到 95 号大街的时候，我放慢了车速。此处距离卡柳梅特公园、密歇根湖和船舶下水处只有几英里。我可以试着核对朗达给我讲的那些话。尽管很可能永远都找不到到无可置疑的证据——玛丽·乔死了有一年时间了，但是，我至少可以看看朗达的说法是否靠谱，甚至都不用下车，开着车转转就行了。

转过了弯。

高速路东边主要是黑人区，到了湖那里则是拉丁裔街区了。95 号大街旁边的那些街道都很狭窄，两旁都是排屋和平房，但很整洁，似乎就算贫穷，也要在努力保持体面。

芝加哥的公园都营造得很出色，卡柳梅特也不例外。那片 200 英亩的土地是个安宁的去处，有种种优雅的曲线、宽阔的步道、众多的树木。旁边经过几个骑自行车的孩子——他们肯定是在逃学——和两个推着婴儿车的妇女。我刚刚摇下车窗，太阳下暖烘烘的空气立即涌进车内。

扭转车头，开进公园东北端那个停车场。湖水立刻出现在了我面前，湖岸是一个大湾。左边有几棵树，但并没阻挡视线。我关掉发动机。几只鸥鸟从车旁走过，小脑袋前后晃动。太阳照在树上，微风轻拂，树叶轻摇，闪烁着紫铜色、红色和金色的光斑。我下了车。

面前分布着四个狭窄的木板码头，码头之间的水道足以进出船只，柏油路一直铺到了水边。两个男人正将一艘船拖向一辆挂车，挂车钩在一辆货车尾部。船坞北端有一个金属挡浪板，再大的波浪也能阻挡在外。

向右看去，沿着湖岸有许许多多的石头，旁边是一条宽宽的步道，慢跑者和骑车人均可通行。我走过去，试着想象朗达描述过的情景。我蹲坐在石头上，假定此时已是深夜，手里握着一瓶酒；我盯着湖面，想象着模模糊糊的一条船沿着岸边开进下水处，听到船减速时发动机的轰鸣声。我尽力感受当玛丽·乔和朗达意识到船上有两个男人时，她们必然有的那种兴奋感。尽管船舶下水处离得有点远，无法看清对方的脸——我这时就几乎看不到正将船拖向挂车的那两个男人——却能想象这两个女人咯咯笑个不停，互相怂恿对方主动上前搭讪的情景。

我原路折回停车场。停车场前面是一片长满杂草且落满树叶的区域，这时上面满是草茬儿，一片褐色。左边，沿着整个停车场，是一道金属防护网。防护网后面是个仅有一层的红色建筑——大概是公园区的某种设施吧。

朗达说她是从防护网的一个洞逃出去的。我走到防护网边，开始沿着它一直走下去，一边走一边上下左右摇动防护网。走了一半的时候，有个地方显得松弛。我停下来，再次摇了一下。防护网底部松了。我弯下身子，掀起一段防护网。朗达就是从这里钻出去得以逃命的吗？

我将那段松动的防护网重新安好，然后站起身来。沿着防护网积聚了许多垃圾，垃圾紧靠着链环，链环那里草长得越了界。丢弃的咖啡杯、啤酒罐、快餐包装，甚至还有可能原本是从衬衫上撕下的几个布片。再向前走几码远的地方，有个靠着防护网的东西闪闪发光。我用脚碰了一下，原来是一只带小饰物的银手镯卡在一把梳子里。我弯下腰，从梳子里拽出手镯，手镯上有个小小的银质心形饰物。也许是某个小姑娘的东西，她发觉弄丢了时肯定哭了好几天。

我仔细端详手镯，将两边都看了看，然后丢进手袋里。现在我依然需要经过内心斗争才能抗拒不属于我的东西，不过这次我是在挽救一件东西，让它不被遗忘，并非入店行窃。这根本不是一回事，对吧？

然后走向船舶下水处。那两人已将船拖上挂车，正开车离去。岸边的防浪板已经积聚了更多的垃圾：汽水瓶、瘪了的汽油罐、碎玻璃，诸如此类的。浪头打来的时候那些垃圾消失了，过一会儿又重新出现。难道，难道在这儿，每个人都只想等自己离开后让别人清理吗？

正要走上码头，突然，身后传来一阵喧闹声。

我猛然转过身。两个骑自行车的孩子正围上我的沃尔沃。我的车虽说已经开了十多年，但还不算太破，还打算再用上几年呢。我挎上手袋，向那边走去。这时，一个孩子将自行车停下，然后将身子贴在驾驶座一侧。他伸出胳膊，漫步从车头走到车尾，手一直贴着车边。另一个孩子看着笑了起来。

“嘿！”我快步冲向他们。“不许乱动我的车子！”

刚才发笑的孩子转过身——笑容消失了。车边的那个孩子跑向一辆自行车，跨了上去。两个孩子都发狂般分别朝相反方向蹬去。

“嘿，你们两个！马上停下来！”我大叫道。

可我根本不是箭一般快的少年骑车人的对手。等我走到车旁，他们已经转过路弯，不见了踪影。我上气不接下气，大汗淋漓，就在他们刚才的位置停下脚步。只见一条漫长而曲曲弯弯的划痕，从车头一直延伸到后保险杠！

第十八章

中学同学马克·莱弗茨在格伦维尤[①]开了一家汽车修理厂，回家后我就给他打了个电话。毕业那年我和他约会了一个月左右，关系很快白热化，如痴如狂，突然之间便烧成了灰烬——因为他一口咬定更喜欢安琪·索耶。安琪是个人见人爱的金发女郎，并且是啦啦队队长。传闻说她喜爱汽车后排座那事儿。怪不得，与汽车打交道就成了马克一生的事业。

他说，那些刮痕可以修好，只要 1200 美元。听得我一时停住了呼吸！回过气来才给他说，我会学着喜欢那些疤痕，随即挂了。罢了，前男友。虽说我还记得，他当时的确抽的都是高级大麻，那时候大麻 30 美元一盎司[②]，而他在大家面前抽的，却是精品无籽大麻!

我漫步进了厨房。说起大麻，我又想起了玛丽·乔在船只下水处对朗达说的话。说什么“你怎么知道我不知道那种生意？”当时，我还觉得这话问得奇怪，因为没有语境。然而此刻，我倒是真有些好奇了。难道这一切竟是这个原因？

---

① 芝加哥城区以北的一个小镇，离城约 23 公里。

② 重量单位，1 盎司约等于 28.3495 克。

我拿起海绵擦拭吧台[①]。或许船上那些是毒品贩子，从加拿大通过五大湖区水路而来。哎呀！假如他们走卡柳梅特河的话，就可以进入密西西比河，从而进入美国大部分地区！有没有这种可能——事发当晚玛丽·乔不是偶然出现在船舶下水处呢？如果那天晚上玛丽·乔是为了桑托罗去截那只船上的货呢？斯威尼并没有否认桑托罗参与贩毒，但我直截了当地问他，他却闭口不答。而玛丽·乔是桑托罗的女友。

不过，她当时为什么会带上朗达·迪萨皮奥一道去呢？除非朗达也卷入了此事？不大可能，这太牵强了。或许桑托罗硬要玛丽·乔去截住那批货，但她拒绝，或许这就是他们在酒吧吵架的原因吧。要么就是她不想与毒品交易有任何牵连，正想驾着桑托罗的车绝尘而去。

我擦着炉子上的出火口。要么是正好相反？她想卷入得更深？逼走桑托罗？没人说玛丽·乔是天使——除了她母亲。或许玛丽·乔开着他的车离去，让他在原地动弹不得，而自己亲自前去船舶下水处那里。但她到了那儿之后，交易谈崩了。要么毒贩子不认识她，要么不相信她的说辞，要么以为她是警察，毒贩惊恐万状想要杀人灭口，她想逃跑，最终丧命。

无论哪种情况，桑托罗都脱不了干系。

他可能并没到卡柳梅特公园，也可能没有谋杀罪，但并非无辜。

然后到洗碗池冲洗海绵。我的推理只有一个问题：庭审中没一

---

① 美国厨房里隔断厨房与餐厅的一个台面，厨房那一面要低一些，往往是洗碗池台面，从客厅这面看，犹如酒吧或餐馆的吧台，实为厨房与餐厅之间传递食物与碗筷的平台。

句谈到毒品交易。连暗示都没有。一方面在法庭上证明他无罪，另一方面又要让他承认他有罪——另一件罪行，虽然这个想法可能不算高明，但我怀疑布拉谢尔斯连这种可能性都没考虑过，要真是这样，那就太糟糕了。反过来说，如果他真能让法庭相信玛丽·乔是在充当桑托罗毒品交易的中间人，就有可能大大增强那盘录像带的真实性。

“喂，我是艾利·福尔曼。我有了新想法，觉得应该告诉你。是有关桑托罗的情况，以及玛丽·乔被害当晚那些人可能在从事的勾当。这有可能增加录像的可信度。不过话说回来，也有可能什么作用也起不了，但我觉得至少应该向你通个气。”

挂上电话，只见阳光涌进窗户，红、橘、黄色的各种秋叶竞相斗艳。尽想着这些欺诈啦、贩毒啦、谋杀啦让我深感肮脏，还是上楼去冲洗冲洗吧。

厨房外有个小小的露台，周末老爸过来，我们就在露台烧烤。想着这可能是秋天的最后一个周末，就去买了肥实的牛排；至于吃了这牛排会堵塞我多少动脉血管，管它的！

老爸一向擅长生火，至今依然胜过我所认识的任何男人；除了打火机油，什么引火的东西都不要。几分钟之内，火苗就舔着了烤架。木炭表面成了白色，我拿出了要烤的肉料。

“从庭审的打击中恢复过来了？”他用钳子拨弄着牛排。

我坐进折叠式躺椅里。“还是该听你的，真有点儿后悔卷进这个案子。”

他将肉摊在烤架上。“作证那个女子不是刚刚死于一场车祸吗？”

“你怎么知道的？”

“艾利，我可能是老了，动作缓慢，但我的大部分气缸并没熄火。那是上了电视的。”

“朗达·迪萨尼奥是玛丽·乔·博赛尼克的闺蜜，”我说，“但你不知道的是，她出事那天来找过我。”

爸爸抬起头来。“为什么要找你？”

“她讲了一段非常奇怪的经历。”我就说了遇见朗达的情况。

“找你的目的呢？”

“在电视上播出她的情况，避免进监狱，她以为我在新闻界工作。瑞安特别强调了这一点，还记得吗？”

“她为何不找警方？”

“她说，她实在是吓坏了。”

“我并不是说死者坏话的人，不过，没人会说她聪明。”

“可能吧。但我开始怀疑，这一切是否与贩运毒品有关。”

“毒品？”

我简单说了一下我的疑点，但没说是如何发现的，因为他一向主张我去实地调查。

“这么说来，”爸爸说道，“桑托罗可能并非你先前以为的那么无辜？”

“对。”

他端起苏格兰威士忌，冰块叮叮当当地碰撞着玻璃杯内壁。老爸值得称道的是，他没有来这么一句：“我早就跟你说过。”

“这也可以解释布拉谢尔斯的反常表现。”

“桑托罗的律师？”

我点点头：“我一直都在想，他只是在装装样子，做了点儿最低限度的辩护，仅此而已。”

“你认为他知道桑托罗的勾当？”

“有可能，或许布拉谢尔斯不想把大量精力浪费在输家身上。

这不就是辩护律师的想法吗？”

“如果那样想，就不该当辩护律师。”

透过厨房窗户，一眼瞥见大卫和蕾切尔正在洗生菜，做沙拉的。

我转头对老爸说：“我是想让布拉谢尔斯知道这事，但他还没有打回来。”

老爸翻过那些肉，然后小心翼翼地坐进椅子里。

桑德堡[①]说错了，是年龄，而不是雾，“踩着小猫的脚步[②]”悄然行进。

“艾利，你还要给那个律师打电话？审判完都完了呀。”

我耸耸肩。

“艾利……”

“好吧，我说。”我叹了口气。“庭审以后，再没人肯雇用我，甚至电话都没人肯回。我的老客户、老朋友，中西部互惠保险公司的凯伦·毕晓普说，就是因为那盘录像带。显而易见，是我迫使人家拿出来的，大家，尤其是那些公司头头，是很忌讳这种事的。我的信誉已经丧失殆尽，我想努力控制这事的后果。”

“你这么做确实太蠢了，别再参与了。”他疲倦地说。

“爸，我得工作呀。”

屋里传出一阵响亮的笑声。大卫和蕾切尔在玩着传橄榄球的游戏，把黄瓜当作橄榄球扔过来抛过去。“哪本书上写着你必须永远供养自己？”

---

① 桑德堡（1878—1967），诗人，传记作家，生于伊利诺伊州格尔斯堡一个瑞典移民家庭。芝加哥诗派的代表人物之一。

② 桑德堡的诗《雾》开头两行：“雾来了，踩着小猫的脚步”。

“别过去，爸！别提这个，爸!”

正是我的依赖性——或是巴里声称的我的依赖性——引发了我们婚后的许多矛盾。他抱怨说，我只是在想要工作的时候才去工作，而他得按时拿回固定的薪水。可他是一家经营全面业务的律师事务所的律师，报酬是按一年 2000 小时来计算的。而我是自由职业者；自由职业者绝不可能有稳定的工作节奏，而他从未真正理解这一点。拿到的每一个项目，可能都要写四个方案。赴约谈判，午餐聚会，最终可能还是白忙活一场。每当我无片可拍时，他就叫我公主，甚至更加刻薄。

我珍惜与大卫的关系，不想重蹈覆辙。但这话需另找时间来说。于是拿起夹钳，查看肉烤得如何了。

“或许，还有一种可能性，那个布拉谢尔斯……”

“怎么讲？”

“被人收买。”

“被谁？”

“没人待见桑托罗。斯威尼说的——呃——意思是，我听说他是个大嘴巴。或许有人——某个权势者要布拉谢尔斯不要用尽全力帮他脱罪。或许有人很想要桑托罗代人受罪。”

“你觉得他是遭人陷害？”爸爸的声音严厉起来。

我没回答。

“现在我知道你的确不正常了。”

“等一等，假设船只下水处确有毒品交易，情况会怎么样呢？我们都知道在牵涉毒品的地方，都少不了有组织的犯罪。”

“你不觉得这是把几个推论搅在一起得出的一个巨大的假设吗？”爸爸眯着双眼：“艾利，刚开始你说我是对的，你卷进这个案子错了。现在我听来，你是越陷越深喽。”

“这不是陷进去了。只是我们俩私下这么说。我原来想，你的经历那么丰富，可能会有一些洞见。”

“我的经历？”

“砸脑袋[①]，朗代尔，二战以前。”

老爸哼了一声。“宝贝儿，那都是60多年以前的事了。况且，砸脑袋根本不是什么黑帮成员。”

“你当时可不是这么讲的。”

“砸脑袋只是……只是个街头混混，喜欢耀武扬威。不管怎么说，你现在谈的是一个不同的世界、一个不同的时代。那时的生活不像现在……现在这么粗鲁，那时可是有底线的。”

“鲨鱼就是鲨鱼，无论它何时为害，嗜血的本性不变。”

“你这样想？”他起身查看烤牛排。“我给你讲个故事吧，我刚进入律师界的时候，就有人来利诱我。要知道，那可是很难拒绝的。”他看着我。“他们要帮助我实现梦想，说他们对我的前途有很大的话语权。

“我当然知道他们想要我干什么，我考虑了很久。诱惑力颇大。那时你还是婴儿，我还得赡养你的 oma 和 opa。[②]”他用夹钳戳了一下烤肉。“但一周以后，我给他们回话说，‘谢谢抬爱，好意心领，无奈道不同也。’他们明白了，接着又说，‘万一改变主意，我们等着你。’”

“真有这样的事情？”

“怎么？你认为这是我编造的？我想说的是，那时行事是有界限的，有底线，你可以拒绝，那帮人不会纠缠你。这样的时代一去

---

① 本系列第一部《谋杀鉴赏》中出现的人物本·辛克莱的绰号。

② 德语、荷兰语单词，oma 指奶奶，外婆；opa 指爷爷，外公。

不复返了。”他挥了一下火钳。“而现在，他们会想法欺瞒、掩盖真相，让你不得不为他们卖力。威逼利诱、勒索讹诈，无所不用其极。再没有什么尊重可言。我的意思是，你所谈论的那个人与偷窃世贸中心[①]废墟上废金属的人渣没什么两样。”

“可是爸爸，在某种程度上，你恰好证实了我的怀疑。或许桑托罗和那些混蛋搅在了一块儿，或许惹怒了他们。或许——”

“艾利呀，我的宝贝女儿，你这死脑筋怎么就像你妈妈一样顽固呢？你就没办法糊涂点儿过日子？所以你就紧紧抱住某个偏执的想法，还非要让人们都相信是真实的事实，即使它并没发生！”

“至少我这个想法是诚实的，”我嘟囔道。

他挥了一下手：“假定你是对的，桑托罗确实与人渣搅到了一起，你又能怎么样？你对他们一无所知。那伙人可能算不上聪明，但黑帮林立，成员众多，今天是俄罗斯帮，明天是东欧帮，后天是亚洲帮——”

“Tongs？[②]”我重复道。

他看向烤架。“在这儿呢。”

“我刚才是说——算了。”

“我给你说问题出在哪儿。”他挥舞着夹钳。“已经没人尊重生命，没人笃信生命的神圣不可侵犯性，没人在乎，就说那些年轻的自杀性人体炸弹吧。你知道的，那些孩子竟然宁可自杀也要屠杀无辜。他们是如何被养育的？与炮灰有什么区别？他们的父母究竟是

---

① 纽约世贸中心，2001 年 9.11 事件中被毁。

② Tongs 有两个含义：帮会、夹钳。艾利心里想着、口中重复着“帮会”，老爸听来以为她在问夹钳。

怎么想的呀？真是 shonda。[1]”

我看着他戳了戳牛排，然后把它们取下了烤架。“你知道原因，这是他们的——。”

“别相信那一套。只是因为有些战争狂人诱使这些可怜的无知者，使他们相信自己会成为英雄，他们才这么做的。”他举起火钳挥舞。“要是我也能让全世界所有的无知者每人捐上五美分，我也会成为百万富翁。此外……”

我这时才意识到，这才是今晚我能从老爸口里听到的话。

不过，他可以这么口无遮拦——年龄授予了他痛骂我的特别许可证。

晚饭后，大卫、老爸和我坐在客厅里，蕾切尔房间里传出震动满屋的低音号——我们尽量听而不闻。

“我早先同阿卜杜勒谈过，”大卫说。“他托我问候你，他希望你一切顺利。”

“阿卜杜勒？”我问道。

他腼腆地笑了一下。“他请我帮他融资购买印第安纳州一家化工厂。”

“妙极了，到头来，那次急流漂筏有利可图呀，至少对你来说如此。”

“有你的功劳，他很喜欢你。”

老爸满面春风：“你俩真是好搭档。”

大卫接着说：“我给他说了那场庭审和目前的情况。”

我连忙瞪了他一眼，警告他不要再说了。我不想让老爸再对此事好奇，本来就不该让他担忧的。

① 意第绪语，意为“可惜、惋惜、羞耻”。

“等一下，我刚才没有听错？阿卜杜勒？”老爸额上的皱纹陡然加深。

“我们在绿蔷薇认识的，”我说。“他是沙特王室的亲戚，还是石油巨头。”

爸爸瞟了一眼大卫，再瞟着我。“你们就找不到犹太大亨？”

大卫和我相视而笑，随即起身亲吻老爸。我同时想着，所爱之人都在身边，我好幸运呀——突然电话铃响，我冲进厨房，拿起听筒。

“艾利？”苏珊的声音。“什么事？”

“你最好打开9频道。”

冲进客厅，猛戳9点钟新闻。

“警方消息，”主持人正在播报，“今晚早些时候，律师查克·布拉谢尔斯的尸体在其卢普区的办公室里被人发现。警方说，大约三天以前，布拉谢尔斯被人枪击，头部中弹。”

第十九章

只因州长办公室出了一桩政治丑闻，这才夺去了布拉谢尔斯遇害案的头版位置，不过第三版的报道还是足以让人心寒。他工作到很晚还没离开，突然有人破门而入，警方发现打斗的证据：他的脸上有几处青肿，并且一只胳膊似乎骨折，办公室砸了个稀巴烂，保险柜洗劫一空。警方推测，作案动机为抢劫。

他已死，原先的案子再也不会牵连到我了。虽然我没理由相信这件事与桑托罗案有什么联系，但已有三人丢了性命：玛丽·乔、朗达，如今又搭上了布拉谢尔斯。够了。我强迫自己重返日常生活，擦拭壁橱，洗刷车子——那道钥匙划痕让我的沃尔沃略显寒碜！我当即决定，从此以后，即便是出远门也要骑自行车了。

接下来的一周，大卫没有过来，巴里也没来接蕾切尔。周五晚上蕾切尔微笑着走进家庭娱乐室[①]，端来一碗满是肥皂泡的温水，以及一雪茄盒的指甲油。她要我将手泡过之后，就开始为我锉指甲，为我紧致甲皮，然后在指甲上涂了三层指甲油——而不是仅仅一层！结果指甲根染成了紫色，指尖变成绿色，另有细细的一条橙色将二者分开。现在，我的指甲真是漂亮极了。

随后，我们做了些爆米花，看了一部电影。那是部技术惊悚片，里面有大明星，也有很棒的外景，但人物肤浅，一看就知道下面是什么情节。我刚打起了瞌睡，突然两道灯光射进窗户。我吃了

① 即客厅，电视机、录像机等置于此房间。

一惊，一下子跳起来，冲向窗口。一辆深色 SUV 在马路边停了下来。

我的胸口顿时像结了冰块。朗达·迪萨皮奥不就是被一辆深色 SUV 跟踪吗？我和苏珊散步时不是也看到这么一辆吗？我想着要不要把门锁上，将钥匙也多转一圈。

可就在这一瞬间，蕾切尔飞奔了过去，猛然将门敞开。

“蕾切尔……你要干……”

她跑出门去，冲下车道。一扇车窗摇了下来，她将头探进车内。我在她后面追赶，心里怦怦直跳——但没有枪声，也没有尖叫，什么都没有。

蕾切尔转过身子，两眼放光。“是卡拉和德里克。他们想带我一起出去玩儿，行不行，妈妈？求你了，妈妈！”

我瘫靠在皂荚树上。“那是谁的车？”

蕾切尔看看我，然后回望了一下那辆车。“德里克爸妈的。”

我点点头，紧闭双唇。北岸可能有五千辆左右深色的 SUV。

蕾切尔面露喜色。“谢谢你，妈妈，你太酷了，我过俩钟头就回家。”

“等一下。”她误解了我点头的意思。“你哪儿也不能去。”

“可你刚刚……”

“我那并不是同意你外出。”我转身往回走。“蕾切尔，已经 10 点多了。你不能这么晚出门。”

“可是妈妈……”

“我们以前讲好了的，不许开车兜风，不许深夜出去玩。不管怎么说，你还有‘科学俱乐部’的功课要完成呢。”

几周前，关于她参加哪个兴趣班的问题，我俩曾爆发一场激烈的冲突，我当时严厉指出这不是“去”或“不去”的问题。最后她觉得，当个技术极客可能比懂点儿拉丁语少丢些脸。

“可现在是周末。”

我狠狠瞪了她一眼。

她恨恨地瞥了我一眼。“爸爸觉得你是神经病，你知道吧。”

“那是因为你不跟他住一起。”

“或许我就应该。”

“鉴于你目前的表现，我看该好好和你谈谈。”我朝车子望去。前排座里坐着两个人，他们的头贴在一起。“你就给他们说，你今晚没时间。”

蕾切尔没有动。

“你不去说，我去！”

她撇起下嘴唇。每当她要尖叫、哭泣或是喊叫的时候都这样。“你不想让我交到朋友。”

“蕾切尔……”

“你不想让别人喜欢我，你想让我变成你那样的怪人。”

我指着车。“快去！”

她艰难地走向车子，将头探进窗内。片刻之后，SUV 从车道退了出去。目送着该车转过路弯疾驰而去，蕾切尔转身跑过，眼泪顺脸而流，一路跑上楼梯，“砰”的一声把门摔上！关门声响彻了整个屋子。

第二十章

周一，我接到五大湖石油公司的电话。与英国的一家跨国公司合并之前，这家公司是美国最大的石油公司之一。助理副总裁戴尔·里迪的一个助手告诉我，公司要拍一个培训视频，介绍页岩油提取工艺流程，问我是否有兴趣参与竞标。里迪要出差一两周时间，但回来后会尽快和我会面。

我表示接受，但尽力不显得过分热心。其实我一直都觉得五大湖的业务本来就应该是我的：孩提时代，它就是我们的加油站。母亲那时常常收集的玻璃杯，就是他们发放的赠品。还记得，曾在一个阳光灿烂的日子骑自行车到街角去给轮胎打气。我给经理说，我们只差一只杯子就能凑成八只一套了，于是他悄悄塞给我一只。我到家时炫耀地将它交给了妈妈。

公司的蓝白双色标志曾经遍布全国，可现在已经不大见得到了，而它的摩天大楼依然高高耸立于芝加哥最繁华的区域，每次经过那里，我都会想起那些杯子。确实，如果说有一家公司让我有一种暖融融的感觉，那很可能就是五大湖了。

我说很乐意和戴尔·里迪会面，于是就约定了一个日期。挂断电话，我不禁哼起了歌儿。至少有一家公司愿意和我打交道了。何况五大湖是一流的大公司。这或许意味着我能挣不少钱呢。形势已经开始好转。

周五晚上，大卫驱车载着我去市中心。

“这是要去哪里啊？”

“保密。”他开进左车道，在车流中间穿插着。

“你倒是挺自信的，半年前你连湖在哪儿都找不到呢。”

“有个好老师嘛，再说了……”他边说边加速，“这又不是我的车。”

我系好安全带——其实不必。芝加哥的习俗时尚是跟着西海岸走的，而且，虽说早过了高峰时段，路上依然一团糟，我们显然也忍受了这儿最糟糕的梦魇。并没有合理原因来解释此刻的堵塞：没有“小熊队”的比赛，没有交通事故，也没有道路施工。然而，我们还是花了大半个钟头才爬完了那段公路。到了四季酒店停车场，我简直就成了放到第二天的色拉——一副蔫头耷脑的囧样。

门卫制服上的绶带和徽章比阵亡将士日[①]的老兵身上还要多；他开了门，大卫挽着我，领我走进去。今天他让我穿上黑色宽松长裤，白色短上衣，戴上他给我买的来回晃动的银耳环——我真算是闪亮登场！他过去常住丽思·卡尔顿酒店[②]，我们相识之后他就换了——他对每家酒店都给予均等机会——就是在这里，我俩一起度过了最初几个夜晚。原本令人倦怠的漫漫长夜变成了体味激情的短暂良宵。此刻脑海里已经立即浮现出世界上最完美的床——美床已到，卡卡圈还会远吗[③]？

我不禁笑得嘴都张开了。“这就是那个秘密？”

“呃，算是吧。”

---

① 美国节日，大多数州定为每年 5 月的最后一个星期一。

② 一个高级酒店及度假村品牌，分布在 24 个国家的主要城市，总部设于美国马里兰州。

③ 此句化用雪莱（1792-1822）名诗《西风颂》末句：冬天到了，春天还会远吗？

“算是？”

他踌躇了一下。“阿卜杜勒到来了，他要我俩和他共进晚餐。”

“阿卜杜勒？”

“我推不掉，他真的很想让我俩都过来。”

我的笑容凝固了。这个人我只见过一次，他是大卫的客户，而且是个新客户，我应当表现出一些礼貌，但却无法将他作为共进晚餐的首选对象。我正要这么说，他掏出一张房卡。

“这才是那个秘密，”他说。“晚餐后使用。”

一股暖流传遍我全身。“蕾切尔怎么办？”

他看了下手表。“卡蒂的妈妈应该是……现在去接她了。”

“好吧。”我吻他一下。“不计较这事了。”

走过大堂的大理石地面，鞋子发出咔擦咔擦的声响。信步走过一张闪闪发亮的红木桌，桌上布置了个巨大的插花。我们身后有个装满精美瓷器的橡木柜，一边是带华丽涡卷装饰的栏杆，脚下则铺着一张丝绸地毯。

我停下来闻那些花朵。有巨大的向日葵、马蹄莲，还有我叫不出名字的小一些的，看起来像是小兰花。芬芳怡人的香气撩得我的喉咙直痒痒。大卫弯下腰，摘了一朵小花插在我耳后。我抬起头，看到一面镶着金边的镜子里我们俩的映像。柔和的灯光让我们沐浴在一片温馨的金光里。奶白色的花朵与我的黑色鬈发形成了鲜明的对比。

我摸了摸那朵花。那只是朵小小的花，这种花人们一直都在采摘，可是，当我抚摸着天鹅绒般的柔软花瓣时才想到，尽管这只是随意而为，可半年前的大卫是绝对做不出这种事的。

进了电梯间。现在，他显然已经不那么拘束了。这当然是好事，不是吗？那么，为何我这般心神不安呢？电梯间的四壁似乎在向我们包围过来。

“你没事吧？”大卫问我。

我向他望了一下。我知道是什么在困扰着我了。不是那朵花。我还依然无法相信，如此好事居然能发生在我身上，尤其是感情方面！如果某个事情好得让人不敢相信，很可能就不是真的，我坚信这一点。我看看他，然后将花从耳朵那里扯下来。

“你这是……？”

我将花踩在地上。“真是长能耐了，是吧？现在我都能逮着你偷东西了。”

他定睛看着我，然后一言不发地捡起那朵花，放到烟灰缸里。电梯速度慢下来，停在了 45 楼。电梯门打开的时候，一对正在拥抱的年轻情侣急忙分开，从我们身边挤进电梯间，一边咯咯咯地笑着。我们走了出来。电梯门呼的一声闭上了，而小伙子早已将手伸向那个女孩。

大卫将脸转向我。他肯定异常愤怒，可能要指责我，说我是多么虚伪的一个人，只因为自己心理有问题就攻击他——可我无法告诉他真相。

然而，他用手托着我的下巴，用手指摩挲了一下我的脸颊。“艾利，那不过是一朵花儿罢了！如果能做到的话，我会给你一整座花园！”

我没想到他会这样。大多数男人可能会进行报复。可大卫不一样，他根本没有花花肠子。我软塌塌地靠在墙上，也许我错了。这没什么大不了的，也许是我反应过度，甚至有点感情脆弱，这应该是个轻松愉快、而不是紧张拘束的夜晚。我站直身子，堆起笑容，决心做个迷人的晚餐陪客。大卫也对我报以微笑，然后敲了敲 4520 号房门。

“晚上好，艾利。”阿卜杜勒开了门，接着吻了我的脸颊。他穿了件宽松的深蓝色丝绸衬衫、白色亚麻布长裤，身上散发出一股浓浓的古龙香水味儿。

“阿卜杜勒，很高兴又和你见面了，什么时间住进来的？”

“大卫和我同一个航班来的。”他笑着说。“他说你这段时间不大顺心，我就坚持要你们和我一起就餐。”

我瞟了一眼大卫。“好啊，妙极了！”

他领着我们进了套房。里面摆了长靠椅，厚厚的地毯，以及带着富丽大气的红色、金色和蓝色图案的路易十六风格[1]的椅子。中间一张餐桌，桌上已摆好三人用的成套餐具，有水晶玻璃杯和精美的瓷器。厚重的窗帘框着一个观景的窗户，透过窗户能看到汉考克大厦[2]以及更远处的湖泊。一阵微风掠过水面，倒影中的建筑边角变得清晰起来，灯光也闪烁不停。轻柔、昏暗的水面偶尔被一些船只或是浮标的闪光刺破。唉，要是从我们的房间看出去，那风景能有这一半漂亮的话，那简直就是天堂了！

阿卜杜勒从银色冰箱里取出一瓶葡萄酒，满满倒了一杯。“尝尝这个。”我呷了一口。“好极了。”

他给我看了标签。“约瑟夫·海茨，加州的一个品牌。”

他将那瓶酒放回原处，然后拿起带分层三角形吐司位的水晶盘，盘子中间的一只小碗里盛着黑色鱼子酱。我拿起一只吐司，敷了鱼子酱、青葱和鸡蛋末。阿卜杜勒给自己的吐司涂了厚厚一层酱

---

① 法国路易十六（1754-1793）风格家具以高雅挺秀、严谨简朴的艺术格调著称于世。

② 即约翰·汉考克中心（John Hancock Center），是芝加哥第 3 高和美国第 4 高的大楼。

料，然后咬了一口。

上菜了，先是芫荽酸橙沙司浸泡的烤虾，然后是配有焦糖青葱和百里香面包皮的羊肋骨肉。每一道菜都由两位帅气逼人、温文有礼的侍者端上来，还要麻利地将银质罩盖从盘子上拿开。我暗暗提醒自己要跟苏珊讲讲这个。

阿卜杜勒讲起他儿时所在的小村子，我们听得津津有味。尽管他偶有失礼之处——我将之归结为文化差异，我感觉自己开始对他有了些好感，酒和饭也起了作用。侍者给我们端上顶部有熏衣草花的雪芭的时候，我几乎相信那个花朵危机只是个小变故。一次失常。布拉谢尔斯死后我就一直有些神经质。恐怕就这么回事。

“什么风把你吹到芝加哥来的？”我问道。

“我在考虑收购印第安纳的一家小型化工公司，五大湖石油公司已经宣布准备出售，大卫正帮我融资。”

我坐直身子。“五大湖石油公司？”

他点点头。“公司合并后，就决定不再经营一些小公司。”

“真巧啊。”

阿卜杜勒歪起脑袋。“此话怎讲？”

“我刚接到他们一个电话，邀请我参加一个视频项目竞标。有个助理副总裁想制作一部页岩油片子。这个行业 30 年前就有意进行相关尝试。不过我想鉴于目前的油价，他们正准备让所有那些玩意儿都复活呢。”

“确实如此。”他笑着说。

我感觉自己脸红了，我忘了自己是在跟谁讲话。他站起来，走到一张小桌旁，桌上面有一个银色保湿器，他弯下腰，打开保湿器，抽出两支雪茄。

“我有点儿好奇，那个副总裁叫什么？”

"戴尔·里迪。"

他踌躇了一下，然后从口袋里摸出一把剪刀，将一支雪茄的末端剪掉。"没听说过这个名字。"他用一只银打火机将雪茄点燃，然后将另一支递给大卫。

一阵惊讶闪过我全身——从没见过大卫抽烟!

"你们为什么要买一家美国化学公司？干吗不在……在沙特建个自己的公司呢？"

阿卜杜勒抽着雪茄。"那是我们的最终计划，"他说。"但五大湖生产一种添加剂，能延长汽油保存期，似乎在干燥、炎热的气候里非常好用。"他吐出一股烟雾。"我想把它带到沙特，你可能知道，来自石油美元[①]的收益如今也不如从前。我们那里现在平均每两个男人才有一份工作。如果我们那个地区的男人没有事做的话……"他挥了挥手中的雪茄。已经没必要解释，对于年轻的沙特男人而言，如果空闲时间太多而钱不够用的话，会发生什么情况。

大卫插了一句。"收没收到我昨天传真给你的关联分析资料？"

阿卜杜勒转向大卫。"你抢在了我前面，一贯如此。不过……"他将雪茄剪递给大卫，大卫接过来用手拨弄着尖头。"可能我们的交割日期比原先设想的更不确定，咱们能否将这些体现到风险对冲策略里？"

"当然可以。只是要记住：灵活性越大，保值措施也就越昂贵。"

阿卜杜勒用打火机给大卫点燃雪茄。

"有空的时候请把那些参数用电子邮件发给我，我来制订一些

① 石油输出国在国际市场销售石油且大多用于国外投资的美元。

新战略。”

“我真幸运，有你协助。”

大卫莞尔一笑。

雪茄的烟雾熏得我一阵恶心，只好起身来到窗前。汉考克大厦的那些窗户散乱地亮起灯的时候，其侧面就像一个巨大的俄罗斯方块。我抓着窗子的金属底部刚刚拽了一下，窗户突然开了，一股强大的气流冲了进来，随即传来汽车喇叭声、叫喊声以及尖厉的刹车声。我吓了一跳，急忙后退一步。

大卫匆忙站了起来。“你没事吧？”

“对不起。”我尴尬地摇了摇头。“我……我没想到窗子会打开。”其实应该知道的。四季酒店里，一切都是不含糊的，包括那些窗户。

“不。”阿卜杜勒将雪茄熄灭。“是我不对，我没有问你是否介意我们抽雪茄。”

阵阵强风呼啸着穿过房间，吹得旁边小桌上的一扎文件到处散落。我走过去关上窗户，然后弯腰捡那些文件。“不，是我不对，我本该跟你们说的。”

“好了，我来吧。”阿卜杜勒走过房间，也弯下了腰。我们的脑袋碰在了一起，他不安地笑了起来。

我轻轻拍了拍脑袋。他把那些文件拿到另一个房间，随即那里发出插销打开与闭合的声响。他回来后，示意我回到桌旁。

“那么，跟我讲讲这次审判的事情吧。”他给我重新倒了一杯葡萄酒。“你肯定对陪审团的决定感到失望。”

我端过酒杯。“你说对了。”

“大卫跟我讲过之后，我在网上读了一些报道，我得承认我对其中一件事情有点好奇。”

"什么事情？"

"报道中谈到什么 RF 干扰。是在对你的盘诘过程中提及的。这个 RF 是什么意思？"

"瑞安在这一点上把我驳得体无完肤，"我叹了口气。"就是无线电干扰。它让我们的设备受到影响，录像带受损了。"

"你们一直没有发现干扰源？"

"我们也是在开庭前才知道有这情况。"

"你的律师干吗不把这一点讲清楚？"

"呃，首先，他不是我的律师，不过要回答这个问题……"我踌躇着。"其实，这问题问得好，我也明白。"

"就是那个丢了性命的律师吧。"

"你倒是一直都在关注啊。"我顿了一下。"警方说他是一起笨手笨脚的抢劫案受害者。"

"你看呢？"

我注视着他，然后注视着大卫。"我看……呃，坦率地说，我真是再也不想提起他、提起桑托罗或是玛丽·乔·博赛尼克的事情。"

阿卜杜勒抓了一下自己的山羊胡。"那么，多亏事情都结束了。"

我们的房间没有阿卜杜勒的豪华，不过我们也不是冲着房间的装饰去的。我走到床边，双脚深深陷入长绒地毯里，坐在床垫边上，上下弹跳着——这种感觉啊，实在是棒极了！

大卫一只手滑下我的长发。我脸对着他，让他用手指抚摸我的下巴。突然，我俩全身心都充满了对方。头发、皮肤和气味。他用双臂搂着我，嘴唇紧贴我的嘴唇。我向后倒下，将他拉到上面。衣服离开，身体登场。

完事之后，我俩在黑暗中并排躺着。透过窗子的光线在房间里投下长长而细细的影子。大卫将手放在我腿上，向下摸去。

“今晚的事我很抱歉。不过阿卜杜勒打电话的时候，他是决不听对方拒绝的。”

我伸手过去，抓住他的手，让他抚摸我的身体一侧，并将自己的手盖在他手上。“今晚挺好的。”

“他很喜欢你，你知道。”

我咯咯咯地笑了。“那你最好当心了。”

“为啥？”

“他们可是实行多妻制的，对吧？”

“这家伙要是敢轻举妄动，他就死定了。”

“那我们是只属于对方了，对吧？”

他俯身吻我，然后将脸贴在我脖子上。“真高兴审判已经结束了，”他咕哝着。

大卫出生前他父亲就遇刺身亡，7 岁时母亲又死于车祸。此后他就一直被安排收养，从一家转到另一家。有些人家还好，有些则不行。他很少谈及这些。可他用不着讲的，我知道他想得到什么：稳定，安全，按部就班。对他来说，这不仅仅是想得到的东西或是需求，而是前提——这是他人生的鲜明特质。

过了一会儿，均匀、平静的呼吸声告诉我，他已经睡着，我便下了床，房间朝西，我向窗外望去。灯光闪烁，将那些街道标成一系列不停重复的网格，一直延伸到天际。这座城市里很难迷路，你总能知道自己在什么地方。大卫就喜欢这样，我呢，就很难说了。

第二十一章

到科学俱乐部接了蕾切尔以后，我说：

“我本来想咱们出去吃晚饭的，可我等会儿还得去影视公司。”

没有回应。

“想不想去平常吃沙拉的地方？”

“就和你？”

“呃——对啊。”

她翻了个白眼。

“我看你是反对喽。”

她身子前倾，啪的一声打开收音机，震耳欲聋的低音锤打着控制屏，愤怒的嗓音狂叫着白人荡妇和杀手。总还算仁慈，她立即换了台，但又是一个说唱乐歌手，和第一个差不多，声音如洪水般涌出扬声器。我看过去，正要叫她关掉算了，才突然想到，应该是她重新设定了车上的按钮。我的触手可及之处，只保留着经典摇滚和国家公共电台按钮，因为我可不想听那些只说歌词的玩意儿。

而且，蕾切尔也知道，未经许可，她不应该任意摆弄车载收音机。我发现她正用眼角的余光试探我。

这时我才反应过来——她故意将我设的电台都做了改变，此刻正等着我的反应！

我必须当机立断，做出决定，即便是家长们常做的那种无关紧要的小小决定也得做出，尽管如此，我依然非常担心。我是否应该提醒她各种规矩，强化我作为纪律监督者的权威呢？但那样是否会使我们母女之间的冲突迅速升级呢？还是应该顺其自然，由此给她一定的自主权？到底要怎样做才对呀？

我纠结再三。这种鸡毛蒜皮的小事，五年以后我俩谁也不会记得。可是，这不正是教育子女的机会吗？不正是各种点点滴滴的教育，锻塑了孩子成人以后的精神面貌与心理素质吗？然而，假如这种教育不恰当呢？她会不会由此而怨恨终身？会不会导致又一件斧头谋杀案[①]呢？老天啊，请给我一些启示吧！

“好吧，”我等不来神的启示，于是说道“意大利餐馆呢？”最好还是保持 shalom bayit[②]——家庭和睦气氛——至少今天必须如此。

她缩回来窝在座位上，眼睛溜向收音机按钮，然后眯成一条缝——那是平常高兴时的样子，“太爽了！”

走进编辑室，我坐在沙发上，把夹克衫包拢来抵御寒气。汉克同意加班，帮我编辑一段新样片给五大湖石油公司。视频制作的风格随着时代在变，我想加上一些类似 MTV 的片断：快速镜头切换、频闪动作、热门音乐等等。

汉克忙活的时候，我端详起他的蛙类收藏品，这些两栖动物都是客户们送给他的，颇令人赏心悦目；一只青蛙带着贝雷帽，一只

---

① 1892 年，32 岁的女子利奇・鲍顿（1860—1927）用斧头砍死父亲和继母的案子。当时媒体报道沸沸扬扬，舆论多认为利奇有罪，却被陪审团宣判无罪而释放，至今尚有争议；该案轰动全美，故事广为流传，进入小说、芭蕾、戏剧，甚至编进童谣而进入了日本教科书。

② 希伯来语，犹太宗教概念，指家庭和睦与良好的夫妻关系；犹太法律中该术语是希伯来语，故此处主人公用该词。

蟾蜍包着头巾，一只青蛙手持一个犹太教烛台[①]——这是我的贡献。

他转过座椅，见我看着那些藏品，“又有一个新成员要到了。”

“是什么？”

“握筷子的青蛙，盖伊将从上海带过来。”

“有可能是日本制造。”

他耸耸肩，转过去面向 Avid 系统[②]，把一张 CD 放进光驱。

“是我那张旧碟子？”

“对啊，我做个备份。”

“好聪明！那咱们很快就能收工回家啦。”

“没关系，”他叹了口气。“反正没多少事干了。”

我怎能放过这么一个开口的机会？“那个 kimosabe[③]是什么意思哦？”

“kimosabe？”他起身走向门厅。“唉，你真是条恐龙[④]呀。”

我跟着他走向音像资料室，麦克的所有节目都存放在那间屋里。“那我就把骨头都捐给菲尔德博物馆[⑤]好了。”

他哼了一声，在墙上控制面板上输入了密码。“你想添加些什么资料？”

---

① 又名七枝烛台，形似台灯，可插七支蜡烛。

② 美国 AVID 公司开发的多媒体编辑设备。

③ 加拿大歌手、吉他手吉姆·米切尔的第七张专辑的标题，发布于 2000 年。2013 年电影《独行侠》中，印第安人唐托说该词在科曼奇族印第安人语言中意为：错误的兄弟。但在此前多年的同名电台节目和电视剧中，被译作“忠实的朋友”；该词在北美大陆使用甚广，已被收入 2002 年版的《韦氏新千年词典》。

④ 比喻落后于时代，连流行歌曲专辑的标题都不知道。

⑤ 指芝加哥菲尔德博物馆，为自然历史博物馆，当然应该存放恐龙化石类物品。

“最近给中西部互惠保险公司做的——你记得，就是关于理赔的那部分，怎么样？还有给犹太人广播网做的广告片，或许还有大西洋无线通信公司的开业片。”

“不用玛丽安·艾弗森的竞选片？”

我瞪了他一眼。

“嘿，我们得了报酬的。”

“我以为我们都觉得那价格太高了呢。”

回到编辑室，他就俯身于键盘上忙碌起来。他把 Avid 系统进行转数码设置，然后击下录制按钮。视频从显示屏上播放出来，他的双肩就下垂了。

“好啦，汉克，有什么不对劲儿？”

他沉默半晌，我都以为他不会回答了——突然，“那个女孩……”

显示屏苍白的微光划过他的脸庞。出于某种原因，我以前从未将他和女人联系在一起。倒不是因为我把他看作同性恋，而是因为他那纤细的身材、马尾辫，魔法般灵活的手指，让我觉得他差不多就是个雌雄同体人——与人间烟火相隔甚远的一个精灵，不像我们多数人那样会陷入感情困境。但是此刻，看着他坐立不安的样子，我突然意识到，我真是太过于关注自我，结果把自己弄得目光迟钝。

“说吧。”

“她是音乐家，吹奏中音萨克斯，我是在白母鸡[①]遇到她的。当时她来买麦片和牛奶。”他的笑带着渴望。“凌晨两点。”

---

① 美国连锁食品杂货店，总部位于伊利诺伊州的伦巴第，其 261 家特许加盟店遍布芝加哥、波士顿、新英格兰及中西部好几个州，多数 24 小时营业。

“她叫什么？”

“桑迪，桑迪·图利。”这几个字儿从他的舌尖上滑下来。“我们相聚了几次，你知道吗，她这人真的挺好。”他眼神飘远，迷离恍惚。我懂得那种神情。就是人们所说的那种我依然回味着她的肌肤、嘴唇、肉体的滋味的眼神。“我还以为她是真的喜欢我。我是说，她的行为似乎——”他欲言又止。

“没关系，”我轻声说道。

他费力地吞了一下口水。“有两三个星期一切都好极了，好得妙不可言。然后我给她打电话，就是前几天——晚上——我出发以后，告诉她我已经在路上了，可她说不要过来了，她说她有事情要做，我心里……呃……简直不是滋味。我真的渴望见到她，你知道这种感觉吗？”

“于是你就不管不顾地去了？”

他没回答。

我举手遮住眼睛。“你到了，却发现另一个男人在那儿。”

“你怎么知道的？”

“抱歉。”

“她说是她旧时的男友，稍后会给我打电话。”汉克呼吸时都在发抖。“那天是周一，艾利，我现在都还没接到她的电话。”

今天是周三。

“或许他们只是在聊天。”

“三天都说不完？”

一个小时以后，我们做好了这段新的视频并插进了相关片段。就要结束的时候，电话铃响了。汉克抓起听筒。尽管我只能看到他的后背，也知道是桑迪打来的。他身子挺直，语气轻柔急切，一只手梳着头发。

我知趣地溜了出去，逛到了麦克的办公室。这屋子温馨舒适，两扇落地式窗户从地面直达天花板，室内的灯光透过窗户在外面黑黢黢的宽阔草坪上投射出一片片黄色区域。公司掩藏于诺斯布鲁克一个工业小区之中。到了晚上，由于没有了白日里周边附近商号的喧闹，显得宁静安详，与世隔绝。

汉克的声音飘过寂静的夜空。“他现在不是了？肯定不是吗？”只听得他出了一口长气——心放松了。然后，呼吸急促的声音：“对，大概一小时。”停顿片刻。“我也一样。”然后，“别忙穿衣服啊！”

啪嗒一声，话筒放回了机座。

我逛回了编辑室。汉克春风满面，笑得让人想跟着笑。“她外出了几天。”

“快走吧，汉克，可以明天完成。”

他的笑越发灿烂。

“快走。”我指着门口。

“我跟你说吧，今晚把它做完，明早来配音。”

“不过，要是你把配音设置好，开动机器以后，就由我来守着干完，岂不更好！”

“你没这个必要。”

“就这么说定，我会锁好门的。”

“这个……”是走是留犹豫不决——工作和欲望的战争——脸上写得明明白白。“麦克……”

“别担心，我敢打包票他绝对相信我会把门锁好的。”

还是欲望赢了。汉克编完了最后一段并在结尾处添加了黑色片断，然后走进旁边一个房间做好配音设置，再看看家用录像系统，确实是同步协调后，他开动了机器。“艾利，谢谢！你算是帮了我大忙。”

“快滚，趁我还没改变主意!”

他抓起背包，开脚就跑。只听得他冲过大厅出了门。

年轻人的爱就该这样。

坐到了他的椅子上，我转身对着一排显示器。刚才我们已经加了三段录像，又删了三段。随着信号从数字脉冲变成磁信号然后变成图像和声音，我也赞叹不已——神奇的技术犹如魔法!

这一卷还不到8分钟。转完后我检查配音，已确保图像也是记录上的，然后倒带，再从走带机上弹出。寂静突然降临，静得深不可测。汉克说过，不要关掉 Avid 系统，于是我收起手袋和我们所做的节目。

我走回音像资料室，不觉想起了这几年的客户：中西部互惠保险公司、西格雷夫餐饮服务公司、范艾伦纸业公司、布里斯克化工厂。我都为他们拍过宣传片。

我不过是企业的女仆。

但这并非我的初衷。大学毕业时的梦想是成为美国的里娜·维特穆勒[①]，她也制作过大量的纪录片作为副业。可她多才多艺，能做到从艺术片到政治片的无缝对接，职业生涯深受好评。

我却困入了婚姻的城堡。

我一边整理架子上中西部互惠保险公司的带子，一边想着岁月究竟是如何侵蚀了自己当初的梦想的，突然——门“砰”的一声重重地关上了。我呆若木鸡，不知所措。然后才想到一定是汉克回来了，他准是刚才忘了带什么东西。

---

① 里娜·维特穆勒（1928—），意大利电影剧作家，导演，曾四次获得国际电影奖，是第一位获奥斯卡最佳导演奖提名（《七美人》）的女性。

“汉克？”

我觉得听到了门那边的脚步声。“忘了什么呀，小情郎？”

没有回答。我走向门口，打算做一个滑稽动作：假设他没有及时到达，我就模拟桑迪穿了里三层外三层的样子。

我扭了一下门把手，扭不动，再试，徒劳。

“汉克，是你吗？门锁上了。”

依然无应答。

传来吱吱吱的声音。

“汉克，别开玩笑了。”

再次倾听，听到了轻微的窸窸窣窣的声音，像是纸张摩擦声，接着是一股强烈的刺激性气味，好熟悉，几乎是扑鼻而来。我握紧拳头猛锤门板。

“汉克，快来！出事儿了！快把门打开！”

没人回应。我不断捶门，双拳疼痛。耳朵贴在门上，奇怪，门板竟已温热！难道我居然把门都锤热了？再把掌心贴门。越来越热。低头一看——透过门下缝隙，橙光闪烁。

我一下子反应过来了——那气味，像室内停车场的。

汽油味！

惊出一身冷汗——火灾！已被困于大火之中！

“救命呀！”我尖叫起来。“有人吗？起火啦！快开门！”

双掌猛打门板，直至疼得无法忍受。可什么动静也没有，我用身子撞门，试图撞坏门锁，肩头剧痛，传遍全身，门板却纹丝不动。

屋里似乎已升温 10 度[①]。

---

① 美国一般用华氏温度计。

“救命！救命！”同时惊慌地四下张望。灭火器？不是每间屋都应该有一个吗？

这间屋却没有。没有窗户，没挂图片，墙上连一颗钉子也没有。不过，我扫视到了天花板时，心里一下子轻松了。洒水器，肯定是。水会冲下，浇灭火焰。我只需要等着。

我踱来踱去，还是应该打火警电话。我习惯性地寻找手袋，这才记起电话放在编辑室里的，手机当然在袋里。见鬼！门外，燃烧的爆裂声早已代替了窸窸窣窣的声音，门把手已经烫得不能触摸。缕缕黑烟从门下钻进来。我之前读到过，多数火灾死者都是被烟雾呛死而非烧死的，于是连忙捂住嘴巴。该死的洒水器怎么还不开始灭火？麦克决不会在预防火灾上懈怠的，难道这间屋子他真的是懈怠了？是否应该堵住门下边的缝隙呢？

另一股气味，像是轮胎燃烧的，慢慢钻进了我的鼻孔与喉咙。我竭力回忆平生所学过的防火知识。门已发烫绝不可打开，若进新鲜氧气，火势就会更旺。这无须担忧——门经烫得无法打开了。

此刻浓烟正从门这边袅袅升起。热浪紧贴皮肤，我浑身开始冒汗。水在哪儿？开门才有唯一的出口。大概只能把门打烂才行。但若真的开了门，必会产生一股逆风，风送大火席卷而进。我到底该怎么办？情况如此紧迫，岂能等得太久！

我开始全面巡查资料室，尽量寻找救命稻草。可是，除了那些磁带、那些搁架，那把活动折梯——重得我搬不动，什么也没有。没有窗户，没有家具，就连垃圾桶也没有，我已经吸进了热空气！

搁架？这是那种自己动手安装的家具，可以拆开，按各种不同的用途重新组合。看着搁架，计上心来。一旦洒水器启动，就能将火浇灭，要是我能在开始洒水后用搁架砸破门板，就可冲出逃命。

但这需要启动洒水器。仰头看向天花板，颈背上汗水直掉。是什么原因整得这么久还不洒水？至少，门厅里那些洒水器此刻应该打开了吧？心突然一沉——麦克很可能从搬进来起就没有更新过消防系统，10 年前搬来的，洒水器可能已经失效！

烟雾滚滚的从门板下方不断钻进后开始升腾，浸透我的衣服和头发。热浪如同一张裹尸布，包裹着房间里的一切。呼吸已极为困难！如果洒水器不能很快启动，那我还等什么？于是立即卧倒在地以便能吸入一些空气，胃子剧烈扭动。火苗已经在舔着门板底部。

我只好起身冲向最近的搁架。随着磁带哗啦啦地掉下地板，我猛撞搁架下端，想把它拆开。但它的金属插销牢固地卡在边框插槽里，纹丝不动。此刻烟雾更浓，离地面越来越低。我开始咳嗽。额上汗如泉涌，我不停地猛击搁架下端。

最后总算拔出了一根插销。继续猛击，又一根弹出。我抓住挣脱的一端，扭动几下，然后猛地一拉，那个搁板拆下来了。

搁板是一大块笨重的金属，约 1 码[①]长，1 英尺宽，1 英寸厚。我抬起头来。烟雾已经模糊了我的视线，而洒水器依然如故！没时间了！我退后一步，像拿起攻城锤[②]一样紧握金属搁板，先向后摆动增加动能，然后猛地砸进门板。门板摇晃，出现裂缝，但并未倒下；我抓紧搁板，再次后退，突然一阵痉挛性的咳嗽阻止了我。浓烟太多，搁板从我手中滑落。

我倒在了地板上，挣扎着爬向屋子的另一边。但那边的空气里烟味还是很重，我已头昏眼花。我强迫自己默念 50 个州的名字，绝不能放弃求生的希望。

水流终于来临，冲力刺痛皮肤，把我惊醒。我躺在地上，头晕

---

① 1 码等于 0.9144 米。

② 又作攻城槌，是古代用来撞击城门攻入敌城的武器。

目眩、昏昏欲睡。水花湿透我全身，似乎要溶解这道烟墙。我默默祈祷，向上帝谢恩。

我挣扎着站了起来。再一次抱起那块搁板，撞进门板。这一次木皮裂开，现出一个锯齿形的洞口。我便伸手去折断碎裂的木条；终于，门洞大得可以伸出手臂，于是我就脱下夹克衫，用一只袖子包住手，伸手过去旋开门锁。然后抓住搁板，冲向门厅。

火苗在地板和墙壁上跳荡，但没有火球能伤害到我。洒水器正在发挥作用。我用搁板作为盾牌，摇摇晃晃地穿过升腾的水蒸气，走向麦克的办公室。还能模模糊糊地辨出窗户的形状。我蹒跚着来到一扇窗户前，把搁板向后一收，然后用尽力气砸进窗户。碎玻璃四散飞溅，警报响起。最终我用那块搁板，扫开那些依然沾在边框的玻璃碎片，爬出了窗户。

第二十二章

消防队赶到时，我还在大口大口地吸气，喉咙里像灌了沙子，并且头晕目眩，腿上还有两处地方在流血。医务人员检查了我的要害器官之后，坚持要送我到急诊室，我拒绝了。不过我还是到了救护车跟前。他们给了我一条湿毛巾，一瓶水，并为我包扎了伤口。我擦了擦身上的烟灰，将短上衣披在肩膀上。麦克赶到的时候，大火已经浇灭，只剩下湿漉漉的一堆瓦砾。

“一块搁板？”麦克听消防队长简短介绍了情况以后走过来抓住我的双肩。“你靠一块搁板就从资料库逃了出来？”

“有人把我锁在了里面。”

“汉克呢？”

“他不在。”

“你没事吧？”

我本想说个俏皮话，说自己就像一根木棒上烘烤过的棉花糖。可我看了看麦克，又改了主意。他通常一贯是完美无瑕的预科生打扮，今天却穿着皱巴巴的卡其裤和有不少污渍的 T 恤衫赶过来。美国新教徒后裔特有的沉着坚毅不见了，他脸上写满了恐惧以及危险过后的如释重负。

我点点头。

“天哪，艾利！你差点送了命。”

我本来是耸耸肩，但这个动作变成了发抖，发抖接着变成了啜泣，泪如泉涌，身子软绵绵地靠在麦克身上。他就一直让我靠着，直到我平静下来。

回家以后，我洗头就洗了三遍。可第二天早上，头发依然带有烟火味儿。麦克打来电话，说是警方逮捕了汉克，拘留6个小时，大概5点钟的时候才放了他。

“警方该不会认为他跟这火灾有……”

“不再这么认为了。”麦克的声音很严厉。我感觉到这不是嬉笑时间。“他的女友在等他，他俩回了那女孩的住处。”

桑迪在我心里加了两分。

“警方是把火灾作为纵火案处理，对吧？”

“他们还不能肯定，不过我无意中听那些消防员谈到燃烧模式和催化剂的事。”

“你回现场看了吗？”

“门厅全部烧毁，Avid 系统也烧毁了。汉克的编辑室也给烧得不像样，资料库完了。”他叹了口气。“还有我办公室的窗户。”

“唉，上帝呀！真是对不起，麦克。”

“嗯……好啦，我在考虑重建的事，不过摄像机设备没坏，另一间编辑室也还完好无损，我们只要清理了烟熏痕迹，就可以重新办公了。”

他总是那么乐观。“还没查清楚是谁干的？”

“还没有人跟我讲。”

我清了清喉咙。“麦克……”我停下不说了。蕾切尔正站在厨房门口。“我改时间给你去电话。”

我让蕾切尔坐下，简单给她讲了讲发生的事情。她脸色变得煞白，然后跳起身来，双臂抱着我。“我不想去学校了，就在家待着，陪着你。”

“我也想陪着你，宝贝儿。”我紧紧抱着她。“可你不能就这么不去上学了。”

不知何故，我忘了给老爸打电话。

大约 9 点左右，社区警官丹·奥马利来了。他头发蓬乱，满脸雀斑，若不是因为留了小胡子，而且身材高大，你会认为他是未成年人。他身高至少有 6 英尺 4 英寸[①]，进到任何一个房间，房间里都会立刻显得拥挤。不过，以前我也和他打过交道，双方都还勉强能客客气气——考虑到我儿时以来对执法人员的态度，以及他对爱管闲事女人的态度，能做到这一点还真不容易。我给他倒咖啡的时候，知道他正仔细打量我。我想像他会用这么一句来开始：“奥利，我们现在的情况可是一团糟啊。”

他呷了口咖啡。“今早感觉怎么样啊？”

如此高大的男人，如此温柔的声音！

“烤肉野餐会上的一扇小排骨。”

“你似乎在招惹麻烦方面很有天赋啊。”

“你可以这么看。”

“为什么？你是怎么看的？”

“昨天晚上你们不是都问过了？我依然认为，这起火灾与姜尼·桑托罗有关。”

“就是那个谋杀案被告，你为他出庭作证的？”

我点点头。“他的律师几天前遇害了。”

“听说了。”

我靠着吧台。我敢肯定，火灾与桑托罗、玛丽·乔和卡柳梅特公园有联系。先是朗达·迪萨皮奥死于一场“事故”，接着布拉谢尔斯死于一场出了岔子的抢劫案，如今则有人试图将我烧成烤

---

① 约 193 厘米。

全羊。

问题在于我无法证明这一点。我不能提供任何证据。正因为没有东西可以证明我的怀疑，昨天晚上那些警察根本就不把我的话当真。不过，他们为什么要把我当回事儿呢？我在庭审作证中已被锤扁，一败涂地，州检察厅一颗冉冉升起的明星已经把我彻底击败。

奥马利似乎知道我在想些什么，朝我看了一下。“如果你有什么想法，最好现在讲出来。”

我踌躇了一下，然后扼要地讲了庭审后发生的一连串怪事，也包括我从朗达和斯威尼那儿里听到的情况。“据我看，桑托罗当时在做一笔买卖而无法到场，玛丽·乔是代他去接货，要么就是他的联络人或其他什么角色。”

“贩毒？”

我点点头。“事儿搞砸了，他们惊慌失措，就把玛丽·乔灭口。”

“他们？”

“朗达·迪萨皮奥死之前告诉我说，那天在卡柳梅特公园船舶下水处出现了两个男人，就是那两人杀死了玛丽·乔。”

“庭审的时候她怎么没说？”

“她很害怕，他们杀死玛丽·乔后，就拼命追赶她，可她逃脱了，她不想冒险。”

“我不相信。”奥马利摇了摇头。“听起来很勉强。”

“如果他们和黑帮搅在一起就有些意思了。”

“谁？”

“卡柳梅特公园出现的那两个家伙，还有桑托罗，而且桑托罗很有可能是替他们受过呢。”

奥马利用一只手指摸了摸自己的小胡子。“你有证据吗？”

“那就看你对证据的定义了。”我告诉他，桑托罗是个码头工人，但不太招人待见，并且在发生谋杀案之前，还跟斯威尼说他要干件大事。

“我还是那句话，你有证据吗？”

“呃，朗达·迪萨皮奥确实是在那场‘事故’中死的。”

“就在跟你讲过卡柳梅特公园的那两个人之后？”

“接着几天后，布拉谢尔斯遇害。”

“于是你就认为这些之间都有联系。”

“布拉谢尔斯可能认识杀死玛丽·乔的那两个人。或许他们曾逼迫他必须让桑托罗代人受过。不过可能他后来良心发现，坚持要彻底揭露真相，他们就选择让他闭嘴。”

“你全都搞明白了，嗯？”

“也只是提出几种可能性。”

“你现在认为这起所谓的纵火案是黑帮干的，并且有阴谋，要灭你的口？我可没看出来。”

“有这种可能，不对吗？”

“可为什么呀？他们为什么要追杀你？”

我咬了咬嘴唇。“因为我挖出了真相。”我说。

他摇摇头。“艾利，他们怎么会知道？你并没有在新闻里播放呀。”

说得有点儿道理。

“告诉我，”他说。“你是否能提供什么证据来帮助我搞清真相？”

我没有答话。

他用一只手指轻轻击打着杯子。“除了桑托罗相关的事情之外，除了黑手党，你还能想到有别的什么人想伤害你吗？”

我不敢看他的眼睛。“眼下还没有。”

“哦。”

最大的收获就是得到了一个承诺：他给负责布拉谢尔斯命案的那几位警察打电话。

奥马利走后，又来了一位年轻调查员，消防队的。他匆匆看了一遍像是一张清单的东西，接着问我火灾刚出现时我在哪里，我看到了什么，听到了什么，闻到了什么，还问了烟雾与火焰的颜色，问我是否听到爆炸声。他拿出麦克影视公司的楼层平面示意图，要我回忆从我们结束配音时起一直到我从窗户爬出为止的足迹，完全是例行公事。几分钟后，他脸上挂着满意的表情离开了。

我很高兴终于有人感到满意，这感觉，就像是自己在食品杂货店花了100美元，结果却空手而归。

那天下午，我接了蕾切尔刚到家，福阿德正踏着重重的步伐走过草坪，手里挥着一台吹叶机，一看到我就把它关了。

“我从电台里听到了火灾的消息。”他一脸忧虑。

“传得真快呀。”我绕过他拢起的几堆叶子。

“你没有受伤吧？”

我摇摇头。

“那就好。”他的眼睛盯向我身后。

我转过身，看到蕾切尔站在那里，也是满脸忧虑。“你要不要进屋，妈妈？”她用手扯着背包的带子。

“我想跟福阿德说两句话，你去练练钢琴吧。”

“你很快就来，对吧？”

“那当然。”我将她额头上的一绺卷发理到一边。“你可以从窗户看到我。”她点点头，走了进去。

“怎么回事，艾利？”

我转过身来。“我感觉有人要杀我。”

福阿德是 30 多年前从叙利亚来到这里的，他知道，由于他的外貌、口音和习俗，人们将始终把他看作外人。美国白人族群那种相互拍肩背的亲热劲儿，是他们仅为自己保留的，福阿德将永远享受不到。然而正是这个外人，曾经为了我而冒生命危险！没几个人比他更值得我信任。

他眯起眼睛。“是谁？”

“不知道，除了事情是由桑托罗案引起的，我什么也不知道。”

我按时间顺序跟他讲了那一连串事件。我说完的时候，他将吹叶机从肩头卸下来。他虽然也了解人性的黑暗与邪恶，但遇事并不总是往坏处想。

“凭什么认为是黑手党？”

“看得出来呀，这案子的幕后人物不想暴露，不管他是谁，反正千方百计地想要掩盖真相。据我所知，活动能量如此之大的组织并不多。”

我们走回他的皮卡车那里，他将吹叶机放到车上。“可他们为什么要追杀你？”

“我……我也不能完全肯定。我确实在朗达·迪萨皮奥死之前和她见了面，是她跟我讲了那两个男人的事，并且认为有人在跟踪她。或许他们看到我和她在一起。”

他从车上取出一把耙子。“那么，这是自从审判结束以来，唯一针对你的事件吗？”

我想了想我和苏珊那天散步时看到的那辆 SUV。也许并不能真的将那称为一个“事件”，甚至还不能肯定这件事是否有意义。“也没有发生什么事情，”我说，“直到布拉谢尔斯之死。”

“他死了——有人闯进他的办公室，要了他的命。”

“还把那个地方搞了个天翻地覆，保险柜也洗劫一空。”

福阿德没有说话，而是将分散的几堆叶子耙在一起，弄成一大堆。随后他抬起头。“或许，他办公室里有什么东西跟你扯上了关系。”

“他办公室里？”我踢起几片叶子，看着它们在空中飘舞着落下。在此之前，我跟布拉谢尔斯并不相识，也只去过他的办公室一次，审判结束后也只谈过一两次话，而且大部分交谈是通过电话答录机[①]进行的，玩的是电话捉迷藏。

电话。

我抬起头来。

“怎么了？”福阿德问道。

“我在布拉谢尔斯的答录机上留了言。”

福阿德的下巴一下子收紧了。

“我谈到了桑托罗和卡柳梅特公园那两个人。”我紧紧抱着胸口。“你认为是因为这个吗？我是说，如果他们在跟踪朗达，他们就已经怀疑我知道了什么情况。然后，当他们听到那个留言……”

“什么意思？”

“我的意思是，闯入布拉谢尔斯办公室的那几个人可能听了他应答机上的留言。听到了我提到‘卡柳梅特公园出现的那两个人’的那条留言。可能是这个把事情联系了起来。”

气温只有华氏 50 多度[②]，可我掌心里全是汗。

“哎呀，天哪！瞧我这个大嘴巴。”

---

① 又叫录音电话或电话录音，或电话应答机，或简称答录机、应答机。

② 华氏 50 多度：相当于摄氏 11-15 度。

福阿德尽力安慰我："《古兰经》里说，'真主只依各人的能力而加以责成。'你只是在做你认为自己应该做的。"

"话虽如此，毕竟事与愿违。"我咬着一根手指头。"福阿德，我该怎么办？警方根本不信这些。"

"那么，你就必须让他们相信。"

钢琴和弦的叮咚声飘出窗外。"怎么才能让他们相信？我又没有证据。"

他笑了："你会找到的，我坚信这一点。"

我不知该如何看待他的话，不过，既然是福阿德说的，那只能是恭维话了。他将那些枯叶装进一块防水帆布里捆扎起来，两头打上结，然后搬进车厢里。

我跟在他后面。"哦，我差点忘了，前两天我见到了一个来自你们中东的人。"

他朝我看看。

"是大卫的新客户，一个沙特石油大亨，说自己是王室的亲戚。"

"他叫什么名字？"

"阿卜杜勒·阿尔·哈马拉尼，他要从五大湖石油公司买一个工厂。"

"沙特有成千上万的王室亲戚，"他说。我的表情看起来肯定很沮丧，因为他接着说，"我有个来自利雅得[1]的朋友，下次做祈祷看到他时我问问他。"

我走进厨房，开始想晚饭的事。

蕾切尔从起居室喊了一句，"下周'科学俱乐部'项目就要结

① 沙特阿拉伯的首都。

束，你知道吧？”

“这就结束了？”时间都去哪儿啦？

“呃，是第一期，周五举办‘家长日’，你去吗？”

蕾切尔小的时候我错过了好多陪伴她的机会，游泳课、足球比赛、小提琴演奏会。我记得，当时认为这些事情不可能跟我的工作相提并论。离婚之后，我优先考虑的事项就变了——尽力不让自己再错过什么。

我走进起居室。“当然要去。怎么？有什么事情？”

“保密。”她咧开嘴笑了笑。“不过你会喜欢的。”

我在她屁股上拍了一下。“又戏弄老妈。”

那天晚上奥马利给我回了电话。“我给三区打了电话，跟办布拉谢尔斯案子的那几个刑警谈了谈。”

“然后呢？”

“他们什么也听不进。”

“一次搞砸了的抢劫案？”

“他们说，他是在错误的时间出现在了错误的地点。”

“这样说倒是很省事，怎么样？”

“艾利。”奥马利清了清喉咙。“我知道你夏天碰到不少麻烦。可是一个人不可能在同一个地方被闪电击中两次。除非你能给我拿出什么东西来，否则我也无能为力。上帝，我根本不知道该从哪里着手。你的故事涉及库克郡几乎每个该死的警方辖区。”

“这又不是好莱坞大片。”

“呃，可也不是谋杀案。”他顿了一下。“听着，你知道事情怎样运作，给我拿出来点用得上的东西。否则，我这里就只有这是一场蹊跷的火灾的说法，而这火可以是随便什么人放的。”

我想了想自己在布拉谢尔斯的应答机上的留言。那也不是什么证据，顶多只是推测。不过，奥马利显然不大相信我的说法。

我只好闭嘴。

第二十三章

一直以来，我都以为我们社区宁静而安详。然而有一天，我却听到极少有人提及的一桩秘闻。火车站后面曾经开过一家酒吧的。那里一直生意红火，特别是在每周五人们领薪水[①]的时候，店主可以好好赚他一把。但有一个周五出事了，大约凌晨三点，四个蒙面人持枪劫店，抢走了五万美元。事情传出，整个社区异常震惊。谁会在店里放那么多现金过夜呢？后来听到传闻，原来店主私下还经营着“民间金融借贷”的副业。

如今酒吧已不复存在，而店主一家子，即人称“外科医生”的乔伊·德帕尔马仍住此地。他家以前是在壮丽大道[②]工作的老员工，于六十年代搬到了郊区。不过乔伊的兄弟们并没有在当地并没有待很久，几年之后，有人发现他们暴尸于威斯康星州的荒野之中。从那以后，德帕尔马便匆匆退休。

有一次，我问奥马利，为什么大家叫他“外科医生”？

他说德帕尔马是江湖刀客，刀法是出了名的。不过那是很多年前的事了，他又补充道。现在的德帕尔马过着含饴弄孙、侍弄花园的平静生活，社区警察对他也查得很严。

翌日早晨，我驱车到一英里之外的一个居民区。街道两边的住家中有一些是改建成的豪华两层小楼，但大部分还是朴素的错层式

① 体力劳动者多为周薪制。

② 即东壮丽大道，芝加哥街道，众多顶级酒店位于此。

房屋和普通平房。穿过半个街区，只见一座柏木瓦屋顶棕色小砖房，房前有一块精心护理的草坪。这座房子如此低调地与周围环境融为一体，我不禁有些惊讶——本以为他家的房子会有多炫呢！

我下了车，向房子的前廊走去。铁丝网门的正中写着一个花里胡哨的字母“D”[①]。我抬手欲按门铃，又不觉止住。我这是在干什么？难不成要到一个黑帮老大的家里喝茶？我转身走回沃尔沃。

“请问有事吗？”

我倏地转过身。一个男人推着独轮车从屋子一边走来，约七十多岁，大肚子颤巍巍地垂到松松垮垮的裤子上，汗衫里却隐隐露出壮实的肩膀和满是肌肉的胳膊。他戴着厚厚的黑框眼镜，皮肤好像年轻时生过严重的痤疮——似乎并没想象中那么令人生畏。

我尽力露出一个真诚的微笑。“我刚才——刚才在欣赏你的花园。”

他向自己的花坛投去一瞥。经过上周的霜降，花坛里只剩凋谢的金盏花、萎蔫的鼠尾草和几枝瘦弱不堪的矮牵牛花。

“我是说，整个夏天，”我支吾着，“肯定花团锦簇。”

他把我从头到脚打量一番，然后抓起独轮车的把手。“你要推销什么的话，请尽早离开。”

“我不是推销的，”我说。“我叫艾利·福尔曼，也住这个社区。”

他顿了顿，然后挺直身子向我身后的屋子指了指。“慈善捐赠的事归我太太利诺拉管。”

我转过身，只见一个体型圆润的女人站在门后，正看着我们。她穿着印花束腰长外套和哔叽弹力裤，头发染成赤铜色，也戴着眼

---

① 德帕尔马（DePalma）姓氏的首字母。

镜，超大的蓝色镜框。

“我并非为钱而来，先生。”我深吸一口气。“说实话——我有点事要麻烦你。”

他又上上下下看我一遍。“你说你就住这儿？”

“只隔几个街区。”

沉默半晌之后，他招手示意我跟他进屋。经过他妻子身边时，他说，“你去厨房，利诺拉。”

那女人一声不吭地走开了。

我跟着他走进了屋，左边是一条窄窄的过道，就是刚才利诺拉走进去的地方。右边是一个下沉式的错层客厅，地毯是米色的，家具也是。壁炉上方挂着一个十字架，茶几上摆满了孩童和年轻父母的照片，照片上的人大都露出灿烂的笑容。我们所在的前厅却很阴暗，而且屋子里沉积着一股老年人家里常有的霉味，虽说有那扇透气的门，那个气味还是没有全排出去。

“什么事，小姐？”

“我觉得有人想杀我，但我不知道是谁，也不知道为什么。”我感觉我的声音在颤抖。“我——我很害怕，我想阻止这件事，我不知道找谁帮忙。”

他蹙起眉，神色恼怒。“我是个退休老人，靠退休金生活，你觉得我能怎么帮你？”

我忍住气，继续说：“我觉得，可能跟我在审判姜尼·桑托罗时作证有关。”

他的表情依然没变。

“一定是有人觉得我知道了什么要紧的事，但我既不知道这人是谁，也不知道这是什么事，我是个单身母亲，还有个女儿。”我看向那些照片。“我是她唯一的依靠，先生。”我加了一句。

德帕尔马审视着我，尽管只有几秒钟，却像是很久很久。随后他说：“你这事儿，要不找我的律师吧。布里克曼—凯西—斯科特律师事务所的威廉·凯西，他可以帮你。”

“德帕尔马先生，恕我直言，我觉得您的律师帮不了我，我想您也知道。”

“这位小姐，我说了，我就是一个拿退休金过活的老年人，我帮不了你。”他往门口走了一步。“请你走吧。”

我胃里抽搐了一下。“求你了，德帕尔马先生。几天前我差点被火烧死，是有人纵火。但警方查不出是谁干的，他们好像也不愿意费劲去查。”

他停住脚步。“在哪起的火？”

“诺斯布鲁克，一家影视公司。”

他从口袋里抽出一块洁白、干净的手帕。

感觉有希望了。“我觉得你可能愿意调查这件事，然后，也许……”我的声音渐渐小了下去。

他把手帕盖在脸上，擤了擤鼻子，又把手帕放回口袋。接着，他用手按在我的胳膊上。他的手背上汗毛浓密，手指粗短结实。我几乎看见了这只手挥舞着刀的样子。

“福尔曼女士，你该走了。”

“外科医生”把我领了出去，门在我身后轻轻地关上了。

大卫正在去伦敦的途中，我直到傍晚才联系上他。因为时差的缘故，我打电话时他正在睡觉。我说到了火灾，他迷糊的声音就一下变清醒了。

“天哪，艾利！我明天飞回来。”

“不用，我很好。”

“真的吗？”

直到现在，我的嗓子都干干的，并且依然觉得自己到处都闻得到烟味，但这些不用让他知道。“真的。”

一阵沉默。然后他说：“蕾切尔好吗？”

“她很好，卡蒂来我家过夜，万圣节前夕嘛。”

青少年时代，万圣节是我最喜爱的节日。现在已不是了，那些恐怖的衣服和恶心的恶作剧让这个节日魅力全无。我始终不能理解的是，那样一个让人毛骨悚然的节日，为什么大家还愿意花好几百美元去庆祝？

幸好蕾切尔早就过了上别人家喊“不给糖，就捣蛋[①]”的年龄。不过今年万圣节晚上，她的一帮朋友搞了个派对，那群女孩子把蕾切尔衣橱里所有东西都翻出来试了个遍，就想搭配出一套鬼节的装束。

“……很不好，艾利。”

我猛然意识到我走神了。“对不起，大卫，你说什么？”

“我说这样很不好。”

“我知道，但至少没人受伤，而且——”

“不，”大卫打断我的话。“我不是说这个。”

我看着杂物间。门半开着，也许应该关严。“那你说的什么？”

他顿了顿。“我担心你会有危险，我想待在你身边。”

“谁需要你保护哦。”我咬住舌头，又连忙补充道：“对不起，我不是那个意思。”

“你就是这个意思吧。”

“大卫——”

① 这是英语国家的万圣节习俗。

“听着，我知道你自己能照顾自己。但是，如果你在乎某个人，你就想亲眼见到他确实安全——至少，我就是这样。”

“不要老想到不利的一面，不是我说你，你不觉得你有那么一点点自以为是吗？”

“是又怎么样？”他提高了声音。“我承认自己不爱冒险。”他顿了片刻。“但我最大的冒险就是爱上了你。”

我忍住了嘴边的话。

“我没想让你内疚。我——我想——我只是希望这一切都没发生。”他说。

“你是不是觉得我不应该为桑托罗申辩？不仅当时我不相信——现在也依然不相信他杀害了玛丽·乔！”

一声叹息，从七千英里之外传来！接着：“当然不是，只是我没有一天不在担心你。”

我清了清嗓子。这时候跟他说德帕尔马的事好像不太合适。

“艾利，我不想说得像最后通牒一样，但我真的觉得我们俩都应该好好想想了。”他说。

我攥紧了话筒。“想什么？”

“想想我们之间应该怎样，我们是太过于迥然不同的人。”

“我还以为，这正是我吸引你的原因呢，行动派的女人邂逅深沉派的男人，你懂的。”

他喉间压抑住了一阵响动，我趁机过去关上了杂物间的门。

“我们为什么不能都好好想想呢？”他沉默片刻，说道。“下星期再给你打电话吧。”

“大卫？”

“什么？”他的呼吸略变急促。

我欲言又止。“没什么，我——我下次再和你联系。”

我挂上电话，开始往洗碗机里放着碗碟。我拿起一个盘子正要放进去时，手一滑，盘子掉下去摔碎了。

“真倒霉!”我一脚踢向水槽下的柜子。“哎哟!”

脚趾上一阵抽搐，疼痛难忍。

等我把碎片扫干净，天色已完全黑了，万物的轮廓隐没于厚重的夜幕之中。

我把扫帚放回原处。我这是怎么了？刚才怎么会对大卫发脾气？其实他有一点说得对，住在治安松弛的郊区确实无法保证安全。遇到这种事他就是要躲开不管、墨守成规以求自保，而我却会像大无畏的死士一样挥舞着利剑冲锋陷阵，绝不怯懦退缩。

这的确是个问题。

第二十四章

周一麦克打来电话来，带来了好消息。保险公司将会偿付大部分清理费并承担设备更新费用。麦克还打算借机更新一套更好的 Avid 系统。新系统有读写更快的芯片，更优质的处理器，还具有将录像带转为 DVD 的功能。

“那——资料库里的东西都毁啦？”我问。

“很抱歉，艾利，我知道你很多片子都在里面。”

“不，是我应该道歉才对。”

“为什么？”

“这火可能是冲我而来的。”

“嗯，警察也这么问我的。”

“你怎么跟他们说的？”

他没说话，但就是从这沉默中，我听见了他们交谈的全过程。

“麦克？”

“听我说，艾利，”他说。“重建任务繁重，百废待兴，我还要养家。如果说有人在给咱们传递一个信号，那我是真真切切听到了——我可不想卷进去！”

“所以你——”

“我也搞不清谁放的火，为什么放火，我也不想去搞清，我就想让这事儿过去就算了。”

“所以我这不是自己一个人在面对么？”

“其实你也不用管。”

我换了个话题。“汉克还好吗？我打电话不接，现在只跟我语音留言，他缓过来了吧？”

麦克笑了。“这么说吧，如果他应对压力的方式就是那样，那我还真得给他多加点儿压力呢。”

看来，那个桑迪对他有很大的安慰。

我挂了电话，望向窗外。晴空万里，蓝得通透——这种蓝色，只有秋天才有！随即打电话约苏珊散步，但她已经出门了，去一个美术馆做兼职。我刚套上球鞋和运动装，突然觉得，简直羡慕死了这些人——个个都有去处，人人皆有活干！

我伸展了下筋骨，慢慢跑上沃尔兹路。此路蜿蜒穿过森林保护区，两边没有人行道，只有砾石路肩。路两旁高树成行，为后面的房屋形成一道屏障。夏日里亭亭如盖的树叶如今开始枯萎凋落，地上的残叶在脚下发出咯吱咯吱的声音。

两年前，我曾开车带着蕾切尔经过这里，看见一只小鹿卧在路中央。驶到它近前，只见它微微地抽搐，鲜血从它身下流出，腿和背都已折断，无法翻身，更别说站起来了。

我们停车报警。等候时，我小心翼翼地把它捧起来，走到路边，轻轻放进干涸的水沟，它那黑曜石一般的大眼睛久久地看着我，这眼神告诉我，它已经知道自己有了大麻烦，它那年轻的天空已经无可挽回地开始塌陷。

警察来了，他仔细检查小鹿后说，“你们知道我得怎么处理。”

“不，”蕾切尔哭喊着，紧紧抓住我的手臂。

我把蕾切尔揽入怀中：“可以——可以等到我们走了之后吗？”

我拉着泣不成声的女儿上车，驶离现场，猛地一声枪响，我俩都没回头。

两年后的今天，当我慢跑经过那个水沟时，不禁沉浸在痛苦的回忆中，甚至都没有注意到缓缓开过我身边的那辆黑色轿车。不过，这边的社区里这种轿车并不少见。

SUV同样也很常见。一辆深绿色SUV跟在轿车后面然后开走，紧接着又开过一辆灰色小轿车，我也没怎么在意。

片刻后，我停住了脚步。一只身长大约十五英寸的动物挡住了我的去路。这只小生物鳞片般剥落的粉色皮肤上支棱着凌乱结块的稻黄色软毛，小圆眼，小塌耳朵，吊着半根似乎曾经是尾巴的东西。我瞪大了眼睛，不知道眼前看到的是什么：没皮的大老鼠？小白浣熊？变异的森林小兽？这时它迈开小短腿，小碎步向我跑过来。

原来是只小狗。

“钉子。”一个男人的声音。“过来。”

小狗原地踯躅着，好像在考虑要不要服从命令。然而还没等它做出决定，一个男人就从旁边的灌木丛里走了出来：五短身材、小潮T恤、休闲裤和意大利懒汉鞋，深色头发中夹杂几丝灰色，手拿一根白色皮狗绳，绳子上钉满了五颜六色的水钻，在太阳下闪闪发光，一副墨镜，遮住了眼睛。

我们相对时，那狗突然尖利地叫了一声。我惊恐地后退一步。那狗跑到一丛灌木边，翘起后腿，算是圈明了它的领地。完事后，它竖起耳朵，再次狂吠起来，尽管它并不知道发生了什么事。男人弯下腰，一只手抱起小狗，另一只手向上推了推眼镜。

“抱歉。”他冷冷地盯住我。“钉子今天不太舒服。”

“它怎么了？”

男人耸耸肩。“兽医也搞不清楚，说是库欣综合征[1]。也可能是甲状腺功能减退。鬼知道什么毛病？这小坏蛋已经吃了六种药，花了一大笔钱。”

“哦。”我说着想离开，男人却挡住我。

“别急，福尔曼小姐。”

我傻了。

我飞速地想着怎么逃，现在开跑也许能甩开他一段距离——狗儿会拖慢他的速度。但我瞥见前方角落里突然冒出一个壮如橄榄球后卫的彪形大汉，立即让我断了这个念头。

“我的车在那边。”带狗的男人用大拇指指了一下，朝我笑笑，露出一口有些歪斜却很洁白的牙齿。“去兜个风吧？”

一片乌云遮住了太阳，天色暗了下来，万物失去了颜色。

我在运动服上擦着汗津津的双手。

彪形大汉走过来，紧紧钳住我的手臂，拉我走过转角。他打开那辆轿车的后门，翻下弹跳座椅，命令我坐进去。钉子和那男人也坐了进来。

车开过沃尔兹路西口的桥，进入沃基根路后向北行驶。钉子蜷缩在后座上垫的一条蓝色毯子上。近距离看钉子，我发现它皮肤在不停脱落，大块大块落在毯子上，它身上还散发出一股酸味。

“大概十个月前开始生病。”男人将手抚过钉子的脊背。“我以为是恶性肿瘤，但他们一直说不是。马尔济斯[2]就是容易得这些

---

① 此处指犬类肾上腺皮质功能亢进，是一种内分泌紊乱疾病。症状包括多饮、多尿、多食、脱毛等。

② 原产地中海地区马耳他岛的小型贵族犬种，多为娇小体型，白色长毛。经典发型为头顶扎朝天辫。

怪病。”

经过公园区那个泳池，去年大半个夏天蕾切尔都泡在那儿。

“就兜会儿风，文尼。”

“是。”文尼加速行驶，只差几英里即达限速。

“你是谁？”我问。

他无视我的问题。“你养狗没有？”

蕾切尔曾经磨着我要养只狗，但我一直没答应，因为看过《老黄狗》[①]，我知道养狗会带来什么问题。我摇了摇头。

“也许你应该养一只，省得去麻烦那些老人家。”

德帕尔马。

驶过一座教堂。告示牌上宣称周五晚上的活动：炸鱼宴和宾果游戏。男人把钉子抱起来，让狗舔着他的面颊。“你不能那样闯到人家里去，问那种问题。他们都是体面人家，应该享受安宁的生活。”

“我也是走投无路。”

“有人把你待的地方给点着了，是吧？”

看来要么是德帕尔马跟他说了两句，要么是他自己知道了情况。

钉子在男人膝头趴下来，脑袋埋在两爪之间。“怎么不跟我说？”他问。

我紧张地“咯咯”笑了两声。我居然会坐在一辆轿车的后座，向这样一个黑帮喽啰倾诉！这样的情节，即使对于我这个拍过各种故事的人来讲，都算得上离奇了。“你知道姜尼·桑托罗吧？”

---

① 1957 年美国电影，片中的老黄狗是主人公一家忠诚、善良、勇敢的好伙伴，但最后因染上狂犬病被主人无奈地用枪打死。

“在卡柳梅特公园干掉女朋友的那个人嘛。”

脉搏开始加速，他都知道！“我一直在想，他到底有没有——”

“还是让我来问你吧。”

进入了莱克郡①。沃基根路的这一段只能慢行，人们说是因为施工，但这种情况已经持续多年了，真能施工这么多年，其中的“成本超支”恐怕都足以填满好几个承包商的腰包了。车在路中寸步挪行，周围挤了一堆小汽车、运货卡车，还有一辆塞满孩子的黄色校车。

“你有桑托罗的录像，审他的时候你出庭作了证。”

“对。”

“你怎么会认为我认识他？”

我深吸一口气，开始向他解释：我探听到的桑托罗的背景，公园里的神秘人，以及朗达·迪萨皮奥和布拉谢尔斯的死，还有那场大火。但当我竹筒倒豆子般向他一一叙说时，发现自己串在一起的一系列事件一讲出来，就有些单薄且缺乏说服力，不像只是存在脑海时那么有底气，那么有信心，里面好像没什么阴谋，甚至可能都是巧合。我觉得自己像个傻瓜。看着这位交谈者脸上的表情，先是充满戒心，继而迷惑，再到恼怒，我就知道他也是这种感觉。

“这些有什么大惊小怪的？”他说。

我从后车窗向外看去。那辆深色 SUV 这回是直接跟在我们后面了。我僵住了。“有人盯梢？”

---

① 美国伊利诺伊州东北部的一个郡，北邻威斯康辛州，东傍密西根湖并与密西根州在湖上接界，这也是县名 Lake County（“湖郡”）的由来。美国的郡比州小，比市大。

“当然。”他挥着一只手说。“全球第一高精尖反暴组织可是每天都要来报到的。”

“FBI？”

“答对了。”他转过身去，向窗外敬了个礼。“他们搞了些新型扩音器，对准哪里，就能听到哪里的声音。”

SUV开始后退，然后换了车道。那辆灰色小轿车还隔着几辆车跟在后面，真是一支奇怪的队伍，男人回转身来。

“文尼，可以掉头回去了。”

“遵命，头儿。”

驶离了沃基根路，开始往东走。好像察觉到转向似的，钉子抬起头，在空气中嗅了嗅。

“你听好。”男人顿了顿，说：“根本什么事都没有，这个桑托罗——他跟我们毫无关系，他不是我们的朋友，甚至连我们朋友的朋友也不是。”

我不安地扭动了一下。“但是我原以为——”

“你原以为的是错的。”

“我知道，我没有你所谓的确凿证据，我刚才可能也没解释清楚，但已经死了三个人，我也差点被烧死，肯定有人耍什么阴谋。”

他紧抿着嘴，似乎对我渐失耐心。“这位女士，我不知道是什么人或什么事让你一直这么烦恼，也不知道是谁点了那把火。而且，这种事你不了解的话可能更好，知道吗？”他顿了一下，好让我充分理解他的话。“跟你说说我的建议吧！我觉得，你最好离开芝加哥一段时间。去度个假，度个惬意的长假，会大有裨益。你的想法会大有改观。”

随后车子向南转弯，驶入司考基高速公路。钉子打着呵欠，舔着它那秃毛的爪子。男人把它抱起来，蹭着它的脖颈，完全无视落在他裤子上的那一片片皮屑。驶出高速、拐入日落岭时，阳光直射进来，我不由得眯起了眼睛。最后到了沃尔兹路，车开过了我刚才的上车地点，又朝我家开了一个街区。

“文尼，让她下车，”男人说。

车慢了下来。

“对了，这次谈话根本没有发生。”

“哪来的谈话？”我说。“我根本不认识你。”

他点点头。“这样才好让你守口如瓶。”他示意我开车门。

我从座位上移过去，钻出了汽车。他探过身子来想把门关上，但我还拉着门把手。

“希望钉子早日康复。”

他敷衍地点了一下头。

我拖着脚步朝家走去。两边的人行道上，小石子像钻石一样闪闪发光。也许德帕尔马的朋友说的是实话，当然，也许并没有。不过话说回来，他也没必要这样费尽功夫为了告诉我一句桑托罗和他们没有关系呀？我踢开一颗石子。老爸说的没错，我是在用我那套关于贩毒欺诈和两面派手法的猜测搭建起了一座纸牌屋，这才出尽了洋相。当然，我也不是第一次干这样的蠢事。即便如此，事情还是解释不通。如果此事没有犯罪分子从中作祟，没有牵涉毒品交易，为什么玛丽·乔·博赛尼克会蹊跷死亡？还有朗达？紧接着布拉谢尔斯？

我捡起小石子，把它在两个手掌里搓来搓去。我本想去监狱找桑托罗问个水落石出，但一想到要一个人去库克郡①，便不寒而

① 伊利诺伊州人口大郡，监狱所在地，该郡允许居民携带枪支。

栗。我要跟他说什么呀？你参与贩毒吗？假如他真像斯威尼说的不是个东西，那么我就很难得到坦率的回答。假如真的像我认为的那样，有人想陷害他，那他不过是又一个受害者罢了，就如同玛丽·乔、朗达一样——甚至还有我！

罢了罢了，genug iz genug[①]，还是适可而止吧。

我四顾无人，便用最大的力气把石子扔了出去。从来没有哪个人会公开宣布自己的阴谋。阴谋总是通过一些事件悄无声息地逐渐显露。这些事件即使有关联，也会被认为是巧合。这或许很奇怪，但认为这是纯属巧合的人未必心怀恶意。人们只是在揭示和重述一连串事件的过程中才能看到其中的意图、策划与奸诈。

就好比森林里倒下了一棵树，如果没有人说出，谁会发现？阴谋也是一样。朗达也许确实是死于交通事故，布拉谢尔斯也许确实是被抢劫犯杀的。那起火灾也许确实是纵火者为骗取保险金所为！

或许猪儿真的能飞了呢！

晚上我拨通了大卫入住酒店房间的电话。当时大概是伦敦时间凌晨四点，他没接。我只好关上灯，在一片黑暗中盯着墙壁发呆。

---

① 德语，意为“够了够了”。

第二十五章

帅小伙儿写着黑板，粉笔发出吱吱的声响。他在一个清单上添加了“婴儿监视器”字样，清单上已经有了车库开门器、警报系统、手机、步话机、卫星、GPS和电视。

“很好。”

我跟其他家长（大部分是母亲）挤进后排，都感觉与陌生人这么近距离接触有点别扭。那个老师转过身：浓浓的眉毛、尖尖的下巴，有点像乔治·克鲁尼[①]。他微笑时我才明白：为什么会没人抱怨这家“科学俱乐部”！

“你们可以看到，就从这个清单上，有好多东西都要依赖无线电波。不仅是稀奇古怪的器物，就是常见的东西也要用到。”他拿起一份图表靠在黑板上。图表上方是一组颜色，分别用缩写词标明，如VLF（超低频）、LF（低频）和EHF（极高频）。它们下面是“调幅广播”“调频广播”和“雷达”等术语，底部则是10千赫、1兆赫、100兆赫和10吉赫等数字。

“这是一些无线电波频率，你们的孩子正在学习这些知识。无线电波只是电磁波谱的一部分。电磁波谱还包括可见光、红外线、X射线、γ射线，以及其他形式的电磁能。”

我集中精力，尽力不让目光呆滞。我这一生，最大的遗憾就是没有掌握好基本的科学知识。我以为自己理解了那些概念，但每次

---

① 1961年出生于美国肯塔基州列克星敦，美国演员、导演。

应用时却常常搞错。显然，“速度”和“速率”不一样，而加速度也并非总意味着增速，我糟糕的成绩就是明证。

也有可能是我那些老师的缘故。中学时期，我的科学老师是位印度女士，她穿的莎丽[①]很漂亮，但她浓重的印度口音让我几乎听不懂她在说些什么。大学的时候，助教教我们如何分析赛马表格，但没教多少物理知识。

不过，蕾切尔似乎比我幸运。

“好了，考虑到咱们正在学习无线电……”那位老师接着说，“……那么，咱们自己做一台吧。”

“我还不懂这些呢，”一位母亲对另一位低声说。

另一位母亲答道，“我也不懂。”

“别担心，”他赶紧说。“是我让他们保密的，怕万一做出来不能用。”

孩子们咯咯咯地笑起来，家长们也乐了，相互交换眼神。

“对了，我叫布赖恩·马特森。不过，这里真的是孩子们的课堂，他们特别急切地想把自己做的东西展示给你们看。”

好几个孩子从课桌边站起来。一个小男孩向我们介绍了晶体管、电容器和感应器。另一个男孩解释了振荡正弦波。蕾切尔也站起来，讲了什么是二极管以及它在接收器里发挥的作用。我在旁边看着，深感自豪：这个知识丰富、充满自信的小女孩就是我的女儿啊!

一些孩子将一张课桌上的一台小接收器打开，然后离开了教室。几秒钟之后，我们听到“咔嗒”一声，黑板两边的扬声器发出一些静电干扰声。

---

① 印度妇女的服装。

“大家下午好，欢迎来到 WSCS，科学俱乐部乐团。我是教下午课的保罗，我在这里播放你们喜爱的几首曲子。”

我们热情地打着口哨，欢呼着，并且鼓起掌来。留在教室里的孩子面露喜色。扬声器先后传来两首歌曲：一首是《找个人谈恋爱》。我对格雷丝·斯利克①的崇拜近乎盲目，所以这肯定是蕾切尔的主意。另一首是 U2②的歌曲。一个女孩向大家分发苹果汁和饼干。歌曲播放完毕，保罗结束广播，孩子们回到教室。

“那是一部超低功率调频电台，”布赖恩说。“很小，但真的很棒。”

我们再次鼓掌。

“谢谢你们，这堂课太棒了，你们的孩子真了不起。”

孩子们情不自禁地欢呼起来。我听到几个孩子的只言片语：“酷毙了。”“我上过的最好的一堂课。”“老师真是帅呆了。”

布赖恩难为情地摆摆手。“现在还剩下一些时间，你们可能也想看看其他几种类型的无线电系统。我是业余无线电操作员，今天带来了一些自己的器械，我很乐意回答你们的问题。”

大家在教室里来回走动的时候，我一边嚼着饼干，一边回想起自己大学期间找的第一份工作，是在一家只播新闻的电台取送稿件。那种工作并不令人向往，报酬也很低，可我还是着了迷。不单迷上了不断涌现的爆炸性新闻，也迷上了以微小、无足轻重的方式参与重大历史事件的兴奋感。

---

① 1939 年生于永格雷斯巴内特，美国歌手及词曲作者，摇滚乐的领军人物。

② 一支成立于 1976 年的爱尔兰都柏林摇滚乐队，自 80 年代窜起走红之后，至今仍然活跃于全球流行音乐乐坛。

接下来的一个学期，我报名参加了一个关于爱德华·R·默罗[1]的课程。课上我听了他在德军闪电战期间从伦敦屋顶上发出的广播，看到他制作的关于麦卡锡[2]的纪录片时，就知道了自己想要终生从事的事业，于是转为电影专业。

但这并不意味着我了解广播技术。让人高兴的是，蕾切尔现在是懂得的。或许她会成为一名技术极客。或许我们能合作办企业：她是技术专家，而我提供影视内容，福尔曼母女公司，蛮诱人的一件事情。

“那是什么？”我指着一个手机大小、前面有几个旋钮的小黑盒子插入的东西，旁边有一台电脑。

布赖恩笑了笑。“那是一台手提式步话机。”

“跟一般的步话机差不多吗？”

“嗯，它既是送话器也是接收器，就像步话机。但这个要复杂得多。它是一个信息包无线电设备的一部分。”

“一个什么？”

“一个业余无线电系统，你知道的，业余广播。但这是数字式的，信息包将无线电和电脑结合在一起，你看到的那个小盒子可以传输并接收语音和数据两样东西。”

“不可能吧，就凭这个小东西？”

“嗯，需要一支天线和一台电脑，”他说。“送话器和接收器之间还需要有一个自由视野——一条径直的视线，还需要这件设备。”他的手掠过那个带旋钮的黑盒子。我这时离得比较近，可以

---

① 美国广播电视记者，以准确报道而闻名，被誉为“现场报道的鼻祖”。

② 约瑟夫·雷蒙德·麦卡锡（Joseph Raymond McCarthy，1908 年—1957 年），美国政治家，共和党人，狂热极端的右翼政客。

看到一只指针在一个刻度盘上前后摇摆。

“看起来像个声量计。”我说。“你知道的，处理视频的时候，声量计用于测量音频电平。”

“这是一台终端节点控制器。”

“干什么用的？”

“它有点像信息包系统的大脑中枢，是电脑和手提式步话机之间的接口，里面的芯片具有这台设备需要的所有功能。”

“你是说如果有了这个，加上一台电脑和那台手提式步话机，就可以建一个无线电台？”

“绝对可以，就像我说过的，还需要一根天线，如今几乎可以把它放置在任何地方。”

“那么，请告诉我，如果已经有了电脑，其他器材需要花费多少钱呢？”

他笑了起来。“没你想得那么费钱。可能花上几百美元就能得到一套基本的配置。”他朝蕾切尔瞥了一眼。“是在考虑圣诞节吗？”

“可能是光明节[①]吧。”

他正要答话，一个母亲拉住了他，问自己的儿子是否该报考MIT[②]。

回家后，我打开新闻，然后烧水准备做意大利面。一名恐怖分

① 犹太教节日，大约为公历的 11 月末至 12 月之间，为时 8 天。

② 即麻省理工学院，世界顶尖研究型私立大学，誉为“世界理工大学之最”，位于美国马萨诸塞州剑桥市。

子嫌疑人开始在东海岸接受审判，此刻正在重新播放双子塔[1]的视频。我从未想过我会习惯于那些图像，但媒体上机械地重复播放，早已使我的恐惧感日渐消亡。我关掉电视，打开广播。就在斯莫基[2]用柔和的颤音歌唱他的泪痕的时候，我竭力假装自己是在给威廉·赫特[3]和凯文·克兰[4]做晚饭。

窗外的光线渐渐暗淡下来，将一切都变成了深浅不同的花岗岩色，但一群孩子仍在室外玩耍，决心阻挡黄昏的脚步。一个孩子猛然将球踢过我们家。两个男孩马上去抢夺，但球滚到了几座房子外停放的一辆灰色汽车下面。我看他们捡球时，才注意到车内有两个人！

突然浑身震颤——他们在那里多久了？

那两个人似乎听到了我的想法，他们打开车门，从车里下来。驾驶席下来的那一个，一头灰发，小胡子，西装夹克，背部的面料紧绷绷的，脖子很粗，胸部厚实发达，看样子当过拳击手。另一个则身材瘦削，年纪较轻，身穿牛仔裤和蓝色T恤，戴一顶鸭舌帽。

年长男子弯腰钻到车下，摸到球后抛给一个孩子。男孩接到球后仰脸盯着那人看。那人笑了笑，对这个孩子竖起拇指。孩子头一低，跑回去继续踢球。

年长男子抄近路穿过草坪走向我家，鸭舌帽则沿着车道漫步走

---

① 即美国纽约世界贸易中心的两座摩天办公大楼。1973 年启用，2001 年 9 月 11 日毁于恐怖袭击。

② 即斯莫基·罗宾逊，“奇迹”演唱组成员，《泪痕》为其一首著名歌曲。

③ 美国影星，在影片《心寒》中担任主要演员，影片中播放了斯莫基演唱的《泪痕》一曲。

④ 美国影星，在影片《心寒》中担任主要演员。

来，门铃响了。

我小心地将门打开。

“福尔曼小姐吗？我是联邦调查局的杰里・科茨。我们想占用你几分钟时间。”

“干什么？”

“我们想跟你谈谈。”

“能看看你们的证件吗？”

年长男子拿出一只黑皮夹给我看，皮夹的一侧雕刻着一面金色盾牌。他翻开皮夹，里面有一张麻面彩照，显示他的身份是特工杰尔姆・科茨。照片上盖着“FBI”钢印。

另一个男子举起自己的证件。“特工尼克・勒琼。”

照片里他的头发短一些，而且穿着西装，不过确实是同一个人。

我仔细打量着他，注意到他眼睛周围的鱼尾纹，还有下巴上淡淡的胡子茬。他拽着帽檐，上面有白色的“酷炫鼓手钓鱼乐园”字样。

我领他们到家庭娱乐室，然后拘谨地坐在沙发上。

科茨在一把椅子上坐下，勒琼则坐到了沙发的另一头。

科茨开口说道：“你依法登记的姓氏是戈德曼，对吧？”

“那是我前夫的姓，也是我女儿的姓。我们离婚后我就改回了福尔曼。”

“你在这里住了10年？”

“对，8月份就10年了。”

“你女儿13岁？”

“对。”

科茨取出一本记事簿，做了笔记。勒琼则双手摊在米黄色结子面料的沙发上。

“那么，你来跟我谈谈前几天你为什么坐多米尼克·莫雷利的轿车到处兜风？”科茨问道。

我张大了嘴巴：“那人是多姆·莫雷利？”

多米尼克·莫雷利是“芝加哥黑帮”的一个核心人物。“芝加哥黑帮”因为从事赌博、高利贷、劳工敲诈勒索等勾当而臭名昭著，最近还居然要放肆地在郊区开一家赌场，但至今仍没得手。

“他又没说名字。”

科茨一脸不相信的样子。

我忽然回想起那个爱怜有加地抚摩小狗“钉子”的男子。“他没有亮明自己的身份，我也不能强逼他自报家门，对吧？”

勒琼用手捂住了嘴，他是竭力不让自己笑出来吗？

科茨眉头皱得更紧了。“你总和陌生人坐轿车兜风？”

“他不是陌生人，我是说，显然他也是个人物。他知道我的名字。不过我认为不该由我来……”

“这么说你确实知道他。”

如果他们像莫雷利说的那样在密切跟踪他，并且有他说的那个话筒，他们就已经知晓了我们所有的谈话。

我后倾靠在沙发上。“你们今天怎么没有坐SUV？”

两个男人对望了一下。

“我是说，那个显然更有北岸气质，比起一辆灰色的……灰色的……”

“普利茅斯[①]，”勒琼接口道。我听到他的话音里好像有点儿轻快活泼的调子，是南方的那种，但很柔和。

---

① 美国克莱斯勒公司的一个中级轿车品牌。

"对，普利茅斯轿车。嘿，你们跟踪我究竟多长时间了？"

科茨一脸困惑。

"你们要是早点亮明自己的身份就好了，我真的好害怕，朗达·迪萨皮奥也吓坏了，而且……"

"戈德曼夫人……"

"请叫我福尔曼小姐！"

"福尔曼小姐，"他绷着脸。"你到底在说些什么？"

我看看他，又看了看勒琼，随即明白了。"你们是在跟踪莫雷利，而不是我？"

他们又相互对望了一下。

我的胸口猛地一紧。"乘着普利茅斯轿车？"

科茨点点头。勒琼正注视着我。

"那么坐在SUV里面的是谁？"

"你干吗不让我来发问呢，福尔曼小姐？"科茨问道。

这是一周内第二次有人对我这么说话。

我更加仔细地打量这两个人。不像搭档，也说不上关系密切，似乎并不知晓彼此的节奏，根本没有一起工作了一段时间的那种彼此默契。

勒琼似乎要显得自在一些。他凝视着墙上那些招贴画，塞得满满当当的书架，以及我母亲的银碗。但愿他没有注意到碗上已然暗淡的光泽。他的眼睛扫过茶几上的一份有光纸新闻杂志，上面一篇关于克隆的报道里有一个妇女，身后无数映像。他意识到我在看他，便抬起了头，眼睛里的绿色带了些黑色斑点。

"我来稍稍概括一下怎么样？"他的口音显然是南方的。"s"音发得听起来像"z"，有点口齿不清，似乎他说话时口里含了一颗弹子。"你那天到外面慢跑，莫雷利让你上了他的车，你们一起溜了一圈，对吧？”

我点点头。

“你知道莫雷利是谁。”

“现在才知道。”

科茨打断我的话，他额头上的一条静脉开始搏动。“你跟多米尼克·莫雷利什么关系？”

“毫无关系。”

他将一只手指戳进衬衣领子里。我皱起眉头。难道联邦调查局人员也不知道 SUV 里面坐的是谁吗？当然，也有可能那正是他们想要搞明白的。如果是这样，我就应该放松些，坦率回答对大家都有好处。

“我猜，他是乔伊·德帕尔马那一伙的，”我说。

“乔伊·德帕尔马？”科茨声音尖利地叫起来。“你现在要告诉我们你知道——对不起——也不知道‘外科医生’吗？”

勒琼摘下帽子，将手插进头发，他的头发是浅棕色的，夹杂着银丝。

“几天前我去了乔伊·德帕尔马的家。”

科茨交叉起双臂。“为什么？”

“我需要一些答案。”

“你需要答案是因为……”

“你知道的。”

“知道什么？”

他面无表情，我再次感到全身一阵刺痛。“你不知道？”

“听着，福尔曼小姐，”科茨说道，“时候不早了，咱们就别相互为难了。”

原来他们真的不知道。“我当时认为有人想杀死我。”

勒琼将一只胳膊摊在沙发靠背上。

科茨朝前探了探身子，“你又想跟我来那一套？”

我就跟他们讲了那盘录像带，那次审判，以及后来发生的事情。朗达·迪萨皮奥对那天晚上公园内所发生事情的讲述。船上的那两个人，有一个叫萨米，朗达是怎么死的，那场火灾，布拉谢尔斯。我的话听起来比那天面对莫雷利时更让人信服，至于因为我这时更镇静，还是因为危险更加真实，那就说不清了。

我讲完后，勒琼开了腔。“你认为迪萨皮奥不是死于交通事故？”

“那个时间很蹊跷，她在商场给我说了后，才过了几个小时就惨遭车祸！”

“还有谁知道你跟她见了面？”

“布拉谢尔斯。”

“那个遇害的律师？”

我点点头。

他望向远处，目光变得暗淡。“你为什么认为他的死与你有关？”

“我对这个不再……那么肯定了。”

我给他们讲了我的看法：桑托罗被人陷害，我是如何觉得自己卷入了其中的。不过，与莫雷利谈话之后，我发现自己不该那么做。“我或许是反应过度了，”我承认说。

“怎么那么说？”

“我有一段时间找不到新客户，心里着急。不过，这好像已经过去了。”

“哦？”

“五大湖石油公司的一个高管想跟我谈一个项目。”

“五大湖？”

我点点头。

“不过所有这些——这件让人忧心的事情的起因——是那盘带子？你在庭审时播放的那盘？”

“对，不幸的是，他还是被定罪了。”

“你认为原因是什么？”

“可能是瑞安太厉害了。另外，那盘带子上有个小小的技术问题。”

“技术问题？”

“某种无线电频率干扰。”我耸耸肩。“20 年前，这是视频设备相当常见的问题。”

勒琼推起帽檐。“你那盘带子还在吗？”

我点点头。

“我想看看。”

我从工作间取来录像带，插入盒式磁带录像机，按下播放键。那些干扰在屏幕上呈现为一个个条纹的时候，勒琼挠了挠下巴，结束时他看了看我，“可以让我带走吗？”

“拿去吧。”我从播放器上取下录像带。

科茨接过录像带，在手上翻过来，然后递给勒琼。

勒琼又询问了关于那次拍摄的几个问题。天气如何，湖区的车船情况，是否有人在抽水房进搞无线电活动。我尽力回答了这些问题。

他微微一点头，看向科茨。就在科茨点头的时候，门厅传来一声吼：

“妈妈，咱们什么时候开饭？我都要饿死了！”

我转过身。蕾切尔正站在家庭娱乐室门口。

勒琼朝门口走去。“我们就不耽误你了。”

“我很感激你们。”送他们出去的时候，我问道，“你们会告诉我在录像带上发现的情况吧？”

他将手伸进口袋，拿出一张名片。“如果一周内没有我的消息，请给我打电话。”

我扫了一眼名片，“勒琼（LeJeune）——这是法国人的姓氏，对吧？”

“阿卡迪亚人[①]的姓。”

“你来自路易斯安那？”

他咧嘴笑了，眼角的地方眯了起来。“是的，女士。拉富什郡。”

“在什么地方？”

“在州的东南部，蒂博多和雷斯兰之间。”很显然，因为我没有说话，他便加了一句：“在新奥尔良西边大概50英里的地方。在长沼上。”

“卡真[②]乡野？”

“对啊，女士，最漂亮的乡野。”

卡真，他就是这个地方的口音，我开了门。

科茨指着我，严肃地说：“不要随便就跟人一起坐车兜风！你永远不知道什么时候会遇上速度监控器。”

我将目光移向勒琼。

他戴上帽子，冲我眨了眨眼。

---

① 17 世纪定居于阿卡迪亚（北美东北部地区，约北纬 40-46 度沿海岸一带）的法国殖民者的后裔。

② 路易斯安那州的法裔区。

第二十六章

五大湖石油公司大楼的上半截浓雾包裹，朦朦胧胧，纱幕缥缈。楼高八十三层，位于卢普区中心地带，是芝加哥第二高的建筑。遇上天清气朗，风和日丽的日子，在那一千一百码[①]高的云端之中，华丽的玻璃幕墙投射出炫目的白光，石油大财团的霸气尽显无遗。然而今天，我站在大楼六十八层俯瞰，却只见灰茫茫的一片，看不清远方的天界，也看不见任何地标。这场景给人一种怪异的迷失感，我不禁想起老版《阴阳魔界》[②]里，主人公的飞机消失在时间隧道的情景。

坐在接待区，拿起一本上月的《培训与发展》杂志[③]读起来，只觉得味同嚼蜡。不过，在与黑帮喽啰和联邦调查局特工紧张交锋之后，我反而很享受这种无聊又散漫的时光：终于回到了熟悉的世界。对于职场上的规矩，我还是摸得很清楚的——毕竟钻研过多年。

职场两大黄金法则：增加营利和避免问责。你在两方面分别花费精力的多少取决于宏观经济形势、上季度的经营状况以及你在公司内具体担任的角色。当然了，这一切必然导致一个严重后果：竞

---

① 1 码=0.9144 米。

② 美国影视剧系列，集惊悚、悬疑、科幻为一体，自上世纪五十年代末推出以来多次翻拍，盛行不衰。剧中常有穿越、鬼怪等情节。

③ 世界顶级的管理杂志，也是美国培训与发展协会的标志性杂志。

相造假，欺上瞒下。

表面上看，企业政治常常微妙隐秘，波澜不惊，其实内部的尔虞我诈比传统意义上的政治斗争还要严重得多。媒体对于企业机密部门的政治斗争少有披露，企业中各种落井下石的行为也因此更加肆无忌惮。就算有什么“尴尬”的新闻泄露给了媒体，公司也总是以股东利益最大化为由来粉饰遮掩。

企业政治对我的吸引之处，则是判断出各人在打什么算盘。这并不难。一般来说，人们倾向于信任我这个第三方，认为我并非利益相关者——当然也确实不是。不过，每当出现什么问题时，也总是第一个怪到我这个局外人头上。所以我也学乖了，说话也字斟句酌起来。

接待人员领着我穿过一条走廊。两边的墙上有些严肃、冷调的装饰，地上铺着厚重的哔叽地毯。助理副总戴尔·里迪的办公室很大，并不像其他高管的办公室一样位居角落。而且，他显然级别够高的——有自己的助手打电话安排预约，并且领到办公室来。

只见有人起身、从桌后绕过来迎接我——竟是一个女人！我真不敢相信，惊愕不已！她身高约莫 5 英尺 2 英寸[①]，金色的短发富有光泽，皮肤白皙，狮子鼻，海军蓝西装，并无衬衫，30 岁左右。显得朴素简洁，精明干练。

“幸会，艾利。”清脆的英式口音，真是快人快语。“久仰大名。”她微笑着伸出一只手——指甲咬到了肉根！

“谢谢你，里迪女士。”

“就叫我戴尔吧。”

---

① 约 1.57 米。

地毯和窗帷上散出一股陈烟草味儿。她招手示意我来到角落里一张桌子前。桌上放着今天的《华尔街日报》《纽约时报》和芝加哥的两份报纸[①]。我拉出一张藤椅正准备坐下，突然一个踉跄——原来是绊到了一双鞋。我弯下腰把鞋捡了起来。

“抱歉，”她笑了。“我的跑鞋，丢到角落里吧。”

又是一个爱健身的极客。

“你爱好跑步？”

“对，没时间去健身俱乐部，就在湖边跑跑。”

和布拉谢尔斯差不多嘛。我知道该怎么和她打交道了。我坐下来，瞄了一眼报纸头条。她坐在对面的椅子上，拿出一包“皇家乐富门”[②]。“现在新闻少得可怜啊。”她划上一根火柴。

我抬起头。她笑意盈盈，而那双褐色眼睛里却流露出坚韧，似乎经历过磨难。

“那就等到夏天再看啊[③]。”我看着她的香烟说。

“说真的，我现在八分钟还能跑一英里。嘿，要是有时间的话，还会去参加那该死的三项全能[④]也说不定呢。”她点上烟，吸了一口，吐出一行。“你其实比电视上漂亮。”

胃部一阵翻腾，她知道那场审判，这单生意没戏了。

“该死。”她跃起身来，椅子上的柳条发出嘎吱嘎吱的声音。“我忘拿笔记了。”

---

① 指芝加哥最有影响力的两份地方报纸《芝加哥论坛报》和《芝加哥太阳报》。

② 英国名烟品牌。

③ 此处是艾利的幽默，意为夏天新闻会更少。美国一般认为夏天（尤其是八月）是全民度假、新闻少发的时节。

④ 即三项全能运动，一种包括游泳、自行车和跑步的竞技体育运动。

桌上乱七八糟地堆满了文件和书本，还放着一台座机电话，一只手机。这一堆东西下面压着一本老式皮封面吸墨纸簿，纸簿里夹着一张棕色吸墨纸。桌后立着一个带两层搁架的书柜，顶层搁架上摆着一张镶框照片。照片上有两个男孩，都是深色头发，深色眼睛，摆出典型的足球队员的姿势：手上拿着球，单膝跪在草地上。

她是白皮肤，而男孩们是深色皮肤。我和蕾切尔恰好相反。有意思。

她走回桌前。

“这么说在公司合并之后你加入五大湖了？”

她点点头。“公司需要一场大刀阔斧的改革，尤其是培训与发展部门。退休提前，人员减缩，提高效率，降低浪费。”看她这个泼辣务实、干脆利落的作风，想必已经雷厉风行地兴利除弊。

“来美国多久了？”我问。

“大概 18 个月。”

我指指男孩们的照片。“这么久，足以让他们参加足球队了。”

“他们还在英国。”她神情淡淡的。“我也不清楚会在这里待多久，所以他们就留在那边了。”她把烟头捻灭在一只硕大的陶瓷烟灰缸里。

没有提到丈夫。

“说说吧，艾利，你对页岩油了解多少？”

我从包里掏出一份文件，昨晚还是做了点功课的。“页岩油是高温加热页岩提取而得的化石燃料。然而，页岩油抽提工艺并没有得到广泛应用，主要是因为成本较高，同时也存在环保方面的争议，对于澳大利亚温室气体排放问题，绿色和平组织的谴责极为尖锐激烈——结果导致去那儿开采页岩油的公司最终撤离。”

“非常正确。”

“美国这边，联邦政府拥有大量页岩资源，却在一点一点地租赁或售卖出去。同时，我国环保监管更为严格，因此环保方面没有出现批评的声音，至少现在还没有。第一次能源危机[1]期间，此工艺曾受到关注，但最终由于成本高昂而少有进展。”我合上文件夹。

“非常棒。”她往后靠到椅背上。“我想知道，你爱好滑雪吗？”

我扬起一只眉毛。

“五大湖公司在科罗拉多州有一些页岩矿藏，即将投入开采。我们想拍一个项目培训视频。嗯——”她歪了歪头。“一方面是为了培训，一方面也为了公关。这么说吧，我们的目标是成为行业领军企业，自我定位是引领新兴科技——或者说，引领二次新兴科技的企业，二十一世纪愿景，诸如此类的意思。”

“为什么现在拍这个？”

“现在成本的可控性更强些。”她笑了。“再说，谁知道呢？说不定还能创造利润呢。”

“我在新闻里看到五大湖公司放弃了那个澳大利亚项目的竞标，为什么？”

她抽出第二支烟。“我们想要一个全新的开始，不想背任何历史包袱。”她瞄我一眼。“你懂的。”

我把手肘支在桌上。“为什么找我？”我差点加上“这样一个有历史包袱的人？”

她慢悠悠地点上烟。“你广受好评。”

---

① 指 1973 年石油危机，当时中东一些石油输出国为抵制政治上与之有冲突的西方发达国家而联合发起石油禁运，导致全球陷入能源危机。

“谁的好评？”

“中西部互惠公司，市长办公室，布里斯克化工公司。”她又喷出一股烟。“至于其他几家嘛，呃……就不提了吧。”

我坐直了身子：不知不觉有点喜欢她了。

我们又花了几分钟聊了聊片子的受众、制作时间表、预算和可能需要包含的素材。我开始想象自己在阿斯彭[①]的雪山上沿“之”字路线优雅地滑下山坡的场景。毕竟才滑过两次雪，这幻想能力还是挺不错的。

“那么，你什么时候能提交拍摄计划？”

我刚要回答，就被一阵敲门声打断。一个老男人出现在门口，他头发花白，裁剪得有型有款，一身笔挺的西装，还带袖扣。“戴尔，你拿到那些提案请求书了吧——哦，抱歉，无意打扰。”

当然不是。

里迪站起身来，将我介绍给她的上司，培训与发展副总裁。

他紧紧握着我的手。“你很面熟啊。”他脑袋朝一边歪了歪，随即伸出一只手指指着我。“你不就是几周前电视上那个女人吗？就那个审判。”

我感觉自己脸红了。“惭愧，惭愧。”

副总仔细看了看我，又把目光转回里迪，她面无表情，颇让我感到奇怪。“原来如此，幸会。”他的声音里透着虚假的客套。“戴尔，忙完了来找我。”他抿紧了嘴。

戴尔点点头，目送他离开。

我的情绪低落下来。

戴尔轻抚了一下头发。她注意到了我情绪上的变化吗？“对不

---

① 科罗拉多州中西部城市，位于落基山脉，是流行的滑雪胜地。

起，我们刚才说到哪了？”

“我——我带了一份样片给你过目，不是我最新的版本，不好意思，但我可以提供推荐信。”

“我觉得有样片就够了。”她严肃地看定我。“艾利，问你件事行吗？”

“当然可以。”

“是那个审判的事。”

刚才我就一直在想她会不会提这件事，我做好准备。“请说。”

“你还认为他是清白的吗？我的意思是，在一切都已成定局的情况下？”

我不知怎么回答才好。如果我详细跟她讲，可能会把她吓跑。她会觉得我不可信任，不是一个靠谱的合作伙伴。但如果我什么都不说，又怕她会觉得我刻意隐瞒——隐瞒客户是大忌。

“不错，”我慢慢地说。“我仍然认为他是清白的，而且，如果我在作证的时候能再聪明一点或者更有说服力一点，陪审团就有可能会同意我的说法。”

“但其他人都对他的罪行深信不疑。”

“我知道。”

“他们应该有很多证据吧。”

“应该是。但在那之后，还没有什么能让我改变想法的新情况。而且——”我欲言又止。“没什么，那个不重要了。”

她抬起头。

我耸耸肩。“他的律师死了，我看也没人挺身而出替他完成上诉，尽管法院最后还是要找个人来顶缺。”

她用笔轻轻在纸簿上敲着，没太理睬我。“当然。”

“说实话，我也一直努力在把这件事抛诸脑后。”我看着窗外。雾气在阳光下已消散了大半，只留下一缕缕纤细的云朵轻快地飘过蓝天。她随我的目光向外看去。我把目光调转回来看着她。

“但你心里还一直想着。”她说。

“有一点。”我承认道。“尤其是开车走在湖滨大道[①]上的时候。你知道，抽水房离这里也就几英里远，橄榄公园更近。”我挥着一只手示意。“可能从你窗外都能看见。”

“我倒没觉得，”她清晰、干脆地说，“我窗子朝南。”[②]

突然感觉房间里有点阴冷。

“哦，嗯，顺便问下，我准备建议书期间你们公司有没有某个人——某个联络人和我接洽？”

“联络人？”

“我肯定会有些问题要问，到时就找联络人，不用打扰你了。像五大湖公司的背景啦，页岩开发啦。”

“我把资料管理员的名字告诉你，我来告诉她会有人打电话过来。”

她回到办公桌那里，拽出一块像是抽屉的扁平木板，将手伸过一个记事簿，在那上面草草写了一个号码，将那一页撕下来递给我。

“那么，我们安排好下周再碰一次头吧？”她拿起掌上电脑，敲了几个键。“下周一，14 号，行吗？这事儿我想快点推进。”

“很好。”我站起身来。

---

① 芝加哥河南岸、密歇根湖畔街道。

② 艾利所说的地方都位于五大湖石油公司大厦偏东方向，从戴尔的窗户不易看到。

“艾利，和你聊天很愉快，期待和你合作。”

“我也是，那我们再联系。”

走出去的时候，觉得她的目光一直跟着我。

停车场的年轻泊车员带我把车开出去时，一直都跟着我车里放的歌曲点头晃脑。看来这首好听的 Rap 让他一度觉得《男子汉》[①]都是垃圾呢。我为区区两小时付了 20 美元停车费之后，才知道他为什么心情会这么好。我迅速开出停车场，只听得极其尖利的轮胎摩擦声。

高速公路上车流缓慢下来，我被堵在了一辆卡车和一辆大货车中间，于是趁机掏出手机，拨通了老爸的电话。

一个女人接了电话。“喂？”嗓音嘶哑，却很甜美。

“对不起，我肯定是打错了。”

“我是西尔维娅·魏纳。”

“哦，你好，西尔维娅，我是艾利·福尔曼，你最近可好？”

“我很好，亲爱的，别无大恙，你有什么事吗？”

“呃——我爸在吗？”

“你爸？你要找谁，亲爱的？”

我犹豫了一下。“杰克，杰克·福尔曼。”

“对不起，我不认识谁是杰克，你肯定是打错了。”

我听见一阵轻微的杂音，紧接着手机换到了另一个人手上。

“艾利？”

“爸？真是你？没什么事吧？”

“没事，没事，”他说。“一切都好。”

“刚才是西尔维娅啰？”

---

① 美国黑人灵魂乐歌手阿洛·布拉克的走红励志单曲。

“是西尔维娅，”他回答道。“超级好的女孩。”

我听见那边传来一阵咯咯咯的轻笑。

老爸放低声音：“她记性不太好。”

“是不是——”

“我觉得是。”他回答道。“刚开始有些迹象。”

我叹了口气。“真为她难过。”

“嘿，没事的，没有什么东西能长驻，所以你得享受当下的每一天。”

“要是那样的话，我就不打扰你了。”

“别那么说，你打电话来我很高兴啊，有什么事？”

“周末要去艾斯金家的受戒礼[1]，提醒下你。”

“几点？”

“九点举行仪式，之后是诵经和午餐。”

“难熬的一天。”

“代问你那位朋友。”

艾斯金夫妇和我爸妈是多年的桥牌牌友。他们的儿子丹尼和我同岁，双方父母曾希望我俩会成一对。有段时间，我以为有这个可能。上主日学校[2]的时候，他老向我借“友情赞助金”，借了就不还。五岁的时候，我还觉得这种事挺光荣。但自从他在我们中学一次约会中一次性向我借 20 块之后，我就觉得还是让他把这份光荣赠给别人比较好。后来，他做了会计师，结了婚，但我们一直像家

---

① 犹太节日，为满 13 岁的少年举行的成人礼。后文说的祈福和用餐都是节日仪式。

② 教堂利用周日正式礼拜前一小时开的宗教文化班。

人一样保持着联系。我参加了他们的婚礼，他们也参加了我的。蕾切尔的受戒礼没有邀请他们，但当时本来也没请几个人。

“妥拉诵读仪式[1]，10点开始，”我说。“我九点半去接你。”

“嗯，不错。”

“替我问候西尔维娅。”

“谁？”

他可真逗。

① 犹太少年受戒礼中由少年手拿指示棒诵读经书《妥拉》的仪式。

第二十七章

第二天，大卫打来电话时，我正在重读与戴尔·里迪会面的笔记。她舍弃了家庭生活，硬生生从商界杀出了一条血路——好崇拜她！

“嗨，时差倒过来了吗？”我尽力让自己用开心的语调说话，可听起来却很不自然。

“还不错，我周日回来的。”

今天已是周二。

我们谈了些琐碎的事情，双方的言语都像是踮着脚尖在边缘转悠，似乎触碰到真实想法就会相互伤害，伤害到血肉模糊。我说了五大湖公司的提议，他听了似乎很高兴，接着说阿卜杜勒依然在为那笔交易忙碌。

闲扯终于无法继续，我吸了口气。

“你在伦敦时我给你打了电话，但无人接听——就是通话那天晚上。”他没吭声。“你是不是跟别人在一起？”

“你是在指责我吗？”

“我……当时心烦意乱。”

他沉默了片刻。随后说，“艾利，哪里有什么别人！知道是你打来的，可我那时不想说话。”

“可我们得谈谈呀。”

“谈什么？打电话能解决什么问题？”

“那怎么办？怎么解决？”

“我也不知道。”他的话穿过 700 英里的光纤传来，在我耳边回响。“那你有没有想过怎么解决？”

“当然想过，就是不知道你想不想听。”

我扫了一眼我的页岩油笔记，那些文字看起来混乱不清而且毫无意义。“你跟我说——就是审判刚结束的时候——说我总是想要纠正那些我认为的冤屈，或许我是这样的。但我也尽力做到小心避免，我也不想自寻危险。不过，事情偶尔也会失去控制，就像去年夏天那样。”

“那现在呢？”

“我不知道是否能改变，或者说，是否想改变。”我顿了一下。“你知道的，有时候，我感觉你想把我装进一只玻璃罐，好让我安全。我知道，你这是为我着想，可我需要的不是这个，而是你的支持。你只是跟我讲，说我这个人爱公开发表不同意见或是干蠢事出丑，这没什么用的。我也经常责怪自己这个毛病。”

“这么说来，我现在给你的支持还不够？”

“大卫，你是我生命中最重要的支柱，只是，我不能和你一起爬进茧里，逃避世界。”

“这就是你对我的印象？”

“呃……”我又停顿了一下。“你总是迫不及待地告诉我，冒险的路走得太远了。”

一阵沉默。

“我……我知道，这是因为你在乎我，我也知道，你不想限制我的行为方式。只是……”我停住了。“有时我觉得给你带来了坏的影响，要不是因为我，有些情况你一辈子也不大可能遇到。”

“你不太信任我，对吧？”

我皱了皱眉。他朝真相迈得太近了。“你这是什么意思？我当然……”

“对，你就是不信任我。听我说，我是否在旅馆偷朵花插到你头发上不是你该管的事。我是成年人，我决定做什么，才会做什么，同样，如果我选择和你一起生活——尽管这种生活可能无法预知——这是因为我想要这么做。但是，如果我能做到的话，我就是不能让你把你自己——还有你女儿——置于危险境地，你也不能指望我放任你这么做。”

“对于我作证这件事，你还是不满意，是不是？”

“我讲的不是这个。”

一股怒气窜上脊梁，我一下子脱口而出：“你应该知道，再遇到这种情况，很可能我还要这么做！”

“我明白，”他疲惫地说道。“这次谈话就是从这件事开始的，听着……”他顿了一下。“我希望你明白我下面要说的话，我们应该给自己一个喘息的时间。”

我一下子僵住了。失去，就是这样开始的。静止，不动，只说话。“喘息时间？”

“我想，在陷得更深之前，我们双方都得冷却一段时间，把这事儿想好——这究竟是不是我们想要解决的问题？”他语带痛苦。“如果不这样，就无法做到这一点，永远都只会感到……心绪不宁。”

忽然回想起我俩在床上的情形，他和我紧贴紧挨，水乳交融。我推开那幅图景。“多长的喘息期？”

“我也说不准。”

又一阵沉默。

“那……怎么……怎么对蕾切尔说？”我的声音很低。

“就说我很好，我们都爱她。”

我慌了，语带哽咽。“那……为什么？”

他情绪激动。“你知道为什么，就不要让我再说一次了！”

让他改变主意？想都别想——他抢先挂断了电话。

我呆呆地盯着电话，想起自己在四季酒店从头发上扯掉的那朵花。如果说，我当时是在想法破坏我们的关系，那我可是成功得连自己都想象不到！

深夜，我迟迟不睡，埋头搜集资料，以便不用再想大卫。从谷歌发现的页岩油资料比我想知道的还要多，但五大湖网站上却找不到多少。明天我得给那个资料员去个电话了，于是到处翻找那张纸——戴尔从记事簿撕下的那张。

照到那张纸上的光线的角度一定比较怪——因为我一拿起来，就注意到最上端有几个有数字的压痕；那肯定是在前一张纸上草草写下的，那张纸当然撕下了。她写字时想必用力很大，因为那些数字并不难辨认。前 3 个数字是 312，芝加哥中心区的区号。接着是 7 位数，然后又有 4 位。一个电话号和一个分机号。我眯眼看了看那些数字。分机号比较眼熟：4520。

我盯着那些数字看了一会儿，然后把它们输入笔记里。或许那是我一直拨打的一个号码，只是没有意识到——就像我的互联网服务提供商的技术支持号码一样。或是某个人的传真号码，不知怎么的就让我记住了。我不太清楚。我团起那张纸，扔进了垃圾篓。

我扭了扭肩膀，今晚就算收工了。我去看了一下蕾切尔，她已经蹬开了被单，蜷卧在床边，怀里抱着一只填充玩具虎。窗户透风，夜晚很冷，便给她盖上被单，又加了一条被子。

我走进浴室，凝视着镜子。

20 年后，我会怎么样呢？注定将独自度过余生吗？蕾切尔将会有自己的生活。我会不会也和那些老太婆一样，牢骚满腹，整个星期都在等孩子们打来电话，可当电话打来的时候，又东抱怨西抱怨的？

唉，算了。不再想这些，就是今天的最佳结局。

我钻进被窝。这里不是四季酒店，但柔软、温暖。我将被单拽过脑袋，感觉自己开始昏昏欲睡，自由下落。

我突然惊醒，将被单掀到一边，冲进工作间，从垃圾篓里抓起那张皱巴巴的纸，把它展开，然后拿起电话，拨通了那个号码。响第二声的时候就有人来接听。

“晚上好，这里是四季酒店。请问有何事可以为您效劳？”

“对……对不起——打错了。”

我挂断电话，盯着话机。戴尔那张纸上的号码是四季酒店的，而 4520 则是 4520 号房间。

阿卜杜勒的套房！

第二十八章

犹太男孩成人仪式的那天早晨，蕾切尔问道："大卫呢？"她呷着一杯橙汁，时而用脚后跟磕着椅子腿，时而翘起脚趾。一本摊开的《人物》杂志[①]上有汤姆·克鲁斯[②]和某个好莱坞辣妹在一起的照片。"还在欧洲吗？"

我的目光从报纸上抬起。"不，宝贝儿。"

"他生病了？"

"没有。"我折起报纸，放在桌上。

"你们又在斗气，是吧？"

我不由一股怒气袭遍全身。"哪里斗什么气！"蕾切尔关于男女情爱关系的参照标准很死板：人们要么斗气，要么一切完美。没有灰色的中间地带。不过，看够了我和巴里的榜样，还能指望她懂得些什么呢？"我们都有些问题需要想清楚。"

"什么问题？"

我将报纸翻过来，开始看折痕下面的内容。"要是能跟你扯上什么关系，我就告诉你。"

她皱了皱鼻子。

我站起身来，理了理身上的丝绸短上衣——这还是我和苏珊在

---

① 1974 年创刊，专注于美国名人和流行文化，是时代华纳媒体集团旗下杂志。

② 1962 年出生于美国纽约州，电影演员、电影制片人。

罗德与泰勒百货[1]一家门店淘到的。我一边抚平身上的黑丝裤，一边说，“咱们走吧，得去接 Opa了。”

驱车去司考基的路上。戴尔·里迪怎么会有阿卜杜勒的电话号码呢？阿卜杜勒说正在处理与五大湖石油公司的一笔交易，但培训与发展部和资产并购部可扯不到一起呀。或许，他是想搞清楚如何进行人员培训，好生产他说的那种添加剂吧。

仪式过程中，丹尼的儿子肖恩·埃斯金结结巴巴地背诵了一段哈夫塔拉[2]，背诵训诫词的时候结巴得就更厉害了。仪式结束后，大家转到一家饭店去吃午饭。

我和老爸、蕾切尔钻进汽车，我们推测着午餐会有多丰盛。

“丹尼是会计，他一向把钱看得很重，”我说。“我敢打赌，他在饭菜上肯定很抠门儿。”

“说不准，”爸爸说。“他的孩子是独苗。”

“你认为会是《再见哥伦布》[3]？”

他耸耸肩。

“想不想小赌一把？”我咧嘴一笑。

他也咧嘴笑了。“你真的想赌吗……和我？”

“5 美元，我说午餐肯定很小气。”

“我跟你赌。”

是否小气的第一个迹象，就来自舞厅外面：那里的一张桌子上有按字母顺序分配的 20 个餐桌座位安排。不是给客人分配号码，

---

① 北美最古老的豪华百货商店，总部位于美国纽约曼哈顿。

② 犹太教会堂在安息日或节日中从《先知书》中选出背诵的部分。

③ 1969 年的一部电影。影片里面有异常精心安排的奢侈婚宴场面。

而是分配到一个“球队”里。我和爸爸分到了“熊队”[①]，蕾切尔分到了“黑鹰队”[②]。桌子两边放置了肖恩的大幅照片，身着不同球队的制服，真人一般大小。其中一幅里他穿着“白袜队”队服，肩膀上横架着一支棒球球棒。另一幅里，他正身着“公牛队”[③]队服投篮。

老爸用一只胳膊搂着我的双肩，把另一只手掌伸到我面前。“就像从婴儿那里接过糖果。”[④]

我哼了一声，挤过通向舞厅的门。舞厅改成了运动场，场里的灯光晃得人睁不开眼，靠墙是一排真正的露天座位。房间的一头安装了一个标准篮圈，另一头是一台抛球机。十多个小孩正排队等候挥动球棒。

几乎所有墙面，包括天花板，都拥挤着银色和蓝色的气球，并且每只盘子上都放了一个套棉热水瓶，上面雕刻有肖恩的名字。更多的肖恩身着“熊队”“小熊队”[⑤]“黑鹰队”和“火焰队”[⑥]队服的放大照片，放在了房间四周的抢眼位置。

但所有这一切的亮点，则是“小熊队”投手拉斯蒂·斯泰格尔

---

① 即芝加哥熊队。是一支职业橄榄球队。位于美国伊利诺伊州的芝加哥。为国家橄榄球联盟的国家联盟北区的球队。

② 即芝加哥黑鹰队，是位于美国芝加哥的国家冰球联盟队伍，隶属于西大区中央分区。

③ 即芝加哥公牛队。成立于 1946 年，1966-67 赛季加盟 NBA，是一支以美国芝加哥为基地的职业篮球队。

④ 美国“金·科尔三人组”乐队一首歌曲的歌词。

⑤ 即芝加哥小熊队。是美国职业棒球大联盟的一支球队，有超过 100 年的历史。

⑥ 即芝加哥火焰队。美国芝加哥的一支足球队，成立于 1997 年。

的真人秀。他身着队服，正在那边的抛球机旁搞亲笔签名活动！

爸爸拍了拍我的肩膀。我从钱夹里找出一张 5 美元的钞票，他开心地接了过去。

我们一坐下，房间就暗了下来。公牛队上场时使用的那段欢乐的拨弦乐响了起来。主持人模仿雷・克莱[①]的腔调大声说道，“现在要上场的是，今天的主人……无与伦比、众望所归、独一无二的……肖恩・埃斯金！”——简直像极了雷・克莱！

聚光灯迅速上推。过了一会儿，肖恩两手分别牵着他的父母，蹦蹦跳跳地进来了。在主持人的鼓动下，人群热烈鼓掌。埃斯金一家三口好像不习惯这样的场合，但还是勇敢地举起双臂向大家致意。

所有的灯再次亮起，房间里的人们开始说个不停。

畅饮水果鸡尾酒之前，我挥了挥手中的勺子。“大家开始吧！”

主菜是烤鸡，上面淋了某种调味汁，配有菰米和看起来像嫩菜豆的东西。主菜吃完的时候，我想找老爸要回那 5 美元，还没来得及开口，肖恩的父母就已经起身感谢拉比[②]，感谢唱诗班领唱，感谢肖恩的希伯来语家庭教师，还有全宇宙的其他所有人。然后，肖恩的奶奶，也是我父母的老朋友，也来到舞厅的镶木地板上。她穿了一套香奈儿服装，蓝银两色，头发一丝不苟。

“肖恩，”她声音颤抖地说，“要是你爷爷利昂也在这儿多好啊！”肖恩的爷爷 6 年前去世，跟我母亲差不多同一个时间。

“他要是来了，会再犯一次心脏病的，”爸爸小声说了一句。

---

① 体育解说员，尤其以为芝加哥公牛队解说著名。

② 犹太教教士，为犹太人中的老师与智者，犹太教教义的传承者。

奶奶接着夸她孙子多么了不起，随后又提到她所有的兄弟姐妹，还有她已故丈夫的兄弟姐妹，我看了一下手表。

用甜点的时候，主持人领着孩子们（蕾切尔也在其中）以康茄舞队列[1]到房间各处走。队伍蛇行通过所有20张餐桌，最后来到舞厅地面，那里突然出现一支林波舞[2]竹竿。轮到蕾切尔时，她体态优雅地滑到竹竿下面。主持人将一个霓虹项链甩到她的脖子上。她脸红着直起身，试图假装自己并不快乐。

老爸看着她，两眼放光。“哟，她真漂亮，艾利!”

她穿一件刚好及腰的白缎上衣，一件灰色短裙，一双高跟鞋。

“会把那些女孩儿都彻底比下去的。”

“差不多吧，”我说道。

“你会撑过去的。”他吃吃笑起来，用双手抓紧我的胳膊。“看来，你已经没事儿了，宝贝儿？”

我点点头。我不想跟他讲与德帕尔马、莫雷利或是联邦调查局特工见面的事，但还是讲了戴尔·里迪的情况。“似乎我到头来还是能接些活儿的，已经和五大湖石油公司的一位女士见了面。”

“明白了吗？那些担忧全没必要。你应该听你女儿的。她怎么说的？要你放松？”

我笑了。“是啊。不过还是出了件怪事。你还记得咱们谈论大卫的新客户吗？那个沙特来的石化大亨，阿卜杜勒？”

爸爸松开我的手，摸了摸自己的鼻子。

“他要购买五大湖石油公司在印第安纳州的一家化工厂。可很

---

① 指参舞者前后排列，后面的人将手搭在前面的人的肩部或腰部。

② 一种杂技类舞蹈，舞者需要向后弯腰穿过离地面很低的横置竹竿。起源于西印度群岛的特立尼达岛。

显然，他给我的客户，戴尔·里迪，打了电话。”

“怎么了？”

“她在培训与发展部，而不是资产并购部。”

“就像我说过的，这怎么啦？”

“我们几周前一起吃饭的时候，他还说不知道戴尔·里迪。而那时候，我们都以为戴尔是个男士呢。”

爸爸将目光移到舞厅地板上，埃斯金一家正聚在那里。“我还在等你那句要紧话呢。”

“爸爸，他干吗要给里迪打电话？他如果是找律师，或是资产部人员谈话，我能理解。可这是培训与发展部呀！”

“你怎么知道有这事儿的？”

“我发现了他的号码，就在里迪从记事簿撕下的那张纸上。”

“或许，他有了人员培训方面的某个问题吧。”

“可阿卜杜勒明确说自己不知道她，而且也知道我要去见她。你不觉得这蹊跷了吗？”

爸爸定睛看着我——这是在告诉我：退到一边，别再惹祸。他随后从桌旁站起来，朝蕾切尔走去。蕾切尔正舀起最后一勺冰激凌。他鞠了一躬，朝她伸出手，立刻，他俩就翩翩起舞了。

老爸的狐步舞依然跳得漂亮，蕾切尔也配合得很棒。老爸挽着她围绕房间跳起华尔兹舞的时候，有些餐桌旁的人指着这个年迈的绅士和年轻少女谈论着。音乐终了，他炫耀地将蕾切尔的身子下倾，下倾到几乎是在平卧，并且像专业舞蹈演员那样翘起脚趾。我听到一阵零星的掌声。

回到车里的时候已经四点多钟了，下午的光线已开始暗淡，可我感觉迷失了方向，就像中午时分电影散场刚走到外面的情形。就在我开出停车场的时候，爸爸在前座上坐卧不宁起来。

“怎么啦？”

“有东西在戳我后背。”

我把车开到路边。他小心翼翼地将身体从座位上移开，把手插进坐垫和靠背之间的空当儿里。

“什么东西卡在这儿了。”

“等一下。”我伸手去开车门，以便他能下车转身查看。

“不用了，我找到了。”他摇摇头，拽出一件银首饰。是卡柳梅特公园的那只手镯。“这是什么？”我看了看，很吃惊。“好奇怪呀，怎么会到了那里？”

“这是什么，手镯？”

“几周前捡到的，以为还在手袋里呢。”

爸爸一脸迷惑。“你应该收在首饰盒里。”

“我想是的。”我正要将手镯塞进衣袋，忽然发觉有情况，就朝后视镜看去。蕾切尔正垂下眼睛，不停将一缕头发在指头上绕来绕去。她没有抬头。

怪事搞明白了。

我从爸爸脚下地板上取回帆布包，将手镯丢进里面。我得跟她聊聊隐私这个话题了。“界限”讨论第 2 个小标题的第 6 段。不过这是以后的事情了。

车子重新开动的时候，爸爸朝我看过来，咧嘴一笑。“我有句话要向你坦白。”

我扬起眉毛。

“跟你说句实话，我从没想让你和丹尼走到一起，那是你母亲的主意。”

“不是你的主意？怎么会？”我以为他会跟往常一样，说些什么“我们是德裔犹太人，埃斯金家不是”之类的话，他的回答让我惊讶。

“丹尼没有爱因斯坦那样的聪明脑袋，他的孩子显然也强不了多少。”

我笑了。

“对了，大卫呢？”

我的笑容消失了。“他在费城。”

爸爸将脑袋侧向一边，似乎在问我为什么。

我摇摇头。

蕾切尔将双臂悬在前座上。“妈妈说他们……”

爸爸按住她的胳膊。“蕾切尔，别说了。

第二十九章

天色渐渐昏暗下来，寒风吹动，树枝摇摆，经历了派对刺耳的喧闹，反而觉得寒风给人以抚慰。开进我家车道时，虽然也看到路边上停着一辆银色跑车，但并没多想，直到蕾切尔一声尖叫，我才警觉起来。

“妈妈，瞧！我简直不敢相信。Spyder[①]！就在家门口！”

“蜘蛛[②]？”我哆嗦了一下。

“我说的是跑车，妈妈。这是有史以来最炫的几款跑车之一。”

“炫？”

“就是酷的意思，妈妈。炫就是酷。”

我看了看，但我对车不太懂行，对青少年中流行的话语也不熟悉。

“瞧，妈妈，有个人要下车。”她伸长脖子，打了个口哨。

我咯咯咯地笑了起来，但见下车之人是尼克·勒琼，笑声戛然而止。我停下沃尔沃。

蕾切尔看了我一眼。“你认识这个人？”

“你也认识呀，他上周来过这里。”

我下了车，理了理上衣。勒琼靠着车身而站，身穿牛仔裤与黑

---

① 德国保时捷公司的一款中置引擎跑车。

② 蜘蛛的英文单词 spider 与跑车 Spyder 发音相同，引起艾利的误会。

色皮夹克，头戴“酷炫鼓手”帽，帽檐拉得很低。我走过去，知道他的目光正从帽檐下射向我。“勒琼探长，再次光临寒舍，有何贵干啊？”

“这是你女儿？”目光射向我身后。

我转过身。蕾切尔正好奇地盯着他。“蕾切尔，这位是尼克·勒琼。”

他掀起帽子。“简直和妈妈一样漂亮。”他伸出手去。

我看到蕾切尔脸红了——尽管光线很暗。

“还没回答我的问题，”我说。

“跟你说过我会找你的。”

“挑个周末？”

“特工没有休息日，chér[①]。”

“这话我同意。”

我装出上下打量他的样子。“请问，何事可为你效劳？”

“一起坐车出去一趟，希望你能赏光。”

蕾切尔吸了一口气。

20 分钟后，我挤进了那辆 Spyder，和蕾切尔贴身坐下。我换上了牛仔裤、工作靴和一件厚夹克。勒琼绕社区转了一圈，巡游了那几条主街——车子严重超速。蕾切尔不停问他些汽车方面的问题，看上去他还真的很乐意回答。我时刻注视着路面情况，时断时续地听他们说个不停。北岸这一带，我们社区的警察抓超速者远近闻名，因为他们常常潜伏在小街上，等待战机，突然出击。

谢天谢地，今天居然没碰到一个警察。到了卡蒂家门口，蕾切尔满面笑容下了车，并答应 11 点之前回家，要是需要去接，就会

① 亲爱的。美国路易斯安那州卡真地区口音。

打我的手机。她随即跑着进去，肯定会将自己的奇遇告诉卡蒂和其他人。接着勒琼开上伊登斯高速公路，驶向市中心。

“你倒交了个朋友，”我说。

“她是个很可爱的孩子。”

“最棒的。”

“对小汽车还懂得挺多呢。”

“蕾切尔？”

“她知道这款车的型号、马力、扭矩，甚至知道手动传动没有离合器。”

我朝下看了一下。果真如此，地板上没有第三只踏板。

“现在是电脑控制了。”

我用手捋了一下头发。我先前才该细心听他们说话的。她是从哪里知道那些东西的？她父亲，还是其他人？比如说某个刚拿到驾照的小毛孩儿？我是否应该担心？

“你想知道是谁教她的，是吧？”他知道我在想些什么。“还有，她为此付出了什么代价。”

我的手一下子落在膝上。这家伙对自己倒挺自信，也许他以为自己是上帝送给伸张正义群体的礼物——也是送给女人们的礼物。

他开着车小心穿过车流，没有再说话。Spyder 的座位比一般的车里的低，我不太喜欢，但平衡性能确实很好，他的驾驶技术也没得说。

“今年春天买的，”他说。“是我对自己工作 20 年的奖赏。”

我这才想起跑车是单身汉才会买的东西。除非这个人钱多得可以烧着玩。FBI 特工不会这么有钱，就算这么有钱，也不会拿来炫耀。“你干特工有 20 年了？”

“没错。”

“可你说自己来自卡真乡野。”

“1982 年就在这儿了。”

他又不说话了。Spyder 从容不迫地穿过车流，空气清新，路灯闪耀。好几个星期都没有如此舒畅的感觉，要去哪儿已经无所谓了。

车到富勒顿，朝东驶去，到了林肯大道再向南行驶。这儿的街道建好以后，尽管曾经有大量的雅皮士[①]居住于此，街容街貌依然如故，极少变化。

不过，或许添了些假煤气灯和锻铁工艺品，也还保留了许多原来的餐馆与会所。此处曾是布鲁斯酒吧的圣地，有些酒吧至今依然在营业。可是，曾经伸出高于街道 20 英尺砖墙的那辆雪佛兰汽车的前半身不见了，下面的布鲁斯俱乐部也没了踪影，取而代之的是一家泰国餐馆，门面单调乏味。

“我也很怀念这个俱乐部，”他看到我凝视的目光，说道。

我们在紧靠林肯大道的一家停车场下了车。虽然夏天才是芝加哥最好的季节，但人们要到 1 月才会减少外出，尽管天气严寒，人行道还是挤满了人。转过街角，听到一只萨克斯管在哀诉，原来是那个周一到周五都在密歇根林荫道大桥上驻守的男人，他今晚来这儿挣外快了。勒琼朝他的钱盒里投了一张钞票。

“去哪儿？”我拉起夹克拉链。

“我觉得，咱们可以去喝一杯……听听音乐。”

“喝一杯，听音乐？”

“要是你没有其他安排……”

---

① 中上阶层的年轻专业人士，受教育程度较高而又积极上进。

没等我回答他就推开了“布鲁斯小街”的门，我们走进一个很大的房间。屋里香烟缭绕，自动唱机里飘出“马迪·沃特斯”[①]的歌声。20 张桌子围着一个舞台，半数桌子坐满了人。一只吊扇的叶片懒洋洋地转着，怎么也吹不散浓浓的烟雾。

我在一张桌子边坐下，勒琼走向吧台，端回来一杯扎啤和一杯葡萄酒——他怎么知道我喝什么？

“好吧，”我说。“到底什么事儿？咱们干吗大老远来这里？”

“你喜欢布鲁斯[②]吗？”

“是啊，可是……”

“呃……”

一个穿牛仔裤和绿色紧身毛线衣的女人从我们身边挤了过来，她目不转睛地看着勒琼，擦着我们的桌边而过，把勒琼杯子的啤酒也弄洒了几滴。勒琼假装没看见，攥起拳头随着音乐在桌子上打着节拍。

连复段结束的时候，他看向我。“你可真有胆量，chér。你知道吗？”

“你说什么？”

“去德帕尔马家里——那可是要点勇气的，还有你应付莫雷利的法子——不让别人跟你废话。”

这算是调查局的正式表扬？我就是因为这个来了这里？

“我跟你说过，那是孤注一掷。”

---

① 美国布鲁斯歌手，被尊称为“现代芝加哥布鲁斯之父”。

② 又译为“蓝调音乐”，美国黑人歌曲的一种类型，歌词常叹“命运艰苦”，当然后来有所发展变化。

他笑了。“梭罗[①]说，‘智慧之特征，乃是从不孤注一掷’。不过你可以例外。”唱机安静下来。“好了，艾利·福尔曼。你怎么干上影视制片这一行的？”

这家伙像只苍蝇一样跳来跳去，让人琢磨不透。他到底是非常狡猾，还是根本就算不上称职的特工？

我的酒杯好像没有拿稳，连忙伸展手指牢牢握住。“8 岁的时候妈妈带我去看电影《老黄狗》[②]，我哭得很伤心。后来我和最要好的朋友又去看了一次，发觉自己是让人捉弄了。我就想搞明白电影是怎么做出来的。”

他笑了起来。“我猜对了。你就是个瓦尔凯莉娅[③]。”

一个文学特工？真是个活生生的矛盾修饰法[④]！

“梭罗说，宁肯捉弄人，不让人捉弄，”我说道。

“不留俘虏。”

“战争是灾难。”

“C’est vrai, ma petite.[⑤]”

“说起被人捉弄，你那些 chér、petite 是些什么玩意儿？”

---

① 即亨利·戴维·梭罗(Henry David Thoreau，1817-1862)，美国作家、哲学家，超验主义代表人物，也是一位废奴主义及自然主义者，有无政府主义倾向，其代表作《瓦尔登湖》。

② 美国影片，1957 年出品。

③ 北欧神话中奥丁神的任一女婢，将阵亡战士的英灵导入祠堂并伺候他们。在多种文艺作品中出现。

④ 一种修辞手段，用两种不相调和甚至截然相反的词语来形容一件事物，达到强烈的修辞效果。如：thunderous silence（打雷般的寂静），sweet sorrow（甜蜜的忧伤）等。

⑤ 这是真的，小宝贝儿。

他张嘴笑得更厉害了。“我们家乡那边就是这么称呼我们的女人的。”

“可惜你不是在家里，我也不是你的女人。”

他转开脸，旁边一张桌子的烟雾飘了过来。勒琼起身离开桌子。有那么一瞬间，我开始责怪起自己来。我是否过于尖刻？太伤人感情了？他生气了吗？或许我不应该这么尖嘴利舌，至少应该有礼貌些。过了一会儿，他回来了，又端来一些饮料。

“好了，”我笑着说。“你怎么当了特工的？”

他靠着椅背。“想抓住那些坏蛋。”

“哪些坏蛋？”

“首先，那些做石油生意的。”他呷了口啤酒。“我爸爸试过办一家 vacherie，可血本无归。”

“Vacherie？”

“就是牧牛场，”他说。“他失败了，就在石油公司找了份工作。干了 20 多年，只因失去了一条腿，公司就解雇了他；只差一年就退休，可公司再也没有给他一分钱。”

我蹙起眉头。

“算不上什么新鲜事儿——至少在我们那里是这样。该死！甚至‘大佬’也治不了他们。”

“大佬，”我说。“大佬休伊·朗[①]？”

他点点头。“他当州长之前，起诉了一家石油公司。试图为我父亲那样的工人取得补偿金。但他败诉了，仍然坚持为小人物的权利进行斗争。问题是，利益集团很讨厌他；所以，10 年后那家石油公司又设法起诉他，不过他们也败诉了。”

---

① 1928-1932 年任路易斯安那州长，1932 年任联邦参议员。1935 年遭暗杀。

“听来不错。”我扭了一下身子。“可在我看来，反抗企业贪婪的斗士名单中，联邦调查局可排得并不靠前呀。”

“你等着瞧吧。”

我曾给一家地下报纸撰稿。年轻时，我读了“3M[①]”，即马尔库塞[②]、马克思、毛泽东的著作以后，就想努力成为一个革命者。但很不幸，没有成功。人家说我资产阶级习气太重，说我顶多能去管理一个安全藏身处。“你核查过我的资料。”

他没有回答。

“那你应该知道，我已经不做那些事了。”

“算不了什么，我也不追查聪明人的。”

“那你干什么？”

“带漂亮女人出来喝酒呀。”

他究竟是什么人？先是来到我家，询问秘密犯罪集团成员的情况；现在又跟人调情，似乎我是什么周五夜女郎。我侧起脑袋，想知道自己带的钱够不够打的回家，但又希望不必花这钱。就算是他在伪装——如果确实如此的话，我也很乐意有他陪伴。于是我换了个话题。“你母亲也是阿卡迪亚人吗？”

“意大利人，我爸和她在新奥尔良认识的。”

“他们还在那边吗？”

“父亲还在，母亲5年前去世，癌症。”

“我母亲也是。”母亲的离世在我心中烧出了一个永远无法愈

---

① 马尔库塞、马克思、毛泽东三人的英文名字都以字母M开头。

② 即赫伯特·马尔库塞（Herbert Marcuse，1898—1979），德裔美籍政治与社会科学家，批判现代社会的反自然性，主张用革命手段加以改造。

合的伤口。

我喝完酒。唱机传出喧闹的《坐下来哭泣》，是巴迪·盖伊[1]的歌。

人们拥挤着经过我们的桌子。尽管还不到七点，却早已坐满了人。勒琼要了账单。“我们去吃点东西吧。”他站起来，去吧台结账，没有理会女招待关注的眼神，我不觉暗自涌起一点儿得意。

① 即乔治·巴迪·盖伊，1936 年出生，美国布鲁斯吉他演奏家与歌手。

第三十章

Spyder 跑车先向北行驶，然后朝东开往戴弗西港。西边的天空晕开了一抹深蓝的滚边，街灯的一束橘黄色光束穿透而过。跑车绕进湖港入口，停在戴弗西船舶下水处的尽头。下水处是一块向下伸入水中的混凝土斜坡。夏天在这里停泊的船只有数百艘，现在却只留几个瘦骨伶仃的船桩直立不动。他熄了火，把手横架在我的座椅靠背上。“水能让人心灵安顿下来，你知道吗？”

“安顿心灵？”

湖滨大道上传来呜呜的汽车声。

“你所需要的一切，水都能给你。”

黑色的湖浪拍打着船桩。“你怎么知道？”

“以前我爸常带我坐着 bateau①去河口钓鱼。有时那儿很安静，安静得甚至能听见蜂鸟②的心跳声，那声音啊，有时竟比带有两根刺的大黄蜂还要吵！每一天，河水都能让我记住点儿什么。”他看向窗外。“它所提供的东西，你可以随意拿取，也可以不喜欢。”

突然刮来一阵风，Spyder 被吹得摇晃起来。我回想起了西弗

---

① 法语，平底船。

② 体型极小，善飞，可悬停空中，是唯一可以向后飞的鸟类；一般体重只有几克，最大的也只有 20 克左右。

吉尼亚州新河的湍流。现在，无论什么玄奥的说辞都不能让我相信，水会满足我什么精神需求。

“水永远不会向你吐露秘密，就算它带走了你的心。”

“听起来像卡真的民间传说，再混上一点儿巫毒教[①]。”

他咧嘴笑了，给车点火，潇洒地来了个180度的掉头。不一会儿，我们便行驶在了克拉克街上。他把车停在阿灵顿停车区[②]，带我走进“费德里科[③]”餐厅。老板上下扫了我一眼，把我们带到最里面的一张桌子。餐桌上铺着红格子桌布，空气中流淌着轻柔的音乐，弥漫着一股蒜香。勒琼脱下皮夹克搭在椅子上，身上只穿一件领尖带扣的白衬衫，看上去像个年轻的大学生。

一个侍者上来说：“今天的贻贝很新鲜，尼克先生[④]，而且很大。”

勒琼也不问我，直接点了一桶蒸贻贝外加饮料，便往椅子上舒舒服服地一靠，像在自己家里一样自在。

“你喜欢贻贝吗？”

我这不是废话！

我呼出一口气。“哎，承蒙你请我吃饭喝酒，但你总应该说明缘由吧。我清楚得很，远非喝酒聊天这么简单，我可不喜欢拐弯抹角，要问什么，爽快点。”

“你说得对，该进入正题了。”他看向我，露出了微笑。“不过

---

① 也称伏都教，源于西非的原始宗教，基督徒眼中的邪教。

② 即阿灵顿高地停车区，位于芝加哥北郊城镇阿灵顿高地，芝城规模最大、最著名的都市停车区之一。

③ 典型意大利名字。

④ 原文为意大利语。

我想告诉你，这次见面我很愉快。我很少见到又漂亮又有头脑的女人。”

我刚想张口，却被他打断。“我们看了那盘录像。”他的声音很低，我竭力透过音乐声听着。

侍者走过来上了饮料。我的是葡萄酒，他的是摩尔森①。等到侍者走开，勒琼才接着说。

“我需要你回答我一些问题。”

我点点头。

“你拍到桑托罗录像的那天晚上去了那个抽水房，对吗？”

“对。”

“你们在那边拍了些什么？”

“拍了一些再现二十年代情景的镜头。我们雇了演员，给他们扮上行头，拍了一个黑酒吧的场景。”

“去年夏天，对吧？”

“七月中旬。”

他抬头向着空中，片刻之后：“你们拍了录像之后有没有看一遍？”

“当然得看，我们要记录时间码。”

“时间码？”

我解释说，时间码就是屏幕底部蹦出的一串表示时间的数字，能帮助你精确地选择用于剪辑的具体画面。

“时间码是和真实时间一致的吗？”

我摇摇头。“是开始拍摄时人为设定的时间。”

他一脸失望的神情。

---

① 加拿大第一啤酒品牌。

“怎么了？”

他啜了一口摩尔森。“没事，这么说你看了带子，是完好的。”

“对。”

“但是，一年之后，却发现它受损。”

“对。”

“其他带子有损坏吗？”

“据我所知，没有。”

“你检查了其他带子？”

“我们导演麦克检查过，就只有那一盘受损，怎么了？”

他没回答。这完全是跟着他的思路走，而不是我自己的。“呃……去年夏天，你看过了那盘录像，几天以后你带着它又去了那里？”

“我们要用那盘录像做匹配溶暗。”

“什么？”

我解释说，匹配溶暗是一种特效，用于完成两个拍摄于同一地点、同一角度但不同时间的镜头之间的切换。

“有点像延时摄影[①]？”

“对，但只是一段连续镜头。”

他拿出一张纸，一支笔。“我想了解你们在抽水房那天，有关那盘录像带的所有情况，请你画个图，给我看一下你当时的准确位置。”

“说得轻巧！我哪里还记得，都过去一年多了！”

“不行，你得回忆起来。”

---

① 将长时间连续镜头浓缩成短镜头快速播放的技巧，常用于影视中拍摄日出日落、繁忙的城市一天的变化，等等。

我抬起下巴，想对他说，让抽水房、录像带，还有他的纸和笔，都他妈见鬼去吧。但他的表情令我噤口。面前这个严厉、认真的男人，再也不是一小时前大谈卡真乡野传说的那个自命不凡的家伙了。我拿起笔。

“到了港口之后，你做的第一件事是什么？”

“嗯，我们上了‘维苏里’号——就是我们从海军码头去抽水房坐的那条拖船。”

“船上有几个人？”

“拜托，你总不能让我——”

“尽力想，拜托。”

我搜索着记忆。我记得那天挺凉快，大雾弥漫，湖上的碎浪拍打着船帮，拍不了平稳的镜头。我记得还问过麦克，船这么摇晃着还能不能拍。当时摄影师也在，还有音效师，还有供水区的公关人员，船员。“我们应该是五个人，还有他们三个人。”我又回想了一遍。“总共八人。”

“很好，你看，还是能想起来的嘛。”

“也就能想起一点吧，”我不情愿地说。

“到了抽水房之后呢？”

“我们把设备搬下来——”

“在哪里？”他的手指在那张纸上移动。

我画了一幅抽水房平面草图，指出我们靠岸、卸下设备之处。“我们在入口旁边拍了一些外景，然后就进去录像。”

“画个草图。”

我把纸翻过来，粗略地画出生活区、厨房、就餐区和位于一侧的大蓄水箱，里面的水位只达一半。

“当时情景再现的录像带放在哪里？”

“在我包里。”

“你的包？”

我斜过身去摸我的包，才发现没把它带过来。“我一般背一个帆布包出外景。包里会带秒表、袖珍折刀、摄影电工胶带，有时候会带个麦克风。”

“包就挎在肩上？”

我点点头，不知道这个细节有什么要紧。

“好，然后呢？”

“我们在一间卧室里开拍。”我在草图上指出那个位置。“就在这儿拍了派对的场景。然后把情景再现的录像放进摄影机回放，以便复制同一个镜头。”

“复制什么镜头？”

“实际上有两个镜头。我们拍了一张翻盖写字桌的镜头，先短焦再长焦——抱歉，先把焦距移近，然后慢慢远离。还拍了卧室的一个远景。两个都在情景再现的录像带上。当时我们是想事后再决定用哪个。”

“好，现在告诉我，你那个镜头在情景再现的录像带的哪里？就是那段用来匹配——怎么说的来着？”

“溶暗，不过我没听懂你的问题。”

他重复了一遍。

“你是说在录像中处于什么位置吧？”他点点头，我便回答道：“很靠后，大体上靠近末尾。拍那个之前我们已经拍了很多。”

“之后你们对录像带做了什么？”

“什么之后？”

“做完溶暗之后。”

“放回我包里了。”

“很好。”他又饮了一口摩尔森。“然后呢？”

“然后就没有了啊。”我有点不耐烦了。“拜托，尼克，你到底要干吗？”

他脸上闪过一丝坚定的神情，然后摇了摇头。

“呃，好吧，”我烦躁起来，推开酒杯：“如果你说明让我回忆这些的原因，也许我能想得起更多。”

他打量着我，好像在忖度着该向我透露多少。“整件事结束后，我会对你知无不言，好吗？”

“你最好说到做到。”我欣赏着他身后的墙。墙上挂着一张静物画，画着一碗水果，一瓶酒。“Chér.”

他朝我微微地笑了一下。“然后呢？”

“我想是出去拍外景了，对，没错。”记忆都回来了。雾气消散，清凉而多云，灯光没有明暗层次，但均匀稳定。“肯定就是那个时候，我们去了吊桥。”

“画给我看。”

我用铅笔画出连接抽水房两部分的吊桥。“当时有个人在那上面刷油漆还是除锈剂什么的，我们觉得那个角度不错，就过去了。”

“你带了包吗？”

“我——我不记得了。”

他的下巴绷紧了。“好好想想。”

我拼命回忆着。桥很窄，也不长，三十英尺的样子，所以麦克没跟过来，只有我和摄影师两个人。“我说不好——那里很狭窄。”

他转动了一下身子。“好，让我这样问，你们在桥上把摄影机架在哪儿？”

这个我确实记得。“摄影师大概在桥中间的位置，那样他就可以从湖景拍到桥上那个人。”我在他拍摄的位置画了一个叉。

“那你在哪儿呢？”

我看看草图，又看着勒琼。“我肯定得在他身后——摄影机的拍摄范围之外，就在‘志愿者护士’旁边。”

“那个粉色和白色的建筑？”

我点点头。

“画出来。”

我在桥的末端画上了另一个叉。

他把图转过去对着他。“在那里拍了多长的录像？”

“不长，总共大概两三分钟。”

“好，拍完桥上你们干了什么？”

我们干了什么？我闭上眼，我记得自己站起身，靠在桥栏杆上俯视着下方，朝麦克招手。

我突然睁开眼。

想起来了。“我们下桥之前俯拍了抽水房的表面，拍了四五个俯视镜头。”我顿了顿。“然后重新下到抽水房表面上拍了一些工人。”

“很好。”他的眼睛闪出亮光。“然后呢？”

“然后我们就回去了。”我记起了呼啸的风声，鸥鸟的鸣叫，强烈的灰白光线。

光线。

“我忘了！我们带了一个灯光工具箱，怕万一桥上要补光。但最后我们还是勉强借着自然光拍完了。完工之后，摄影师拿了摄影机，我拿了灯光工具箱和我的包，然后我们——”

我停住了。

“我的包！”我集中精神回想着这段记忆，确认着它的真实性。

没错。

“我的包是在那儿没错，塞在灯光工具箱和墙之间，靠着‘志愿者护士’。”

他咧开嘴笑了。“画给我看。”

我们俩向画纸倾下身去，我把包画了上去。随后，他把那张纸折起来放进了口袋。

我们的贻贝来了，热气腾腾的，盛在一只黑桶里。

“开吃，”他说。

我撬开贝壳，取出肉来，把肉在奶油沙司里蘸了蘸，然后入口咽下。侍者说的没错，确实又大又新鲜，而且每一口都充盈着醇和浓郁的蒜香。

吃时安安静静，都没说话。

吃到只剩肉汤的时候，勒琼把桶子推到一边，撕开了一包侍者刚才拿来的湿巾。“吃饭放得开的女士，我欣赏。”

能不能拿片面包蘸着肉汤来吃呢？如果是和大卫在一起，我肯定不会犹豫的。勒琼给我递来另一包湿巾时，我脑海中浮现出费城一家餐厅的场景。去年夏天，大卫、蕾切尔和我在一起。桌上的报纸，木槌①，大罐装的碳酸饮料，堆成山的香辣硬壳蟹。我们一齐从硬壳蟹的橙色小细腿里吮着汁液，直吃得汁液沿着下巴往下滴，三人哈哈大笑——突然一阵强烈的刺痛！

勒琼似乎并没有注意到我的情绪。“最后一件事。”他把湿巾扔进桶里。“你们用完情景再现录像之后，带子取出摄影机之前，摄影师有没有倒带？”

---

① 打槌球用的工具。

“拜托，我哪能记得这个？”

他闭口不言，盯着我。

“我想想，”我叹了口气。“如果他正在调试机器或录像的途中，一般会把录过的带子卸下来，马上装上新带子以便接着拍摄。”

“当时他也这么做的？”

“对不起。我没注意。”我的目光搜索着他的脸。“该我问你了，这个有什么要紧的？”

他不答。

“拜托，河口少年。为什么录像带的位置以及是否倒过带很重要呢？”

他再次压低声音说道。“我们几天前去了抽水房一趟，四处转了转，用仪器听了听，在那里待了好几个小时，但是没有接收到任何无线电信号。”

“无线电信号？”

“你的录像带收到的那个，艾利，那个无线电频率干扰。”

我一个激灵，坐立不安。

“我们的技术分析人员说，你那盘录像带的受损有可能是一次强无线电波导致的，”他轻声说。“而不是重复出现的信号，就那么一下。是从一个非常近的地方发出的。”

我想了想他问的那通折磨人的提问。

“你是说，”我慢慢地说道，“录像带可能是在抽水房那里受损的？”

“有这个可能。”

“抽水房的哪里？”

他双手交叠搭在桌上。“这正是我想要查清的。”

“这有什么？这个信号有什么要紧的？”

他耸耸肩，调转了目光，要是他知道答案，也不会告诉我。

“你到底是什么人，尼克·勒琼？”

他扬起眉毛。“我告诉你了。”

“胡扯，你跟着一个追踪黑帮的特工出现在我家，可你又不是什么缉黑小分队的成员。你又给我讲了一通抽水房发出无线电干扰信号的故事。你为什么需要了解那盘录像带的事情？你找上我是为了什么？这些总得告诉我吧。”

“你说得对。”他清清嗓子。“好吧，不久前，有一次科茨走进局里的洗手间，我正在那儿方便，他摇着头告诉我说，他得跟踪一个和黑手党在湖北岸兜风的神经大条女人。我们笑了一通之后他说，‘就是在法庭上作证提到抽水房的那个女人。’”他竖着合上双掌。“当时我也没什么别的任务，就跟他一起过来了。”

“是吗？你在局里负责什么——监控海岸警卫队？”

“我吗？”他迟疑得有一点久。“我是打杂的。”

“打杂的。”

“没错，嘿。”他分开双手，把一只手在空中挥了挥。“想来点意大利面食吗？这里的贝壳面能让马贾诺餐厅[①]自愧不如呢。”

开车回我家的路上，雨水在挡风玻璃上形成一道道水流。前方的黑暗中勉强能看见 Spyder 的车头灯射出的光束。勒琼打开了除雾器，我则擦拭着挡风玻璃的内壁。我们前面是一辆 SUV，福特“探索者”。勒琼绕过它的时候，我突然想起最近没看到过深色 SUV。其实，自从和莫雷利兜风那天起就没看见过了。

---

① 知名连锁意式餐厅。“马贾诺”为典型的意大利人名。

我朝勒琼看去。“还记得那天你们、莫雷利还有那辆 SUV 上演的那场启斯东警察喜剧[①]吗？”

“嗯。”

“你查出是谁坐在那车里面了吗？”

他沉默了一会儿。“有人把局面搅浑了，我们没法查清楚。”

“这么说你们并不知道他们是什么人？”

他摇了摇头。

“也不知道他们会不会是跟踪莫雷利的？”

他耸耸肩。

“朗达·迪萨皮奥觉得有一辆 SUV 在跟踪她，不久她就死了。”

“但你活得好好的。最近你被几辆 SUV 跟踪过？”

“一辆也没有，”我承认道。“但是——”

“所以也许是巧合。”

“也许不是吧。”

“你说过你已经放弃了阴谋论。”

“那你怎么还一直追问我抽水房的事？”

他没有回答，接下来一路上我们都没开口。车在我家门前停下后，他没有熄灭引擎，我将之视为让我下车的信号。

“谢谢你的晚餐。”我打开车门。

他把身子倾过来，用手指挑起我的下巴。“你可知道，在这灯

---

① 1914-1920 年由美国启斯东影片公司拍的默片喜剧，片中经常出现愚蠢无能的警察。其突出表现包括行路歪歪扭扭、无法追上犯人。

光下，chér，你看上去像极了费雯·丽[1]。”他停住口，似乎在等我的反应。

“你这一招儿总是有用吗？我是说，你那卡真浪子的调调倒是在不停往外冒啊。”

他咧嘴笑了，毫无惊慌失措。“正像河口的淤泥。”

---

① 英国著名电影和话剧女演员，生于 1913 年，奥斯卡奖得主。深色中长卷发，长方脸，大眼弯眉，眼神深沉柔媚。

第三十一章

我穿上睡衣，认真梳理今晚的谈话内容。

那盘录像带很可能是在抽水房损坏的。

原因在于一个无线电信号的干扰，该信号只出现了一次。

对，就是这样的。可为何联邦调查局会如此感兴趣呢?

其中必有原因。

我看了一下时间，快 11 点了。蕾切尔很快就要到家。她对无线电还是懂一些的，可以问问她。

打开电视上正在播放的“周六夜现场”节目。先是一个关于顺势疗法的滑稽短剧，接着，一个重金属乐队大叫大嚷着唱了一首战争歌曲。我咬牙强忍着，然后又看了下时间——11 点 20 分了。

蕾切尔还没回家!

我朝窗户走去。雨水奔泻着流下窗玻璃，近处街灯的圆灯罩周围尽是雾气，远处则是一片茫茫的黑暗。我走进厨房，倒了杯葡萄酒，出来时，已经 11 点 22分。

依然不见踪影!

我拿起电话拨号，卡蒂的母亲接听。

“帕齐，你好。我是艾利·福尔曼。”

“哦，艾利。你好吗？”

“我要不要过来接蕾切尔？她没打电话让我接她，可现在已经过了我规定的到家时间。”

我听到她有点犹豫。“哎呀，蕾切尔不在这儿。”

“哦，弗兰克有没有送她回家？”弗兰克是帕齐的丈夫。

“艾利，蕾切尔早就走了。”

“什么？”

“大概 9 点钟的时候，她表姐来把她接走了。”

我紧握听筒。“她表姐？”

“她说你都知道。”

我紧闭嘴唇。

“上帝啊，艾利——你不知道？哎呀，不好！我该怎么办？”

“你看到这个‘表姐’了吗？”

“没有，好像他们鸣了汽车喇叭——天又下着雨什么的——她是跑着出去的。”听起来帕齐比我还着急。“要不这么吧，我叫醒卡蒂问问，她可能知道。”

“我看行，要是你不……”

突然，一对昏黄的光束射过窗户，一辆深色的 SUV 正开上我家车道。我紧张起来。车门打开，蕾切尔的身影出现了，夹克衫搭在脑袋上，SUV 从车道上倒了出去。

“你猜怎么着？”我对着电话说道。“她刚从车上下来，谢谢你，帕齐。”

于是我站在门边，双手叉腰，听着蕾切尔拿出钥匙朝锁眼里戳，她花了很长时间开门，嘴里还在轻声哼唱。

门终于打开了，她慢吞吞地拔出钥匙。

我清了清喉咙。

她抬起头，懒洋洋地将嘴张得大开，笑了一下。“你好，妈……”

“蕾切尔，你去了哪里？那个人是谁？”我朝车道那边做了个手势。

她没有回答，而是慢慢走进厨房，两脚左右交叉地行走，衬衫都拢在了腰上，头发也缠结在一起。

“蕾切尔？”我跟在她后面走了进去。

她走着走着，就被自己的脚给绊倒，双臂胡乱摆动。

我连忙赶在她跌倒前抓住了她。

她想将我推开，可扑了个空，她的手指笨拙地在我手臂上轻弹了一下。

“蕾切尔？”

她看着我，目光空洞而呆滞。

“蕾切尔，坐下。”

她没有理我。

我抓紧了她的胳膊。

她一屁股在桌边坐下，用手支起脑袋。

“你喝酒了。”

“我——没——喝。”

镇定，艾利。你能应付这个局面的。

“你跟谁在一起了？”她迟钝而夸张地摇了摇头。

“我跟希尔森夫人通过电话，知道你不在卡蒂家。”

她一声不吭。

“到底去哪儿啦，蕾切尔？”

她瘫坐在了椅子上。

“蕾切尔，你跟卡拉和德里克在一起了？”

她用一只手指按住双唇。“嘘……不——能——说。”她垂下肩膀，身子倒向一边，先是两眼模糊地看着我，接着溜向桌子，然后缩回、闭上。

“蕾切尔，你要吐吗？”

她睁开眼睛，朝我撇嘴一笑。“不……我很好。”

紧接着张嘴就吐在了桌子上。

次日早晨我打了电话。“巴里，是我。”

“你好吗，艾利？”听起来他兴高采烈。

“好得不能再好了！”

“怎么啦？”

“你女儿昨晚喝得醉醺醺的回到家里，还吐了一餐桌。”

他不作声了，然后：“她没事吧？”

“现在都还没有清醒！”我站起身来。“巴里，我一直都在想，要跟你谈谈这件事。你知道她近来在跟卡拉和德里克一起玩吗？”

“玛琳的女儿？”

“就是。”我克制着自己，没有添上她的别号：“有氧健身皇后”。“显然，她就是跟他们在一起了，我不知道你能不能问问玛琳是不是真的。然后，或许我们可以大家坐在一起……”

“等一下，艾利，你凭什么认为她是跟卡拉在一起？”

“呃，比如说，她自己说的。”

“你问她了？”

“那还用说！”我开始在工作间里来回踱步，我与巴里交谈时常常火冒三丈，这时又开始要冒火了。

“呃，你想要她跟你说些什么呢？”

“实话。”

“实话。”他哼了一声。“为了你不再找她的麻烦，她会随便说个什么的。你有什么证据？”

“证据？什么证据？这又不是法庭……”

“她去了哪里？谁开的车？谁偷偷塞给她身份证？得了，艾利。拿出证据给我看，不要满嘴跑火车。”

“满嘴跑火车？”我收紧下巴。“巴里，别老摆出攻击的架势，好吗？蕾切尔有麻烦了。咱们得负起责任，处理她的问题。”

“攻击？你指责我女友的女儿教蕾切尔堕落，却拿不出一丁点儿证据来证明。你跟我说说是谁在进行攻击吧。”

我紧闭双眼，数了 5 个数。我想数到 10，可无论如何也做不到！

“巴里，我坚决要求蕾切尔和卡拉不要搅在一起。如果做不到，我就不得不采取行动了。同时，或许你得跟玛琳稍微谈谈，只是为了确保她整天锻炼臀肌、腹肌或是无论别的什么的时候，知道自己的女儿在哪里。”

沉默，充满敌意的沉默。

然后，“艾利，不知道自己女儿在哪里或是跟谁在一起的是你！要是你管不了蕾切尔，或许我们应该重新考虑她的生活安排。”

我顿时怒气冲天，砰地摔下电话。

我不想承认，可巴里是对的。我确实不知道蕾切尔去了哪里。她跟我撒了谎。也对卡蒂的妈妈撒了谎。但时至今日，我从没想过不信任她，我也一直以为她什么都会对我说。不过话说回来，十几岁的女儿没有自己的心思那还正常吗？我记起自己当年也不是什么乖孩子。可是，如果蕾切尔 13 岁就什么都遮遮掩掩的，再过几年会生出什么事情来呢？

我一屁股坐在椅子上。蕾切尔小的时候，我开玩笑说，抚养孩子要遵照贿赂与威胁相结合的原则。但对于那阶段孩子的养育，主要是拥抱他们，训练他们坐便盆，以及确保他们每天吃一大汤匙蔬菜。如今她进入了青春期，我感觉自己能力不够，处事笨拙。什么才是正确的做法？甜言哄骗还是坚持原则？沟通协商还是强行要求？

我凝望着办公桌上她和大卫的合影。那是去年夏天我在植物园给他们拍的。他为什么不来这里和我在一起？也许他来了，可能也不知道该怎么办，但即便不能处理得很好，至少，只要我们在一起，也比较容易应付过去。

傍晚时分，蕾切尔浑身都出现了各种可怜的颜色：眼睛黄黄，鼻子红红，皮肤也泛着点儿绿色。我给她弄来干姜水和阿司匹林，她服用后重新躺到床上，我再给她盖好被子。床头灯射出弧形的光线，照在角落里凌乱堆在一起的填充动物玩具上。

"我现在知道足球摸起来怎么样了，"她呻吟着说。

"听起来不错。"

"我再也不那么做了。"

"你们都听见她说些什么了？"我对墙上招贴画里 4 个穿黑色 T 恤、刺了文身的小伙子说，他们怒视着我。

"人们干吗要喝醉呢？"

我没有回答。

"一点儿也不好玩。"

"你想跟我讲讲？"

她叹了口气。"是德里克的东西，黑刺李杜松子酒。我们开车到公园把它喝了。"

黑刺李杜松子酒会冒气泡，尝起来像潘趣酒，但酒劲儿像龙舌兰酒，是给未到法定年龄孩子喝的那种。我记得自己年少时这种酒一喝就过量，只好频频光顾马桶。我还记得为什么约会时，男友不停给我的喉咙灌这些东西。

"蕾切尔，发生了什么事吗？我意思是说……你们喝酒之后？"我想象着德里克在我的小宝贝儿身上乱摸一通，甚至做出更可怕的事情。

“卡拉和德里克开始亲热，不过她吐了，我们就回了家。”

“你呢？德里克有没有对你做出……呃……出格的事？”如果蕾切尔的回答是肯定的，我会抠掉他的双眼。

“妈妈，我在后座上。他在开车。”

我松了口气。

“对不起，妈咪。”

“嘘……”我摸了一下她的额头。也许这事儿给了她一次教训，兴许她下次不会那么急切地想跑出去了。“好好睡会儿吧。”

“妈妈，给我读本书好吗？”

好几年都没这样了。“想听什么？”

“哈利·波特？第 4 本我从没读完。”

我从她的书架上拿起《哈利·波特与火焰杯》，开始读了起来。

哈利和马尔福各自手持魔杖作为武器，互相打斗起来，赫敏的牙齿生长速度令人吃惊。斯内普在关键时刻结束了这场混战，但混战结束似乎没有一个人高兴。我抬头看看蕾切尔，她已经睡着了。

我就自己读完了这一章。

第三十二章

早餐时，我给蕾切尔谈了她这次醉酒晚归的后果，感恩节前不得外出，不许约朋友出去玩，不许去商场，更不许夜间外出，尤其是周末的时候。她得为自己撒谎的事情给希尔森夫人写道歉信，还得每周两次到施粥所当志愿者。

“那‘科学俱乐部’呢？”她问。“就要学化学了，我还能去吗？”

我想了想。“可以，这个允许。”

她立刻眉开眼笑，将麦片粥喝了个精光。我曾想象着她在满是灰尘的地下室里度过少年时光的情景：玩弄晶体管、晶体检波器和二极管。不过，嘿，如果这意味着她不去参加狂欢派对或是在公园里喝醉，我倒宁愿再奉送一套化学试验器械的。

送她上学回来以后，我换上黑色加菲尔德马克思套装，朝市中心驶去。高速公路正堵车，其时天色昏暗，阴云笼罩，寒风刺骨，残叶翻飞。11 月已经降临；来年 4 月以前若能见到太阳，那就算幸运的了。

90 分钟以后，我走进了戴尔·里迪的办公室。这次她身着灰色套装，款式和上次那套藏青色几乎一模一样，不过，今天她要么是衣服颜色不好，要么就是没有睡好——反正看上去比英国人通常的肤色更显苍白。

“你好吗，艾利？”她转过办公桌，走上前来和我握手。

“很好，你呢？”

她领我到咖啡桌。“我现在急需看到计划书。”今天没有闲谈。我找出自己准备的那份，纳闷着究竟是什么事情让她不安，但心里明白自己不能问。

“我自认为做得还不错，”我说。“但的确还有几个问题，都标上了星号。”

她接过计划书。“我这就看看吧。”

她看的时候，我四下望了望。她将儿子们的照片挪上了另一只搁板，那些日报则码在一张椅子上。跑鞋则不见踪影，难道冬天她就不跑步了？

“这段很好。”她指着第2页上的一段。“尤其是关于我们领导者作用的内容。”

这本来就是你灌输给我的，我原想这么回答。“谢谢。”

她将文件翻着看完。“不错，我想这个就行。当然，我得拿给特里布尔看看，再花点时间……”

“特里布尔？”

她手指朝门那边点了一下。“我的上司。”

我记起那个年纪较大、头发灰白的男人。他神情冷淡，甚至有点爱责备人的样子。我的表情肯定暴露了自己的顾虑，因为她接着说，“哦，不用担心。他放手让我做，想怎么做就怎么做。反正到了下午他通常都要醉倒的。”

我们会意地对视了一下，然后她转向最后一页。“咱们来研究研究预算的事儿，好吗？”

我清了清喉咙。“不知道你是想让我从芝加哥带人员过去还是在那边找，怎么都行。”我朝前探了探身子。“也不知道你想在后期制作上投多少钱。”

“后期制作？”

“就是编辑和特效，还有复制，但特效是主要考虑事项。如果我们……”

“复制？”她轻轻敲着铅笔。“我们要复制什么？”

“我们得知道——在某个时刻——你们打算要多少份成品拷贝。我们要用到复制服务，依据你们订购的成品数量享有不同折扣。我这里做了个列表。”我指着页底的排列项。

“哦，明白了。”她朝我苦笑了一下。“不过请告诉我，你们对未完成录像带做多少拷贝？”

“未完成？”

“你们在现场拍摄的那些录像带。”

“你是说我们在现场拍摄的原始带？”

她点点头。“如果你们这么叫的话。”

我耸耸肩。“原始带我们通常不做拷贝，大多数客户对原始素材不感兴趣，他们只想得到成品。”

她皱皱眉头，“可我在电视上不是听说你们做了一个录像带拷贝吗？”

我克制自己不要发作。“那是给水区做的录像带，那……那是个特殊情况。”

“你们什么都给他们做了拷贝吗？”

“没有，他们的原始带我们都还给他们了。至少绝大多数还了。”轮到我皱眉头了，她问这个是要干什么？“不过录像带是你们的财产。如果你们认为要用到拷贝，我很乐意给你们做。”

“呃，好了，我也不能肯定。”

“绝大多数客户都想让我们保存录像带，这样他们就会有安全感，不担心会遭到损坏。”我说过后缩了一下脖子，但戴尔已经扬起了眉毛。

我竭力改口。“呃……水区的情况不合常规，算是个例外。”

“确实如此。”她的眉毛平展了。“不过，你们将所有原始带都还给他们了？”

“不是所有，出于安全原因，他们只想要显示过滤厂和抽水房运作情况的那几盘。”

“当然，不过……”她顿了一下。“……你怎么能在审判时用到那盘带子的？”

空气中传来沉闷的丁零零的声音。

“该死。我以为关了。”她拉开抽屉，拿起一部手机，看了看显示屏，然后关掉开关。“对不起。刚才我们说到哪里了？”

“没什么，其实，审判时播放的那盘带子，本来就不必归还。那只是一场情景再现，还请了演员，还用了几十年前的服装。我们只是拍摄了内景。也许我们本可以在一个旅馆房间里拍的，没有人会知道其中的区别。”

她笑了。“可不管怎么说，你们最后还是做了拷贝，好在审判过程中使用。”

“是的。”我对她提这些问题感到迷惑不解，但她是客户啊。

“这么说，你们做了多少……”

她的办公电话响了。“老是响个不停。”

她回头看看我。“我让秘书接，也给她点事情做，省得一天只晓得看《国家问询报》[1]。”

但电话响个不停。她不耐烦地看了看电话，然后拿起建议书，用纸边在桌子上敲着。终于，电话铃声不再响了。她摊开计划书，双手紧扣。

---

① 一份美国超市售卖的小报，1926 年由美国传媒公司创办。

"好……"

我正要接着说下去，突然听到敲门声。"什么事？"

门开了一道缝，一个黑发女子探进头来——肤色更黑。"对不起，里迪女士，有一位萨姆先生说现在得跟您通话。"

戴尔紧绷下巴。"跟他说，我给他拨回去。"

"他执意要您接。"

"拉维尼娅。"戴尔冷冰冰地说道："我跟你说了——我给他……"

那个女人紧张不安起来，那表情在说，如果你再不接听，可不是我的责任。

戴尔明白了她的意思。"哦，不要紧，我来接这个该死的电话。"

拉维尼娅退了出去，看起来是如释重负。戴尔跺着脚走到办公桌前。"白痴，连怎么过滤电话都不会。"

我在座位上扭了下身子。

她拿起听筒。"什么事？"顿了一下，"不。"又顿了一下，"对。"

我站起来，信步走到窗前，尽量离她远一些。只见云层已然升高，天空依旧阴暗。这间屋的窗户比大多数办公室窗户都要大，如果我紧贴窗玻璃，尽管窗户是面向南方的，也能看到东西两个方向。西边是卢普区的核心，由各种不规则形状的建筑拼合在一起，甚至还能看到从肯尼迪高速与丹·瑞安高速交叉口向西延伸的艾森豪威尔高速[1]公路。任何一条，都是每天数百万人上下班的必经之路。

“听我说。”戴尔的声音变得更为焦躁。“我来处理，不用担心，我会给你回电话。”

我朝另一边看去。那一连串不断变动的黑点，就是湖滨大道上的车辆。今天的密歇根湖呈现出炮铜色，空寂而寒冷。我将前额贴在窗玻璃上，刚好能辨认出远处的抽水房。如果我将脖子朝左边再伸长一些，或许还有可能看到海军码头。

就在这时，我注意到窗玻璃边有个什么东西一直沿着窗户延伸。起初，我以为那是条裂缝，便伸出手指去摸，但感觉到的是个隆起的东西，而不是平滑的。我用一只手指从头摸到尾——原来是一根纤细的电线，包了透明绝缘层，用带子捆扎在窗户上。它很不起眼，若不专门寻找，是不会注意到的……

我退后一步，用双眼将它经过的路线打量了一番。

电线下行到地板，穿过地脚线，转过墙角，到了戴尔的桌子后面。我抬起头，戴尔正看着我，手里握着听筒，可当她看到我在看她，就猛然将眼睛看向一边，把听筒放在了电话机座上。

她没有说话。

我也没吭声。

蕾切尔的“科学俱乐部”老师说，天线的位置很灵活，放在哪里都行。可在回家的路上，我纳闷戴尔·里迪的窗户里怎么会有一

---

① 90/94 号州际高速在经过芝加哥市区时是南北走向，进入市区两条路重合，在市中心分岔，往北到奥黑尔国际机场一段叫肯尼迪高速，往南到 66 街一段叫丹·瑞安高速。这两段与 290 州际高速（艾森豪威尔高速）在市中心交接，就像是一个丁字形路口一样。

根天线。难道那里有无线电装置？石油公司和抽水房之间有什么联系吗？

当然可以有另外一种解释，或许戴尔有个短波收音机，或有个业余无线电装置，或许戴尔用它来和留在英国的儿子们保持联系。母子相隔万里之遥，有点空就鼓捣些这样的东西，不是顺理成章的吗？

不过，设备的其他部分呢？她为何对此一言不发？因为从我发现天线时她的表情看，显然我不应该看到那东西。回想起来，我们整个会面过程中她的举止都很奇怪。关于培训视频的讨论只是敷衍了事。初次见面时的热情不见了踪影。她唯一感兴趣的，就是那些录像带的复制情况。

我回想了一下我们的谈话。她似乎搞不懂原始带与剪辑带之间的区别，她不停提到水区录像带，想知道我们做了多少份拷贝，我是否归还了原始带。

我胸口一紧——她是在不停地询问在抽水房拍摄的录像带的复制情况！那盘被无线电频率干扰损坏的带子！

我驱车向西，行驶于安大略街上。那些熟悉的地标建筑都笼罩上了不祥的气氛，显得比先前更加昏暗，更加庞大笨重。街上的车辆，无论是小轿车还是货车都开得更加野蛮，行人也斜睨着眼睛，样子吓人——那盘录像带怎么就那么重要？

先是勒琼来问。现在是戴尔·里迪。

而戴尔的窗户上有根电线，还有一条通向抽水房的径直视线。

回到家后，我翻出勒琼的名片，拨了他局里的电话，语音信箱响了起来。我留下一条信息，说是得跟他谈谈与戴尔会面的情况。两小时以后，我依然心绪不宁。

到学校接了蕾切尔返家的路上，我假装考考她，实则技术咨询。

“宝贝儿，记得你们‘科学俱乐部’老师在家长日那天带去的那些无线电吗？”

“当然了。”

“它们是干什么用的？”

“哪些？”

“不是有个叫信息包的东西吗？”

她点点头。“哦，那东西太棒了。”

“为什么？”

“一旦将它和电脑相连，你就什么事情都能做了，传输语音、数据啊，发送信号来搞点事情啊。”

“真的？”

她猛然转过身。“家长日那天把这些都告诉你们了，你没有听吗？”

“我听了，你表现得很棒。”

她点点头，似乎这恭维话理所应当。接着我将车停进车库。

“不过有个事情要请你讲一下，蕾齐[①]。如果你想的话，能用无线电只发送一个信号吗？你知道，一次只是一下？”

“当然能了。”她指着车库门的开门器。“那个东西就是那样的。”

“明白了，可你还是得要有一根两个点之间有视线的天线，对吧？即便只是一个信号的情况？”

“嗯，对。”

我上楼去换衣服。套服挂起来以后，才感觉到舒心自在了，不

---

① 蕾切尔的昵称。

禁反思起来。我可能想多了。要是那根电线不是戴尔的呢？如果是先前使用那间办公室的人留下的呢？她来美国的时间并不长。又或许她的前任喜欢短波或业余电台，而戴尔搬进这个办公室以后，一直没有时间拆掉它呢？

而且，就我所知，戴尔今天的表现可能和工作有关。天知道她是不是处在一个压力巨大的环境之中！要么就是她陷入了政治上的麻烦，这样的事不足为奇，积极投身工作的女下属胜过了上司。可要是这个上司是个老派男人，你猜猜，会是谁受到不公正对待？

我穿上牛仔裤和圆翻领毛衣，来到外面耙树叶。福阿德好久都没来了，草坪上落了厚厚一层树叶，湿漉漉、沉甸甸的，并且沾带些黑腐物，耙起来就像挪石头。我清理了一片草坪，将枯叶装进袋子，然后拖进车库。半个钟头还不到，身上就开始出汗，双手感到刺痛。我只好回到屋里。看来，要给那些鳞茎植物[①]覆盖根部，使其安全过冬，还得另找时间。

回到厨房，恰好遇到蕾切尔猛地打开冰箱，抓起一罐汽水，一把扯下拉环，一口气喝得只剩半罐，接着打了个又长又响亮的嗝儿。

“好爽。”

一股寒气朝我飘过来，我连忙关上冰箱门。

“唔……”她又痛饮了一大口。“对了，”她边说边往外走，“你在外面的时候他给你来电话了。”

“尼克？”

她好奇地瞟了我一眼。“不，是大卫。”

“哦。”

---

① 指百合、水仙、郁金香、君子兰、风信子一类植物。

她咚咚咚地上了楼。

饭后我给大卫回电话，可他没有接。我留了个语音信息，然后浏览了一会儿电视频道。最新的消息全是报道对那个恐怖分子的审判。他自作辩护律师，怒斥美国司法体系的不公。我关掉了电视。

查看电子邮件后，我开始清理书桌。

我对家务活儿很随意，有个十几岁的女儿，也只能这样了。唯一的例外是当我感觉生活慢慢失控的时候——我会像一队清洁女工一样，在整个房子里四处出击，整理啊、打扫啊、擦洗啊，似乎家里的一切井井有条以后，我的大脑也会魔法般地跟着如此变化。

我将碎纸片、橡皮筋和糖纸掷入垃圾篓，然后将桌上的所有东西挪到一边，把桌面擦了擦。顺手拿起两本平装书，看到其中一本露出一角黄色纸片。扯出纸片。原来是从戴尔·里迪的便笺簿撕下的那张纸：酒店号码压痕、阿卜杜勒房间号。

这两者有联系吗？有可能。

仅仅几周之前，他还说自己从没听说过戴尔·里迪、甚至不知道她是男是女——我浑身陡然不舒服起来。

第三十三章

到了欧夫男装店，我停了车，老爸摩挲着他那根手杖。

现在呀，他走一点路就要拿起那根手杖，那还是他的爷爷传下来的。这手杖可是件艺术品：材料是磨得锃亮的深色橡木，银质圆把手是王冠形状，图案精致、雕像精美。

“快点进去，选好一件羊毛大衣就走！”他很不耐烦地说。

“好嘛好嘛。”我下了车，挽起他的胳膊。“不过，你要买一件羽绒服才像话哦。”

“我干吗要那个？”

“爸，现在是新世纪了，服装也是用的新材料，你也该穿见新衣服了吧！而且真的很舒服、很暖和呢。”

“双排扣驼毛的有问题吗？”

“没有呀，我只是说你可以试着穿点新东西。”

他吸了吸鼻子，我们一起推门进店。

欧夫比较保守而怀旧，专门销售打折男装。

“好了，西尔维娅怎么样啊？”

他将手杖重重地在镶花地板上点了点。“那个西尔维娅呀，可真是个可爱的女人呢——做的鸡汤难吃死了。”

“哟，都做上鸡汤了？”

“上周她做了安息日[①]晚餐，那肉呀做得跟巴尼·泰特曼的妈

① 指犹太教安息日，犹太历每周的第七天（星期六）。

妈过去做的一样，用了一大堆的洋葱和肉汁。”

我笑了笑。“还有什么事儿说来听听？”

“就算有，也不能告诉你吧。”

我们沿着过道走下去，两边全是男装。在我看来，所有这些西装、夹克和宽松长裤非常单调乏味——细条纹、灰色和棕色的衣服太多了——但我还是坚持向前走去。一名男售货员一直跟在不远不近的地方。

外套在后面的货架上。我从一个货架上一件件看过去，取下一件带衬里和风帽的深绿色羽绒服。“这种怎么样？”

他正在浏览货架，这时抬起头看过来。“穿上那成什么了，苔原上的探险家？”

他转过身，取出一件带红橙色斑点编织的褐色羊毛长外套。“这件怎么样？”

“就像是20世纪40年代出的东西。”

“就要这个范儿。”他取下衣架，披上外套，来到一面大穿衣镜前。“大卫那里什么情况？”

我清了清喉咙。“谢谢你上次解了我的围。”

他盯着镜子里的我，一边扣上那件外套，一边问“又有了烦心事儿？”

“我们……我们有些事情要解决。”

“赶快解决，别再拖了，你以为这一生还长得很吗？”

“爸，没那么严重吧。”

“还是要现实点儿。”他看着镜中的自己，快速转过身来，然后解下外套扣子，抬臂耸肩将外套脱下。“好，咱们看看那件阿拉斯加风雪服。”

我取下来递给了他。他穿上后在镜子里照了照，扬起了眉毛。

“你就是因为这个，脸色就那么难看，就像有人枪杀了你最好的朋友？”

“那只是部分原因。”

“还有什么原因呢？”

我就讲了上次蕾切尔喝黑刺李杜松子酒的事。

老爸的脸色起初很担忧，随后露出了会意的眼神，我刚说完，他就咯咯咯地笑了起来。“黑刺李杜松子酒，哈？15 岁那年，我和巴尼在泰特曼的吧台后面发现了一瓶劣质酒。估计是禁酒时期[①]留下的，我们就喝了它，好家伙，难受死了。”

“可是，爸，她才 13 岁呀。两年的差别是很大的。”

“如果她也经历了我那样的宿醉，就算是吸取了一个重大教训啦。”

“你是说我不应该担心？”

“那你说说看，你 13 岁的时候在干什么，埃莉诺？”

我张开嘴，但什么也说不出来。

“不说这个了。”他挥了挥手。“不用担心，蕾切尔那么聪明，肯定会没事的。”

“也许吧，”我叹了口气。“可最糟糕的是，我和巴里无法理智地谈论这个问题。跟蕾切尔一起玩的是他女友的女儿。我在考虑要不要亲自给那个女人打电话。你知道的，就是两个母亲面对面谈谈这个事情。”

他当即回答：“别那样做。”

“为什么？”

“如果你丈夫认为……”

---

① 美国第十八条修正案禁止生产和销售烈性酒实施的时期（1920-1933 年）。

“前夫。”

“就是他，他要是认为你在他背后偷偷摸摸做什么，那就够你受的了。”

我不想承认这一点，但老爸确实说得对。

“答应我，艾利……”

“好吧，你赢了。”

他点点头，从身上脱下那件羽绒服。“现在，为了让咱们打个平手，你也赢了。”

我将头一歪。

他拍打着羽绒服，眼睛里闪着光芒。“快走吧，免得我改了主意。”

回家路上，爸爸一边用手杖敲着节拍，一边哼唱着歌儿——却不合调。

我不禁一笑，是应该考虑感恩节的事了。我告诉老爸，不仅要叫上马弗和弗兰克，还要特别邀请西尔维娅。蕾切尔也要跟我们一起过节，她还打算邀请一个刚从中国来的同学。我得买一只火鸡，一些红薯和嫩菜豆。当然啦，还要做个吉露果子冻模具，做山核桃馅饼，要用上一种苹果与栗子填料的配方，这还是苏珊从美食杂志里找到的，准备的食物也许会太多，不过可以将剩下的送到施粥所去。

正盘算着需要准备的物品，突然想到，是否应该邀请大卫呢？心里陡然一阵剧痛。我们在一起才几个月，关系就开始紧张起来，是他认为我做事过于鲁莽？还是他太过胆小、迂腐拘谨？还是所有这一切都只是对我的狂放不羁不予理睬的借口？我咬了咬嘴唇。假如我就这么待在这里，他就这么待在费城，无论怎么分析，依然于事无补。为什么就不能回到当初？为什么就不能放下过去的几周，重新来过呢？

想着想着就想起了那盘录像带、戴尔·里迪以及她窗户上的电线。我望了望老爸。虽然可能要靠手杖才能到处走动，但他的思维依然敏捷。我可不愿意把他牵扯进来。去年夏天，他还因为我而遇袭受伤住过医院。可我和大卫几乎不说话了，勒琼现在也不知道在哪个鬼地方，麦克和苏珊不想牵涉进来，我也不想给福阿德添加负担，真的需要找人彻底讨论这件事情，但又几乎没人可谈！

我慢慢驶出原先的车道，超了一辆奔驰。“爸，我需要听听你的意见。”

他看过来，依然摩挲着手杖。

“我有件事情搞错了，你还记得那个遇害的律师吗？布拉谢尔斯？”

“桑托罗的律师？”

“对啊，还记得吗？我原以为黑帮可能卷了进来？”

他发出一声叹息，就像蒸汽泄露的声音。“艾利呀，我还以为那件事已经彻底结束了呢。”

“我原来也以为事情结束了。可出了几件事。我不能……哦，我又开始担心起来。”我顿了一下。“麦克的公司又出了事，有天晚上我在那里工作到很晚，突然发生了火灾，然后……”

“你困在大火里？”

“我倒没受伤，”我赶紧补充说。“那时，我认为火灾可能与我在法庭作证有关联。”

“怎么讲？”

“我想，得跟你原原本本地说一说。”

我向他解释了我所了解的桑托罗的情况，又如何将我引向德帕尔马和莫雷利，以及联邦调查局如何突然对录像带发生了兴趣。

“他们正试着确定录像带上无线电干扰的来源。他们认为是在抽水房上的某个地方。”

他眯起眼睛——已经全神贯注了。

“可如今我不知道谁干的或是为什么这么干。”我给他讲了戴尔·里迪的情况以及她窗口上的电线。

爸爸一只手放在手杖中部，另一只手摸着把手。

“你是说，消防队还没找到纵火者？”

“没发现嫌疑人。”

“但那确实是人为纵火。”

我点点头。

“你以为是黑手党在跟踪你——因为你可能知道的某个秘密。还有，布拉谢尔斯和那个叫迪萨皮奥的女人可能也知道？”

我再次点了点头。

“而如今不但联邦调查局，而且还有这个石油主管都在问你同一盘录像带——审判桑托罗时播放的那盘？”

我想过说说阿卜杜勒的情况，还有他与戴尔·里迪之间可能存在关系，但最终还是没说。因为还我还拿不准这事；况且，老爸若知道阿卜杜勒正和大卫接触，只会多一分担忧。“差不多是这样吧。”

我在老果园路下了伊登斯高速，然后向东驶去。爸爸径直看着前方，眉头深皱。只听到他将手杖敲个不停。

他似乎慢慢想到了什么，“或许你看问题的角度错了。”

“你的意思是……”

“也许他们不是要追杀你，而是要拿到那盘带子。”

“带子？”

“看来有人不想让那盘带子存在下去。”

“五大湖石油的那个女人？”

“还有其他人。”

“因为上面的无线电频率干扰。”

“联邦调查局正尽力分析。”他看了我一眼。“告诉我，那盘录像带你们总共做了多少拷贝？”

“戴尔·里迪也想知道这个。”

“你怎么告诉她的？”

“实际上，还没告诉她什么，谈话就被一个电话打断了。”

我回想了一下。“随后我看到她窗户上那根电线。”

他摸了摸下巴。“那么，究竟有多少拷贝？”

“我来算算，作证前我做了两份拷贝，我第一次去布拉谢尔斯那儿带去了一份。然后是庭审的时候我们播放的原始 Beta 录像带。还有我们为文档做的主配音带——以免原始带再也拿不回来。那一份在火灾中烧毁了。”我在一个路灯旁停了车。“布拉谢尔斯可能将拷贝复制后给了检方，不过话说回来，他那么小气，或许直接将原始带给了他们也说不定。”

“如果检方想要一份拷贝，他们会付钱的。”

“好吧。那么，我不清楚布拉谢尔斯是怎么做的。”

“你没法问他了，实在可惜。”他清了清喉咙。“这么说，就你所知，我们现在谈论的是 4 盘带子。”

“是的。”

他放下手杖，一个接一个地掰手指头过了一遍。“你给了布拉谢尔斯原始带和一份拷贝。”

我点点头。

“那起影视公司火灾烧毁了一盘。”

“没错。”

“第四盘呢？”他捏起自己的小指。

我没有回答。在交给联邦调查局人员之前，第四盘一直放在我的手袋里。可是现在除了爸爸，没人知道这盘带子已经不在我手上了。

第三十四章

回家时，我发现答录机上有两条留言。第一条是勒琼的，很简略。他这几天要去外地，但回来时会联系我。仅此而已。没提接到我电话的事。也没提调查戴尔·里迪或五大湖石油公司的事。

另一条是阿卜杜勒的，他回芝加哥了。

“抱歉没联系上你，”留言里说。“请给我回电。”他又流利地报了一遍四季酒店的电话号码。

好像我不知道似的。

我把他的留言删了。

那晚，一场寒冷刺骨的雨夹雪狠狠地袭击了本地区。天气预报员沾沾自喜于准确预测到了冬天的第一场雪，尽管他们几天前就做出了同样的预测却毫无应验。这些人好像迫不及待地要宣布芝加哥事实上已经进入冬季。这一条肯定写进了他们的合同里吧，我调高暖气温度，往床上多加了些被子。

老爸叫我告诉戴尔·里迪，第四盘录像带已交给联调局了。但我不知道该不该给她说。就她前几天古怪的表现来看，不应该对她发出这种信号。如果她认为我知道了一些她不想让人知道的事，我却告诉她已经把录像带交给了 FBI，她就能相信我不再对她构成威胁了吗？

但这样一来，我就不知道该怎么做了——也不知道可以相信谁。我再次拨了勒琼的电话，知道他不会接，但他也许会打回来。

“喂，尼克，我是艾利。我知道你去外地了，但我真的必须和你谈谈……给我打电话，好吗？”

我挂上电话，听见门厅那里传来“哼”的一声。蕾切尔站在门口，两手叉腰。“你要甩掉大卫，是吧？”

“什么？”

“你要甩掉大卫，和尼克好了。”

“胡说些什么呀？纯属无稽之谈！”

“我不信，你撒谎。”

“蕾切尔，你中什么邪了？”

“你知道吗？看来爸爸说得对。”她气得脸上红一块白一块的。“说些什么？”我说。

“他说你有毛病，不能正常谈恋爱。他说你可能得换上一大拨儿男人。”

我目瞪口呆地看着她。“他说什么？”

她不吭气了。

“蕾切尔，我跟尼克什么都没有，你一定要相信我，至于你爸——”

“哼，那天晚上他看你那个眼神哟——我都看到了！他还问了我好多问题。”

“蕾切尔，他是 FBI 特工，那是他的工作。”

“问大卫和爸爸的事也是工作？”

“大小姐，我不知道你想怎么样，但你这样对你母亲太不像话了！我觉得——”

她的脸变紫了。“你还骂我喝酒，不守规矩，自己才是真虚伪，男人甩一个又约一个。不知道明天又是谁呀？我告诉你！我要搬去和我爸住，至少他和玛琳关系稳定。”

她重重地跺着脚走出了房间。

第三十五章

第二天我去超市，停车时，正值寒风怒号，天色阴沉，乌云狂走——恰似我心！我拉出一辆购物车，走向购物区。蕾切尔的发飙固然令我不安，倒还算事出有因。我知道那不仅仅是因为青春期的烦恼引起的情绪波动，还因为我与大卫的关系出现了问题——毕竟她知道大卫和我在一起，而且她也喜欢大卫，可没多久又看见我和尼克接触频繁，感到困惑也情有可原。

真正让我抓狂的是巴里。我原以为，经过这么多年的冷战之后我们的关系可以渐趋平和，不说还残留多少温情，至少也应以礼相待吧。不料现在他又这样暗中捣鬼，编造些似是而非的话来中伤我。要在以前，我还可以应付，要么制止，要么转移话题，就能避免造成伤害，可这次，我却被他抓住了把柄——大卫刚走，勒琼就来，正好给了他口实！

我从货架上拿了两袋巧克力豆，撕开其中一包，往嘴里塞了一大把。随着巧克力滑下喉咙，我就吃不准到底该怪谁了——到底是巴里，还是我自己？

莱格里维尔球场附近[①]，有一栋三单元公寓楼，汉克·切诺维斯基就住楼上。我爬上二楼，墙里渗出一股霉味——看来这楼很有些年生了。

---

① 芝加哥中心城区社区，有很多热闹的酒吧、夜店，附近有莱格里棒球场，即文中所指“球场”。

汉克打开门，满脸惊讶。我很奇怪，在杂货店里明明已经给他打过电话了呀。他这段时间都在家里休假，因为编辑室尚未整修完毕。我嗅到屋里的气味，这才明白过来。

很多年前，我曾发誓再也不碰大麻，却又开始喝酒。不选这个就得选那个，没办法！“大麻，让生活更美好”这一说法我举双手赞成，可同时也知道大麻会导致肺癌，有研究还显示和脑损伤有关；酒精则会引发心脏病和脑损伤。看来脑损伤是躲不掉的，那就喝酒吧；我估摸着心脏病发作而死比癌症的折磨痛快得多。再说，喝酒还是合法的呢。

汉克双眼布满血丝，瞳孔放大，“哎呀，我的天！你的确说过要来的，抱歉抱歉。”

我四下一看，“桑迪呢？”

“上音乐课去了。”

“太不巧了，我本来想着能见到她呢。”

“我也想。”他笑得很幸福，“她棒极了。”

看来至少还是有人的感情生活滋润得很啊！我跟着他回到厨房，看到这屋子羡慕不已：硬木地板，天花板高高的，厨房后面还接着个后廊。这与我老城区的第一套公寓格局很相似。一时间，我脑海里闪过和巴里一起度过的那些冬日的周末。俩人急不可耐地蹬掉靴子、扯去牛仔裤、圆领套衫和毛衣，急切地相互抚摸——哪怕是刚刚才把衣服穿好！人年轻的时候，激情和性爱真是想来就来。

汉克打开冰箱，挠了挠头。“你喝点什么？果汁？茶？”

“就无糖汽水吧。”

他转过身，满脸惊恐。“艾利，你知道那鬼东西对身体多不好吗？”

考虑到他此刻头脑清醒的程度，我咬唇不语。

“你应该给内脏做做清洁了，知道吗？把污染你身体的那些添加剂都清除出去。身体可是自己的圣殿——容不得半点污染哟，我的天！”他使劲嗅了嗅，带着皈依某种宗教般的虔诚。“桑迪带到这屋子的东西，没有一样不是有机的。”他在冰箱里翻了一通，拿出一罐黑乎乎的东西。“来，尝尝这个，乌龙茶，这可是有机的，能排毒。”他倒了一杯递给我。

我啜了一小口，味道又苦又冲，不知怎么的，突然特别想吃巨无霸汉堡！“喝了感觉好多了。”

听了这话，他一高兴也给自己倒了一杯，然后我们来到客厅。桌子上立着一个8×10英寸相框，框里照片上是汉克和一个年轻女人。那女人几乎有汉克那么高，一头长长的红色卷发，带着金框眼镜，皮肤白得透亮。俩人搂在一起，笑得憨头呆脑的。身后的背景是密歇根湖。

“嘿，这还是你第一次来我这儿呢，”他说着，好像刚想起这一点。

“完全正确，汉克。”

他点点头。“太好啦。”

我在沙发上往后一靠。面前是一台大屏幕电视，配上了你能想到的所有的辅助设备：DVD，录像机，卫星接收装置，他甚至还把电视机连上了电脑。一旦需要，就可以大屏幕上看电脑里下载的东西了。

“怎么想起来这儿了？”他问。

“呃，我说了呀，想来见见桑迪。”我指指照片。

他对我憨憨一笑，和照片上的笑容简直一个样。“她在上班。教课。”

“教音乐。”

“你怎么知道的？”

我把杯子放在桌上。“说说灾后重建怎么样了？”

“一切顺利，再有一两个星期就弄好了。”

“看来还是不知道谁放的火啦？”

“不知道，麦克说还没有查清，不过保险金已到位，我觉得他已经不太关心这事了。”

我点点头，汉克和桑迪的照片旁边是一个雕塑青蛙，青蛙身着红白条纹衬衫，正在为一艘贡多拉[1]掌舵。

“汉克，你还记得抽水房的录像带上那个射频干扰吗？”

他翻了个白眼：“哎呀，我的天！怎么又说起这个来了！”

“呃……最近又出了几件事，而这些事你比我在行得多。”

“我不懂，这事我真的不大想管。”

“哎呀，没几个问题，就算我求你了！”

他把手一摊。“那就说嘛。”

“谢了。”我放下茶杯。“好，如果说你发现录像带受到了电波干扰，而且它可能是受到了单个强有力的信号、而不是一段连续电波的干扰，这能说明什么吗？”

他眯缝着眼睛，用手指揉着下巴。“还是算了吧，你说是什么呢？”

“跟你说正经的，汉克。有人正对那盘录像带进行技术分析”——我没有说是谁——“但他们不能肯定干扰是否来自于摄影机内部。”

“这就怪了。”

---

① 一种纤细修长、造型优美的威尼斯尖舟，即两头尖的平底小船，是“水城”威尼斯常见的小船工具。

“如果录像带曾经靠近正发出无线电波的信号源的话，就不奇怪了，对吗？”

“他们这样说的？”

“他们倒没说，就是我在问。”

他又开始揉下巴。“我的天，我真的不知道，只能猜一下啊。”

“猜猜也行嘛。”

“呃，你说的单个信号波，不管从哪里来的，应该都属于数据传输的电波。”

“数据？”

“语音传输是连续的，而且多多少少比较稳定。当然了，取决于谈话的具体情况。但是在传输数据的时候，用的都是一个一个二进制的信号波。有点像……”他顿了顿，发出一个半是单词、半是打嗝的响亮声音。“啵啊唉唉扑。”

我差点笑出声来。“这么说，那个信号可能就是——呃，很多个‘啵啊唉唉扑’？”

“对，啵啊唉唉扑。”仿佛是在模仿病蛙的叫声。“啵啊唉唉扑。啵啊唉唉扑。”他笑得咧开了嘴，就像小孩子新发现一种惹妈妈生气的招数。

“蕾切尔说的也差不多。呃，比你说的要简单些。”我转了一下身子。“这么说，可能是一次数据传输，理论上说。”

“没错，”他点点头。“如果功率足够大，你可以往任何磁性的东西里传输射频干扰信号。”

“功率？足够大是多大？”

“我的天，我哪知道这个！我是音像编辑，艾利，不是电子工程师！大到能发射信号吧。”他把一头长发甩了甩，又全拢起来，好像要扎马尾辫似的。“那个东西在哪儿？”

“信号发射机？”

“对。”

“就是不知道在哪儿。不过，根据录像带上的干扰信号，能不能判断出传输的是声音还是数据呢？”

“你指什么？”

“呃，好比说，录像带上出现条纹就说明是声音信号，出现雪花点就是数据信号……诸如此类的？”

“不能啊，笨瓜。”

“为什么不能？”

他斜眼看着我。“你上过科学课没有？”

“少得可怜。”

“看出来了，听着，这是一个电磁波谱的问题，全是一样的东西，唯一变化的是频率，波长。”

“所以呢？”

“所以在你这个问题里，就算是观察到了干扰信号，也不能确定电波种类。”

我叹了口气：“好吧，我知道了。”

“真知道了？”

“嗯，大概吧。”

他再次咧嘴笑了。我又坐了几分钟，心想桑迪也许会回来了，但还没有。汉克送我到门口，我下楼梯时转过身。

“嘿，谢谢你的茶。”

“啵啊唉唉扑。”他回礼道。

我沿着湖滨车道往北行驶，只见湖中浪涛翻滚，卷起层层白色的泡沫。正值下午交通高峰期（如今好像三点就开始拥堵）与薄暮时分之间，开回家要一个多小时。就在皮特森路上向西行时，我注意到有辆SUV跟着我。起初我还打算置之不理——视而不见，它就不存在嘛！但三分钟以后它还跟着，我便从后视镜里看它的牌照。

没有牌照！

至少前面没有！

我把车开到路边让它过去，好看看它后面的牌照。我减速，它也减速——心中顿觉不安。最后，它总算从一条边道开走了。

蕾切尔放学回家以后，苏珊来了。她穿着宝蓝色毛衣和黑色毛呢长裤——真是时尚而别致。她的头发从未有过一丝凌乱，衬衫上从未有过一点污渍，连裤袜上从未有过一点点挂痕——至少我从未见过。真不知她是如何做到的！她和我一样忙——也许比我还要忙。当时我在冲咖啡，一看到她这身打扮，就感觉自己这身运动装特别邋遢。

我们端着咖啡杯进了家庭娱乐室。电视上正在重播《新星》[①]。这一期讲的是鲨鱼，说潜水者如何在哥斯达黎加附近某小岛的水下拍摄它们。其中有很多梦幻般的水下片段，画面中的槌头双髻鲨[②]和蝠鲼[③]和平共处。真不知道这些潜水员究竟使用了什么设备，是怎么做到拍摄和呼吸两不误的。

苏珊坐进一只沙发椅。“有件趣事讲给你听。”

我关掉电视。“好啊。”

苏珊对我们社区的情况了如指掌。她爱给我讲，我倒也乐得其所，愿闻其详。如果没有她，我哪有机会听到八卦绯闻，哪里有机

---

① 美国波士顿PBS电视台的系列科教纪录片。

② 鲨鱼的一种，因头部左右有两个很大的突起而得名。

③ 一种温热带海洋软骨鱼，小尖头，菱形宽胸鳍，尾端呈长刺状。

会咯咯傻笑，再加上冷嘲热讽一番呢？

“你认识卡罗尔·贝利吧？就是有两个挺小的孩子、特别热衷‘母婴会’的那个？”

我点点头。母婴救济会的午餐会是每年九月北岸的传统活动。有五百多名妇女身着华丽的秋装聚集在温内特卡[1]一处豪宅内的大帐篷里，既吃午餐，又进行时装表演。这项活动的收入用于为生活困窘、艰难度日的母亲们提供日托服务。我参加过一两次这样的午餐会，其他感受倒没有，就是对女主人钦佩不已——每一年她都任由一千多只鞋子踩踏她的草坪，任由那么多金属桩插立其中，真是无私奉献啊！

“哪个卡罗尔？”

“理事会的，就是老吹嘘母婴会办得如何好、他们提供的服务多么重要的那个。”

我脑海中浮现出一个模糊的身影。“就是那个高高瘦瘦的、一头金发、见不得别人比她长得漂亮的女人？”

“就是她。”苏珊顿了顿，眼睛闪着光。“不过，她上星期被抓起来了。”

“什么？抓起来了？”

她一下子变得很小声。“危害儿童罪。”

“啊，不会吧！”

“她把孩子留在车里，自己去做美甲，出来时两个警察在那儿等着，她不得不求人家不要给儿童与家庭服务部打电话。”

“天哪，后来呢？”

“最后她老公来了。”苏珊撕开一包糖粉，一股脑儿倒进了她

---

① 芝加哥北部社区，属于富人居住的别墅区。

的杯子。"我猜他们应该是想办法摆平了。不过，州议会不是制定了新的法律吗，你知道的。把孩子单独丢车里要罚一万两千美元。"

"你觉得她真的交了罚款么？"

她小口喝着咖啡。"可能没有哦，你想嘛，找了亲戚的路子。"

"我知道。"我啜着咖啡。"我最受不了这种人。"

"讨厌他们靠关系走后门？"

"不是，虚伪做作的人。"我挥了挥手。"那些开着个 SUV 去参加地球日的集会的。"

"还有那种人，捐钱给'反酒驾母亲协会'自己却酒后驾车。"

"要不就是那种人家的狗儿在他院子里拉了屎尿便火冒三丈、自己带狗去别人家却不带铲子的角色。"

说到这，我俩哈哈大笑。她举了举杯子。"好香。"

"香草咖啡哦。"

突然"啪哒"一声从厨房里传来。我转过身去，只见蕾切尔正伸手去把一只碰翻了的麦片碗扶正。她从冰箱里拿出牛奶，倒进碗里，又从抽屉里抓起一只调羹，显然始终都在躲避我的目光。

我转过身面向苏珊，只见她的眉毛高高耸起，简直像圣路易斯的拱门[①]。"看来，天堂里也不是个个舒心呀。"

我耸耸肩。

"怎么啦？"

我说了蕾切尔发飙事件。

我讲完了，苏珊直直地盯着我，眼神犀利。

---

① 位于美国密苏里州圣路易斯的不锈钢拱门，高 192 米，于 1966 年建成。

我做好心理准备，说："好好好，说吧，你也看我不爽。"

"我看你爽不爽并不重要，艾利，重要的是你自己的幸福。"

"苏珊，你没搞明白，是大卫提出要我们冷静一段时间的，不是我。"

"原因呢？"

"我出庭作证之后发生了什么你是知道的，可以说，一切都不正常。"

"哦，我也不清楚。也许火灾受困可以当作你的素质锻炼。"

"可大卫接受不了。"

"你能怪他吗？"

我心里的气一下子就上来了。"我知道他很担心我，但如果他愿意，我也可以住进一个漂亮的精装小屋里不问世事——你懂的呀，就像《2001》里凯尔·杜拉最后待的那个房间①。"

苏珊放下杯子。"艾利，你算是我最亲密的朋友了，哪怕你去抢银行，哪怕你去推翻政府，我都不会离开你。但有时我也挺纳闷，你到底知不知道自己都干了些什么呀？"

"苏珊——"

"别打断，让我讲完。有这么好一个男人钟爱你和你的女儿，他别无所求，只想与你共度余生。而你呢，老是找各种蹩脚的借口说两人不合，把他推到一边，然后呢，又跟一个FBI特工跑来跑去的——"她在空气中摆出引号的手势"——突然就要去'协助'他追查一桩要案。"

"苏珊，我已经给蕾切尔说过了，现在我也告诉你，我和他什

---

① 指1968年美国电影《2001太空漫游》及主演片中"大卫船长"的演员凯尔·杜拉（1936-）。

么事都没有，只有工作关系。”

“好吧。”

“反正这事儿跟大卫没关系。”

“恰恰就有一点关系——大卫不在你身边而这个男人在。”她的目光从咖啡杯上方越过来，凝视着我。“哦，对了，还有一点要提醒你，大卫真的爱你。”

我皱起眉头。

我想起了在“绿蔷薇”度过的那个周末，四季酒店的那个惊喜，审判结束后他照料我的样子，以及他一直都在为我们的未来所做的规划。“但他向来对人就很好。”

“向来对人就很好，啊哈？好到‘我爱你，希望你幸福’，对吗？”

我没回答。

苏珊摊开一只手掌。“来……我们看看啊，一边是一个宽厚热心的男人，追求一份充满爱意、亲密无间的感情。”她摊开另一只手掌。“另一边是个 FBI 特工，像个独行侠[①]一样飞速闯进你的生活，在你们办的不管什么‘案子’结束之后又将飞速离开。不过，当然了，这期间他会带你享受一下坐‘银色闪电’[②]兜风的时光。”她交替着抬高两只手，似乎那双手就是正义的天平，由我自己权衡孰轻孰重。“噫，不知道哪一边更好？”

我的感觉，坐‘银色闪电’飙车可能是个不错的主意。风驰电掣、刺激兴奋，而又没有感情纠葛。但我不能这么说。“苏珊，你真以为我会为了一个自认为是天赐地球救星的 FBI 特工和大卫分

---

① 指 2013 年美国电影《独行侠》(The Lone Ranger) 中的主角。

② 一款奔驰跑车。

手？不管怎么说，他去外地了呀，我好多天没能和他说上话了。”

她冲着厨房的方向点点头。“你要说服的人可不是我。”

我朝蕾切尔瞄了一眼，她正假装写作业。这丫头，肯定伸起耳朵听着我们说的每一个字。“但有一点我得承认。”

“什么？”

“他大概是唯一一个真心待我的人。”

苏珊端起咖啡杯。“艾利，你不觉得自己不擅长处理亲密关系吗？问题还不少呢！我看哪，你应该考虑去看看心理咨询了。”

第三十六章

第二天早上，我开车进了加油站。或许苏珊说得对，可能我确实没有维持亲密关系的能力。跟其他人相比，我也没觉得自己在这方面有什么问题，但一想到我跟巴里、大卫和蕾切尔之间的种种问题——甚至还差点儿和苏珊发生冲突——我真的应该认真反思一下了。

我用力将软管插进油箱，想象着里面有一个dybbuk①正高兴地冲我大笑，这究竟是因为我心情不好，还是汽油钱正将我的血液榨干才让我这样想呢？几分钟以后油箱才能加满，我决定趁机把车子后面清理一下。这总比看着油价蹿升，或是总想着自己的不顺好些吧

就从塞在前排座位下面的帆布包开始。我先把它挪到一个大的金属垃圾桶里，放在水泥台阶上，再伸手在袋子里面摸了摸。似乎有两件东西卡在了一起。我掏出来一看，原来是在卡柳梅特公园捡的那只银手镯和我的秒表缠在了一块儿。

开始拽手镯时，想起自己交给勒琼的那盘VHS录像带拷贝。如果老爸是对的，确实有人在追寻那盘带子，那么他们是会不顾一切搞到它的：破门行窃、纵火，甚至杀人！可以假定布拉谢尔斯就是因此而丧命的！但为什么朗达·迪萨皮奥或是玛丽·乔·博赛尼克也会遇害呢？她俩与录像带并无关系呀！玛丽·乔·博赛尼克甚

---

① 犹太民间传说中的恶灵，附在活人身上的罪人死后的灵魂。

至压根儿就不知道有这盘录像带！

我端详着那只手镯。的确，原来那些关于贩毒和黑帮的说法太过牵强，甚至比较愚蠢。可两个女人死于偶然暴力行为的可能性有多大呢？两个女孩，闺蜜，夏夜去卡柳梅特公园玩。两个男人开着船来到船舶下水处。一个女人丧了命，另一个侥幸逃脱，一年后，也死掉了。另一方面，那两个男人不见了。除了我，没有人知道或是相信他们存在过。但我唯一知道的是，一个男人叫另一个“萨米”。

旁边那人突然打个口哨吓了我一跳，我猛然退后一步，差一点摔一跤！看看油泵，已经一动不动。于是走进去付款，手镯和秒表还拿在手里的。我将东西放在柜台上，掏出一张 20 美元的钞票。

柜台里面的小伙子看了一下显示屏上的读数，“是 22 美元 50 美分，夫人。”

该死，我一直都在尽力让每次加油的金额保持在 20 美元，这纯粹是按原则行事，多去几次加油站无所谓，因为这是能欺骗自己的小伎俩，我从包里另外掏出几美元的时候，那个小伙子直盯着那个手镯。

“哎，有点像给我女朋友买的那只呢。”

我抬起头。“手镯？”

他身着条纹制服衬衫，口袋上绣着红色的“萨姆”二字。他指了指。“那个心形的东西，我给她买的跟这个一模一样。”

我抠着那个小饰物上的污垢。“希望你女朋友的那个比这个品相好。”

“是比这个好些哦。”他将找补的零钱递给我，咧嘴笑了笑。我转身走向我的车。刚走两步，突然呆住。

我是在卡柳梅特公园发现那只手镯的，而在那里出现的两个男人中有一个叫“萨姆”。

我和戴尔·里迪会面那天，有个“萨姆先生”给她打了电话。

我钻进车，将手镯扔到座位上，起动了引擎。萨米[①]那天在船上。玛丽遇害那个晚上他到了船舶下水处。据朗达说，是萨米和同伴杀死了她。

上了高速路，我的大脑也开始高速运转。朗达究竟是怎么说的？一个炎热而潮湿的晚上。玛丽·乔和桑托罗发生了争吵，于是她接朗达到公园喝酒。她们待在公园时，一只船来到船舶下水处，船上有两个男子，还有货物。

我原先以为他们是在贩毒，部分原因是桑托罗有这方面的背景——而且也因为玛丽·乔说的那句话：“你怎么知道我不懂那种生意？”我错了。可如果说的不是毒品，又会是什么呢？两个陌生人干吗要杀死一个不相识的女人？并且还要杀死她的朋友？我绕着社区公园缓缓而行。11 月的寒风中，公园里一片荒芜和凄凉。排水沟和洼地里积满了冰冷的水。

杀人有多种原因，但最大的原因往往是恐惧，担心会先被人杀死的恐惧。可玛丽·乔和朗达并不可能先下手杀了他们。

另一个原因是害怕被人抓住把柄。朗达以为那两个人只是在钓鱼，可他们真是在钓鱼吗？还是在干别的事情？肯定是某种不可暴露的事情。这种事情的利害关系太大了——不杀死撞见此事者，自己就会有大麻烦！

一个孤独的身影走过公园。他耸起双肩抵御严寒，夹克紧紧裹在身上。

究竟是什么呢？他们究竟在隐藏什么？是船上的什么东西吗？

---

① “萨米”是“萨姆”的昵称。

船上装了一些货物，朗达提到过这个，可究竟是什么货物？哦，记起来了，“好多狗屁玩意儿”。

我调转车头，返回柳林路。经过那些干洗店和五金店时，太阳短暂露了一下脸，在沃尔沃的引擎罩上闪着光。

闪光，什么东西在月光下闪光，就是这个了。

金属，原木，金属壁炉原木。

我皱起眉头，看起来像金属壁炉原木的东西，朗达是想要描述什么东西呢？我透过挡风玻璃，眯起眼睛。

某种金属容器。

没错。

可能是那种带脚踏板、一踩就打开的金属垃圾容器。或许他们在里面藏了毒品。

又或者是别的什么东西。

灭火器？不，大多数灭火器是红色的。它们在月光下不一定闪光。况且一般人还不至于经济拮据到为了一只灭火器就要杀人。

好好想想，艾利。

那两人是从湖那边过来的。深夜时分，带着金属容器，要是那些容器里有些与水有关的东西呢？或许里面盛了水，或者在水里用到这些容器。

脑海里浮现出潜水员拍摄槌头双髻鲨的画面。

容器，氧气筒，斯库巴潜水设备[①]。

朗达看到的就是这个东西吗？一只装了潜水设备的船？

为什么会有人深夜在密歇根湖潜水？又为什么不想让人知道？

我竭力要把这些情况拼在一起。一年前一个叫萨米的人在卡柳

① 水肺潜水，也就是携带呼吸器潜水。

梅特公园出现，就是玛丽·乔·博赛尼克遇害那个晚上，可能是在运送斯库巴潜水设备。

戴尔·里迪接到一个名叫萨姆的男子的电话。她的窗户上用带子捆扎了一根电线。她不停盘问我在抽水房拍摄的录像带的情况。她的视线可以直达抽水房。

一朵云后面，太阳消失了。

蕾切尔把自己锁在房间里，我去敲门，没人应答，便走进工作间，开始上网。电脑响起一声和谐悦耳的音乐，提醒我有电子邮件，是五大湖石油公司的网址。我将邮件点开。

我非常抱歉，艾利，可我们将不得不取消这个项目，经济形势比我们预料的要严峻，目前我们完全无法再随意开支了。我知道你在建议书上投入了不少工作，我很乐意对你截至目前所付出的劳动做出补偿，希望将来有机会一起合作。

短小、简洁、明确。显然冷冰冰的。肯定是出了什么事情。

可能是她的上司，特里布尔反对。我和戴尔初次见面的时候，他过来看见了我，我敢肯定他知道我是谁。他当然不会禁止戴尔雇佣我，企业不会这样运作。不过，不管他是否喝醉，他都可能对我的可信度、可靠性，甚至我的才能提出种种尖锐的质疑。戴尔可能一开始是为我说话的，但是，面对他连珠炮般的质疑，她可能会意识到有什么事情不对头，再过一段时间，她就可能得出结论，不值得为此花费力气抗争了。

不过，可能不是因为特里布尔。可能事情与那根电线、那盘录像带，以及一个叫萨米的男子有关。

我站起身来，开始踱步。我确实没法把这一切都搞清楚，但有一个人能搞清楚，勒琼。

第三十七章

周六那天，蕾切尔反锁上自己的房门，算是在里面扎营了。偶尔从门缝传来一声惊呼，表明她还活着。我晚餐做了她最爱吃的意大利面和番茄酱，全当是向她谢罪。但我还是觉得不应该由我来主动提出和解，可作为美国犹太人，我的内疚感太过强烈，甚至会对自己没做的事也要承担责任。而她一直等到番茄酱已凉、面条成了橡皮筋，才偷偷下楼吃了一些。

9 点左右，我去了趟录像店，想买点我们能一起看的东西。或许这样，我们就有可能开始说话了呢。我要了一个亚当·桑德勒[①]主演的影片，以及卡梅隆·迪亚茨[②]领衔的一部喜剧，不到 30 分钟就回到我们那个街区。经过邻居家房子的时候，我突然猛踩刹车。

一辆深色 SUV 正驶离我家。

前排坐了两人，疾驰而去，我想要辨认车牌号，可光线太暗。我猛然开上车道，跳下车，冲向屋里。

“蕾切尔？”我高声叫道。“蕾齐，你在哪里？”

一片寂静。

我跑上楼，察看了所有房间。不见人影，检查了所有的壁橱。依然不见。顿时脉搏狂跳，耳朵里如雷鸣般轰响。跑到楼下。地下室也空荡荡的。我再次冲到上面，打开前门。冬夜凛冽，寒风刺进

① 1966 年出生于美国纽约，演员。

② 1972 年出生于美国加利福尼亚州圣地亚哥，女演员。

了皮肤。

她去哪儿了呢？兴许她留了纸条。如果留了，应该是在厨房里，我跑进厨房，什么也没有，看看时钟，都快九点半了！她知道自己 11 点以前必须到家。难道她早有预谋？或许，当初没给她买手机或是寻呼机的确是一个错。其实好多父母都给孩子买了，可我原先认为那是宠得过分，是摆阔！

我拿起听筒，拨了巴里的电话。电话响了四声之后，答录机启动了。毫无疑问，又是和玛琳去多尔郡度周末了。但蕾切尔不在。我给卡蒂家打了电话，也没人接。我本想给苏珊打电话，但我知道只能接入答录机——她和道格每个周六都外出。

我蜷缩在沙发上，竭力提示自己不要惊慌。一架飞机从头顶飞过，我不禁一阵恐惧。飞机倒是安全飞走了，雷鸣般的噪音依然震颤于四壁。

突然灵光一闪，恍然大悟——这可能是场噩梦般的阴谋，要是 SUV 里的人知道我何时独自在家，便蓄意挑选那个时间，抢走我人生中唯一的精神寄托，那可怎么办呢？

回想起那次在西弗吉尼亚的新河漂流的情形，看着女儿在水中挣扎而无法施救。难道那一幕会重新上演？他们带走了蕾切尔，将对她做出难以言表的可怕事情，要是我不——会怎么样呢？他们想要我干什么？交出录像带？把我知道的都告诉他们？他们究竟想得到什么？

我环顾四壁。墙壁、书架和家具看起来都那么坚实，虽说其实都普普通通，但也让人颇感安慰，尽管如此，依然感到完全无能为力，简直无法应对！只好重新跌坐在沙发上。要是她 11 点 15 分还没到家，我就报警。

午夜时分，我正要拿起电话，一束亮光突然穿透玻璃窗子照了进来。我跑进门厅，心里咚咚直跳，还没来得及细想，就抓起老爸给我的柯尔特 45 口径手枪。检查确认里面装了子弹后，就松开了保险栓——但愿还记得如何使用！

身体平贴在门上，嘴里像是塞了棉花，我等着——等着有人敲碎窗玻璃，转动门把手，接着门一下闪开。

结果呢，门铃响了，我横跨一步，来到门上镶嵌的玻璃框前。门廊灯下面站着一个眼睛凹陷、脸色稍许发青的警察。

我顿时瘫靠在墙上，本来应该意识到，午夜时分按门铃的人不会有什么邪恶目的。我将柯尔特悄悄放回橱柜。

“晚上好，福尔曼女士。”失火以后，这个警官来麦克的公司询问过我。“我来是要告诉你，你女儿没事儿。”

我屏住呼吸。“你说‘没事儿’是什么意思？她究竟在哪儿啊？”

“她在……她在所里。”

“警察所？为什么？”

“夫人……呃，非法持有罪。”

外面不远处的高速公路上，一辆卡车隆隆开过，回声在树林中回荡。

我盯着他的徽章，听不懂他在说些什么，他可能说的是中国话吧。“什么？”

“巡警把她带进所里的时候，我正在值班。出于礼貌，奥马利警长派我过来告知一声。”

“蕾切尔被抓了？什么罪名？”

“非法持有武器，夫人。”

我惊诧得目瞪口呆：“武器？”

“枪支。”

我有些上气不接下气。“枪支？”

他点点头。“她已被拘留。”

“拘留？”看他没有回答，我接着说，“她会怎么样？”

“呃，夫人，这多少要看她，还有你……的态度了。这案子由青少年犯罪警官处理。”

“天哪，上帝呀！”我猛地捂住了嘴。

“不用担心。她很好——只是受了一点惊吓，不过你还是得去一趟。”

社区警察所在一座现代砖混建筑里，位于一个高档住宅区中间。它不临公路，要不是停车场里停放着好几辆巡逻车，看起来就像个学校或是社区中心。我停下车，跑步经过一支旗杆，向正门入口奔去。人行道两边是一个个白色的大石头，在昏暗的月光下尤其苍白。

大厅就像个朴素的复合办公区，瓷砖地面，白色墙壁，摆了些人工花草，两边都开着门，一扇门旁边开了个小窗口，窗口后面摆了好几张办公桌和许多通信设备，荧光灯与无线电发出的噼啪声结合在一起，似乎此地远离尘嚣。

我向门卫通报了姓名。门卫年近花甲，体格魁伟，粉红色的头皮上搭着稀疏的几绺白发。他让我坐在一把黑色的模制塑料椅上。我就像跨进了爱丽丝的镜中世界[①]，云里雾里的。

“福尔曼女士？”

我抬起头，一个迷人的金发女郎站在我面前。她的姓名牌上是“乔治娅·戴维斯警官”，可她穿了条合身的黑色宽松长裤、黑靴子，搭配一件象牙色毛线衫，齐肩的金发卷曲而轻盈，弹跳不停，

① 英国童话名著《爱丽丝镜中世界奇遇记》中的主人公。

两只大大的眼睛犹如褐色的水潭。

她试探性地冲我微微一笑。“我是处理青少年犯罪的警官，你女儿的案子归我管。”

我一下子好窘迫！

“跟我过来一下好吗？”又是一个试探性的微笑。她等着我拿起包，然后我们一起穿过一道门。

“她还好吗？”

走过一个长长的走廊，转过一个墙角。她指着一扇门。“她在那里等你。”

我打开门，一面强压着自己的舌头。这是一个没有窗户的狭小房间，大概 10 英尺长、8 英尺宽。四周的墙壁用煤渣砖砌成，沿着一面墙安了一条嵌入式长凳。墙壁上装了两根垂直的钢条，就和无障碍洗手间里常见的那种钢把手一样。其中一根悬挂着一副手铐——手铐啊！长凳的一端，蕾切尔正蜷作一团。

听到门开了，她抬起头，皮肤格外苍白，满脸都是绝望无助的恐惧，意识到是我来了，两只眼睛马上瞪得大大的，就像我从外地回家时见到我的情形：一下子扑进我怀里。

“对不起，妈咪。”她的泪水顺脸流淌。“实在对不起。”

我紧紧抱着她。“没事的，宝贝儿，妈咪在这儿呢。”

敲门声响起，戴维斯警官走了进来，蕾切尔向我贴得更紧。长凳另一端有盒纸巾，我就轻轻掰开蕾切尔，将纸巾盒递给她。她畏缩了一下，我将手掠过她的头发，无言地安慰着她。戴维斯靠着门背，开始读那份夹在写字板上的文件。

“大约 11 点钟时，兰德尔警官和布鲁斯特警官在邓迪附近巡查，就在沃基根路上，拦下了一辆朝南违章高速行驶的黑色雷克萨斯[①]SUV。起初司机试图甩掉这两名警官，但最后还是将车开到路边。警官逮捕了德里克·哈林顿、卡拉·塞杰和蕾切尔·戈德曼。警官询问这几个青少年时，注意到车内靠乘客一侧的地板上有一把38口径左轮手枪。”戴维斯抬起头。“枪里装了子弹。”

戴维斯抬起一只手。“当时，你女儿坐在后排座位上。我们没有理由相信她在某个时间摸过那把枪。是这样吧，蕾切尔？”

蕾切尔捂着纸巾抽噎着。

戴维斯接着读。“警官们对车辆做了检查，发现该车登记在格伦科的罗伯特·哈林顿和亚历克莎·哈林顿名下。车内没有人能出具‘持枪证’……”

“那两个孩子呢？”我插了一句。

“在另外的询问室里。哈林顿夫妇正在前来的路上，但我们无法联系到塞杰夫人或是戈德曼先生。”

“那是因为他们……”

“我明白，蕾切尔告诉我说，他们……去外地了，我们联系到了一位姑妈，她正在来的路上。”

难怪蕾切尔的父亲会跟卡拉的母亲在一起，我如释重负，心里却感觉怪怪的。“那么，现在还有什么事吗？”

戴维斯警官看看蕾切尔，然后看看我。“对了，福尔曼女士，我和蕾切尔谈过了。你干吗不跟妈妈讲讲事情的经过呢？”戴维斯朝她微微点了一下头。

蕾切尔舔了舔嘴唇。“呃，德里克和卡拉租了《天生杀人

① 日本丰田集团旗下全球著名豪华汽车品牌，创立于1983年。

狂》[1]——你知道，领衔主演的是伍迪·哈里森[2]和朱丽叶特[3]……”

我点了点头。奥利弗·斯通导演的新时代《邦妮和克莱德》[4]。两个年轻连环杀手转战全国，枪杀无数，而且洋洋自得。

“他们开车来接我，然后回卡拉家看那个电影。我觉得片子太让人毛骨悚然，可他们却觉得好极了。”她低下头。“然后我们回了德里克家，他找到了那把枪。”

“在哪里？”

她耸耸肩。“可能，是在他父亲家里。”

“你们知道自己究竟是在干什么？”

蕾切尔不作声了。

“蕾切尔？”

“不知道。”

“你们嗑药了吗？”

“没，什么都没做。”

我看向戴维斯的眼睛。如果她神志恍惚，或许我还能理解。但她却是完全清醒的。戴维斯看到我的目光后，朝我扬了扬眉毛，似乎是说，现在这年头就是这样。

“德里克在他家车库里找到了一些子弹，我们就开车出去到处转悠。德里克就说开了，什么我们要先打碎几块窗玻璃，然后……”她发了一下抖。“就……干掉你，还有……”

---

① 1994年由奥利弗·斯通执导的一部动作惊悚片。

② 美国演员。1961年7月23日生于德克萨斯州。

③ 即朱丽叶特·刘易斯。美国女演员。1973年生于洛杉矶。

④ 其他译名为《雌雄大盗》《我们没有明天》。1966年拍摄的一部公路犯罪电影。

“我？”

她不敢看我的眼睛，我看了看戴维斯，她对我短暂地摇了一下头，蕾切尔脸上的泪水又奔流而下。

“我没有真的这么想，妈妈。我只是实在昏了头，我决不会……”她再次低下身子，双手抱着低垂的脑袋。

我抱起她。“没关系的，蕾切尔。”我低声说道。“我知道。”

戴维斯清了清嗓子。“我看蕾切尔显然非常懊悔，我们一起谈了人生的选择问题。她意识到了自己的有些选择是不明智的，尤其是在交友方面。我们还谈到了如何应对愤怒或是心烦意乱的时刻。她已经答应，感恩节后我俩再谈一次——要是你同意的话。”

“当然同意啊！”

蕾切尔抬起头，我冲她笑了一下。戴维斯也向她笑了笑。她脸上原先极为痛苦的表情开始缓解下来。

“现在呢？”我问。

“可以回家了“

蕾切尔立刻面露喜色。“我？回家？”

戴维斯点了点头。“休息休息吧，今晚也真够你受的。”

蕾切尔站起身，朝门口走去；刚走几步，突然转过身来，跑向戴维斯，踮起脚，在她的脸上吻了一下。

戴维斯脸红了。

“谢谢你，”我说。

“她是个好孩子。”她一只胳膊搂着蕾切尔的肩膀。“我已经给蕾切尔解释过了，所以应该跟你说一声。”她从写字板上取下一些文件。“出庭日期是 5 个星期之后，她不用去，她的律师可以代她出庭，我也要去，不过我会建议撤回那些指控。”

戴维斯警官和我握手道别。

离开警察所的时候，我注意到黑塑料椅上坐了一对夫妇，年龄跟我差不多，女的拿着一只手绢呜咽，男人则用胳膊搂着她的双肩，大概是德里克的父母。我们没停，径直推门走了出去。

第三十八章

第二天早上我和蕾切尔都睡了个大懒觉，起床之后，就去超市参与感恩节大采购。我们聊了些无关紧要的琐事，这期间她一直很乖。开口前，我就想过先要理清昨晚那件事情的头绪。幸好她还没受伤，而且那辆 SUV 原来是德里克家的。

回到家，只见福阿德正在屋前的草坪上，清理着我最后的那一批一年生植物。很难相信，拔出来的那些瘦硬的细枝和树茎居然曾经是牵牛花和凤仙花。一见我们到了，他就过来帮着把买的食品杂货拿下车并搬进屋里，蕾切尔则把东西按用途分别放好。

福阿德回到外面，在我车道一侧的草坪上继续忙活。

11 月微弱的阳光下，那些干枯的树茎闪闪发亮，衬着一片空阔的薰衣草色天空，完全是乔治亚·欧姬芙①的画风。

福阿德红黑相间的短夹克敞着领口。

他割着草，几丝硬硬的黑色胸毛从 T 恤里钻了出来。

“预报说今晚可能会下雪，”他说。

我吸了一口气。有时雪前会有预兆，是一股强烈的金属气味，但此刻并没闻到。

---

① 乔治亚·欧姬芙（1887—1986），美国画家，20 年代美国艺术的代表画家，被称为“美国的毕加索”。画风半抽象、半写实，色彩绚丽，意境纯美，代表作有《罂粟花》等。

“最近都去哪儿了？”我问。“消失了好一阵子耶。”

“儿子出了点事，我们去了趟杜克[①]。”

他儿子名叫艾哈迈德，是个优秀的医学预科生，他能出什么事？“怎么回事？”

“有人在他宿舍放火。”

我一时噤口。

福阿德没有抬头。“幸好并无大碍。”

“福阿德，好险哪！结果呢？”

他耸耸肩。“我们找了系主任，他的导师，还有宿舍管理员。他们一再道歉。”他继续割着草。

我等着他说下去，他却住了口。

我摇了摇头。“真不知道你是怎么做到的，福阿德。你也来美国 30 年了，对待这事儿怎么能——怎么能——如此淡定？”

他没回答，只是站直身子，看了看我，走到车道的另一侧。“我讲个故事吧，就是大卫讲给我的。”

“大卫，我那个？”

他点点头，开始清理那一边的草。“去年夏天，我们到处找你的那个晚上，来到了这里……”他指了指屋子。“我们很担心你，不知道你在哪，就商量在这儿等几分钟。”

我当然记得那个夜晚。

“我们一边等，一边聊天。他给我讲起德国一个女孩的故事。

---

① 指杜克大学，美国顶尖名校，私立男女混合研究型大学，建于 1838 年，位于北卡罗来纳州达勒姆。其医学院是该校招牌学院，全美仅次于哈佛医学院和约翰·霍普金斯医学院。

那是在三十年代，她当时跟你家蕾切尔差不多大，可能要大一两岁吧。

“她在弗莱堡[①]长大，父亲是个裁缝，不算有钱人，但生活也过得去。她有一个弟弟，一个妹妹。她去上了学，交了不少朋友，快快乐乐，无忧无虑。”他扭头瞥我一眼。“但是后来有一天，有人不许她再上学了，朋友们也不能再和她一起玩，她父亲也没了工作。一家人的出行都受到限制。他们被迫在衣服上佩戴一个标志，还要忍受邻居们抛来的恶言冷语——而这些邻居几个月前还是朋友！有一天，她被迫看着自己的爸爸在大街上脱得只剩内裤——围成一圈在那儿嘲笑的，却是他们以前的邻居和朋友！她就是大卫的妈妈。”

他放下镰刀，抬起眼来。“每当我觉得生活很艰难的时候，就会想起大卫妈妈的故事，然后感谢安拉，我此刻还在这里。”他把割下来的草铲起来，塞进一只塑料袋里。“现在明白了吧？”

我点点头。

“很多穆斯林都是我这样的想法。别管你们在电视上看到、听到了什么。”他站起身来，一手提袋子，一手拿镰刀。“你知道的，我在诺斯布鲁克的清真寺做园林养护。我听到过那些年轻人，那些学生，在祈祷前后说的一些话。他们中的大部分人都很爱这个国家，对与能在这里生活心怀感激。”我们一齐回转身走向他的卡车。“为了融入当地，他们愿意做任何事，穿美国服装，吃美国食物，甚至连名字也改成美国式的。‘法里克’改成法兰克，萨米尔改成萨米，雷扬改成雷——”

我停住脚步。“等等，刚才说什么来着？”

---

① 德国西南边陲靠近法国和瑞士的淳朴小城，位于黑森林边缘，阳光温暖。

他转过身对着我。“我说为了融入美国他们愿意做任何事——”

“不，那个名字，萨米。是什么的缩写来着？”

“萨米尔。萨—米—尔。意思是风趣的伙伴。”他歪了歪头。“问这个干吗？”

我摇摇头。“我——我——也许……没有什么。我是说，芝加哥应该有很多萨米尔，对吧？”

“对啊，这是个很常见的名字，也是姓氏。”

“也是姓氏？”

“萨姆是一个姓。”他接着说下去。“如果姓萨姆，年轻人可能会自称萨米，还有一个沙米，意思是高贵或者尊贵，还有萨曼，意思是杂货商。”我跟着他走到皮卡车跟前。“如果一个人自称萨米，能不能确定他实际的名字？”

他摇摇头。“那就像有人自称阿尔一样，你怎么知道他是阿尔伯特，阿尔弗雷德，还是阿尔封斯①？”他把镰刀放在卡车后面。“对了……说到名字……那天我和一个利雅得的朋友聊了聊。”

过了几秒我才定住神。“利雅得？”

“说到了你那个王室朋友。”

一阵不安窜过全身。“阿卜杜勒？”

福阿德点点头。“我朋友说网上有个沙特王室家谱的数据库。”

是啊！我怎么没有想到？

他举了举手掌。“不，别谢我，我什么也没搜到。”

我僵住了。

“但是你要知道，大多数穆斯林家谱都是把后裔记在母亲名

① 这三个名字的简称都是阿尔。

下，而不是父亲名下。”

“像犹太人一样？”

他点点头。“如果母亲没有记录在册，就可能意味着没有人能说出这人和那人有什么亲缘关系，就连沙特人自己也说不出。另外还存在一夫多妻问题，一个家庭里如果有四五个妻子，要理清孩子的身份有时就很困难。还有人希望保护隐私，尤其是在涉及女性的情况下。有时要到母亲的讣告登出，子女的信息才会公开。”

“你说什么，福阿德，阿卜杜勒是假的？”

他小心翼翼地说：“我只能告诉你，这个名字不在王室公开的任何谱系的名单上。”

今夜无眠。我上了网，查找福阿德查过的相同内容，结果依然一样。难道阿卜杜勒当真是个骗子？冒充沙特王室成员，让大卫帮他收购化工厂？如果并非王室成员，他为何又要撒谎呢？想隐瞒什么呢？但若真是王室成员，并且在芝加哥花费了大量的时间和金钱，还暗中和戴尔·里迪有某种联系——那么，这一切目的何在？

另外，还有一个萨姆给戴尔·里迪打了电话，卡柳梅特公园还出现了一个“萨米”，可能是用船装运潜水设备，这个“萨米”有可能杀了玛丽·乔。萨姆和萨米都是常见的阿拉伯名字。

我把枕头挤成一团。报刊上曾有过这样的报道：恐怖组织有时会有金主提供资金，这些金主看似守法的阿拉伯富翁，实际上暗中资助着一两个恐怖组织的小分支机构。阿卜杜勒是干这样勾当的吗？他做生意的规格极高：“绿蔷薇”，国际货币市场。似乎钱多得可以做燃料。然而，他真的是沙特王室宗亲吗？我的怀疑并非毫无根据。

萨米是他分支里的成员吗？他没上飞行学校——而是上了潜水课程——但如果目的是从事某种恐怖活动，这又有什么区别呢？

我翻身开了灯。还不能轻率地给阿卜杜勒安上恐怖分子的罪名——那是最恶劣的种族主义思想。阿卜杜勒依然有可能确实是王室成员。也许他的母亲，一个异国公主或是酋长的女儿，在家谱里漏掉了。

然而，下面这些现象之间似乎还是有联系：录像带的受损，五大湖石油公司的一个英国女人，抽水房，可能还有一个阿拉伯人。至于那是什么样的联系，还不清楚。

我掀开被子，仿佛自己身处一个神秘生物的胃里，但又弄不清究竟是什么生物。假如知道了它的种属、栖息地与生活习性，那些猜测可能就有了些意义。但它隐藏至深，外界无法靠近。

盯着电话，我深感沮丧、无助而孤寂。

第三十九章

电话响了第二声，大卫就接了。“我是林登。”

“喂，大卫。”

“艾利。”这声音让人琢磨不透。“你好吗？”

我本想跳过那些俗套的寒暄，但大卫也可能需要听这些话，需要一些时间来过渡到正题。“很好，你呢？”

“我很好，”他说。“时间挺晚了。”

我看了看时钟，快午夜了。“对不起。”

“好了，什么事？”

将球踢过去。把要说的话说出来吧。

“我……我想问你几个问题，关于阿卜杜勒的。”

“阿卜杜勒？”声音里满是失望。

我感觉自己应该道歉，也因为自己有这种感觉而恼火。“很重要的问题。”

他叹了口气。“什么问题？”

“他怎么成了你的客户的？”

“这算什么问题？你清楚是怎么一回事儿，你当时在场嘛。”

“他跟你在绿蔷薇酒店相遇，对你的业绩印象深刻，然后就决定雇佣你？”

“呃……基本上是这样的。”

“那么，你怎么接受他了呢？”

“你这是干什么，拷问我吗？”

“对不起，我想……我是要问你干吗不安排手下人接手他的事情。”

“他需要找个精通外汇交易的人。我是部门主管。艾利，你这是要干什么？你在打扰他吗？因为如果……”

我心里的火在往上蹿。“事实上，情况恰恰相反，他大概一天前给我来了电话，他来了这边。”

“我以前跟你说过，他喜欢你。”

“大卫。”我踌躇了一下。“我认为他是个骗子。”

他沉默了，然后，“你究竟在说些什么呀？”

“大卫，我认为他跟沙特王室没有关系——福阿德查过了。我现在开始怀疑他到底真是个商人还是假的。”

“艾利，打住吧！别再这样下去了，我跟阿卜杜勒在进行一桩很大金额的收购业务，我不想有人干扰，尤其是你。”

“好吧。请回答一下这个问题：你们的交易进行得怎么样了，大卫？阿卜杜勒已经投钱了吗？”

“哎呀，关你屁事呀？”

“大卫，没有实实在在的理由，我决不会搅到你们的商业交易里，就像我知道你也不会瞎掺和到我的工作里面。”

沉默。

“他还一分钱没投，对吗？”

“还没到那个阶段。几周前我们一起吃饭的时候你听他讲过。我们需要重新考虑几个问题。”

“大卫，他是在拖延你呢。”

“他干吗要那么做？”他的语气不像原先那么肯定了。

“因为他并不是自称的那个身份，因为他是在利用你来遮掩他的真实目的。”

“那他是什么目的？”

“我还无法肯定。”

我听到他长长地嘘出一口气。“艾利……”

“大卫，听我说，我无法解释，可时间点很蹊跷，你遇到他后，大概还没过一周时间，他就成了你的客户。”

“这种事也正常。”

“他就想买芝加哥附近的一家工厂，那么巧？”

“艾利……”

“这让他不得不经常到这边来一趟。”

“那又怎么样？”

“你怎么知道他是不是别有用心？他可能是在玩你？”

“他究竟有什么理由想那么做？”

我应该告诉他自己的怀疑。解释正在发生的一切。可我怕他不会相信我。而且，考虑到我们之间发生的问题，他甚至可能会认为我是故意干扰他！我可不能冒这个险。

“还记得他那次在四季酒店请客吗？他很是得心应手，对吧？我简直都要怀疑他是个专业人士。”

“专业人士？哪方面的？”

“不停地问我关于那场审判、录像带和无线电频率的事情。”

大卫不会轻易交上一个朋友，往往要经过很长时间的交往才会决定，而一旦成为朋友，终生都难改变，当然也绝不会想到去质疑一个朋友的动机。

“艾利，你指责他什么呢？”

“他怎么会知道绿蔷薇酒店那边有废弃煤矿？你就从没感到好奇吗？”

“唉！你这又是在说些什么呀？”

“大卫，还记得那次漂流吗？我和蕾切尔穿过树林步行返回？阿卜杜勒知道我们会经过那个地方的旧煤矿。你说一个沙特大亨怎么会知道这个？”

“或许他曾去那里散步，或许他以前去过那个地方，你到底想说什么啊？”

“总觉得有哪儿不对劲，我认识他之后情况就一直怪怪的。我有种感觉，他发问的时候，其实已经知道答案。而现在，我发现他和五大湖石油公司的一个女人有联系……”

“我倒希望如此。”

“大卫，这个女人跟他的收购扯不上关系。她是在培训与发展部。我给她做了个视频项目建议书，发现他们有联系，然后她突然取消了我的视频项目，一切都变得非常怪异。”

他打断我的话。“艾利，我知道目前情况不太好，也知道你有一些麻烦，但你这是在胡闹。你不能把我的客户说成是什么阴谋家，我不允许这样。”

一阵恼怒传遍我全身。“很好，只是请记住，是咱们那次绿蔷薇之行引起了这一切。”

“你说的‘一切’是什么意思？”

“似乎无法对付的一切。”该死，说漏嘴了。

“明白了，现在咱们又说回到我这儿了。艾利，我没必要向你证明自己正确。我跟谁做生意不是你需要操心的事，要是你想在我这儿找茬儿，就得换个法子了。”他清了清喉咙。“听着，时候不早了。我得合一会儿眼啦，恐怕这次谈话应该结束了。”

“别挂，等等，”我痛苦地叫道。“对不起，我没那个意思。”

“那你是什么意思？”

这就是电话作为交流工具的局限性。“我……我不知道，事情确实……非常奇怪，我想你。”

他不作声。然后说，“我听到的可不是这样。”

他语带怨恨，我很难过。“谁跟你说的？”

“我在芝加哥不是只有你一个朋友。”

“蕾切尔？蕾切尔跟你说的？我无法相信。你和她……”

“艾利……”

“是她，对吧？”他没有回答。“告诉我。”

“不是。”他声音柔和但语气坚决。

“去你的吧，大卫！有人在监视我，而你不愿告诉我是谁？你怎么能这样啊！眼下我可是在这方面吃尽苦头了。”

“艾利，你什么毛……”

我再也忍不住了。“你知道吗？你说得对，本次谈话结束。”

听筒“啪”的一声重重摔到了机座上。

第四十章

周一送蕾切尔上学以后，我一回到家就开始上网，快速浏览30分钟后，发现芝加哥有十几个地方开办斯库巴潜水[①]课程，郊区周围也分散着数量相当的潜水学校。于是我就把选中的学校开了一张清单。

我叹了口气，照着单子逐一给这些学校打电话。这时许多学校已经关闭，它们的应答机要我留言，我皱了皱眉头，这种留言毫无作用。试到清单上第九个学校时，有人接了电话，但他不想透露客户的情况，并且对我居然会问他客户信息有点儿生气。另一个人则指责我这是商业间谍活动。

我休息了片刻，重新评估了一下自己的方式方法。显然，得走新路子。我想了想，计上心来。10分钟后，我得意扬扬地再次开始。新办法奏效了！接电话的那个人居然查了他们的客户数据库，但没有发现什么萨米或是萨米尔。不过我还是为这小小的胜利而沾沾自喜。打下一个电话时，我进一步改进了技巧。他们同样查了档案，运气依然不佳。

拨通第20个电话时，我终于听到一个友好的女声。

“这里是‘潜水无极限’。”

“嗨，”我立刻进入角色，兴高采烈地说道。“我叫格雷丝·巴尼特·温。我在沃尔格林公司人事部工作。”

---

① 即戴水肺潜水，可以在水中呼吸。

“请问什么事？”

“我在核对一个年轻人的求职资料，他说参加过你们的潜水课程。”我听到对方那里有轻轻敲击键盘的声音。“我们想核实应聘者的业余活动，而不仅仅是职业背景，我能找个人询问相关情况吗？”

“业余活动？你是在开玩笑吧？”

“我倒希望是在开玩笑。如今再怎么谨慎都不算过分，你明白我的意思吗？”

“非常正确。”

“我知道这是个不太合理的要求，但我真的希望贵校能提供帮助。”

“他叫什么名字？”

“呃，说出来你恐怕不信，可我做了件愚蠢透顶的事。”我顿了一下。“我的咖啡泼在了他的应聘材料上，很难看清了。我知道，要是事情办砸了，老板会开除我的。公司正考虑让他担任一个管理层职位呢。”

她迟疑了一下。“呃，你认为他是什么名字？”

“他的名可能是萨米。不过，那也可能是他的姓。”

她沉默了一会儿。“小姐……你刚才说你叫什么名字？”

“格雷丝·巴尼特·温。”

“呃，温小姐，如果你那里没有完整的姓名，我就不知道怎么帮你了。”

我用类似于戏台上那种耳语说道：“呃，我本不该说这个——我相信你能理解的——不过他……呃……他无疑……呃，我们非常肯定他是个阿拉伯人，你知道的，来自中东。”

我听到她吸了一口气。

“还有，呃，我在想你能否检查一下‘S’标题下的客户，看看是否，呃，你知道，能找到一些名字，比如说……”

“你说你是沃尔格林公司的？”

“是的，公司办公室，我知道自己刚才毛手毛脚，不过……”

“你知道他是什么时间报名参加课程的吗？”

“对不起，我不知道。”

“你说他叫萨米？”

“对，不过也可能叫萨姆。”我考虑了一下是否要告诉她，那是个普通的阿拉伯姓氏。

不。这样不好。

“哦，那我先查查姓氏吧。”又是几下敲击键盘的声音，沉默。我屏住呼吸。“没有萨米。”

“萨姆呢？”

“没有，我们有个姓萨姆森的，有个姓萨莫斯的，但没有看起来像阿拉伯姓氏的。”

我将手指交叉在一起[①]。“名字呢，你能看一下吗？”

“哎呀，这个可能有点棘手。我可以将我们数据库里每一个萨米或是萨姆都尽力找出来，可我怎么知道是不是就是那个人呢？”

“或许他的姓会突然出现，并且，就像我说过的——呃，可能就明显看得出来是个阿拉伯姓氏。”

她叹了口气。“我看值得试试。”

我听到她用敲打键盘。外面传来一辆卡车隆隆开过我们街区的声音。

“哦，这个，真有意思。”

---

① 是西方流行的一种手势，中指和食指交叉打圈，用于祈求好运。

我心跳加快。

“你刚才说他什么时间在这边？”

“我没有说呀。”

“我这里有个萨米尔·汉茹尔，是一年前的春天来报名的。”

“真的吗？”

“是的，似乎他上了几节课，但没有修完整个课程。”

“这倒让我吃惊，他好像不是愿意半途而废的那种人。”

“人们中途停止学习可以有各种各样的原因：有时是耳朵受不了，你知道的，水里的压力，有时是他们搬家了，或是换了工作。这没什么奇怪的。”

“对，我想也是。”我迟疑了一下。“请告诉我，他是你们那里唯一叫作萨米尔、萨曼或是萨米的潜水学员吗？”

“请等一下。”过了一会儿。“对，是这样的。”

“那么他就应该是我找的那个年轻人了。我手头的地址似乎显示他住在……呃，看不清。”我清了清喉咙。“可恶的咖啡。”

“我们的资料是他住在奥兰帕克。”

“对，正是那里，奥兰帕克什么地方？”

她报出一个地址。我记了下来。“要不要他的电话号码？”

“当然。”

她给我了一个号码，区号是 773。我记了下来。“噢，等等。知道吗？我刚才给你的号码旁边有个‘w[①]’。我想可能错把他的公司号码给你了。你想要的是他的住宅电话吧？”

“当然。”

她念了另外一个号码，区号是 630。

① w：即 work，“工作”的意思，这里代表工作单位。

“你真是太好了，可能正好让我保住了饭碗，太感激你了。请问你怎么称呼？”

“玛丽，玛丽·罗兹。”

“谢谢你，玛丽。我一定会在我们的卷宗里记录下你对我们的帮助。”

“不客气。”

我一挂断电话，就试着拨了那个住宅电话，但听到的却是已经停机，也没有新号码提示；然后拨了工作单位的号码。响过五声之后，一个男人接了电话。

“喂？”对方嗓音粗哑，并且在用力喘气，肯定是从别的地方跑过来的。

“我要找萨米尔·汉茹尔。他在吗？”

“谁？”

我将名字重复了一遍。

“这儿没人叫那个名字。”

“噢，天哪。或许我搞错了。我以为这是他的工作场所呢。”

“呃，他可能以前在这儿干过，现在不在这儿了，我根本没听说过他。”

“很抱歉打扰你了。你们这里……这里是沃尔格林公司，对吧？”

“沃尔格林公司？小姐，你拨打的是人民爱迪生公司的维修室。”

人民爱迪生？芝加哥最大的电力公司！

“哎呀，实在抱歉！我肯定打错了。”

我小心翼翼地放下电话。片刻之后，我再次拿起听筒，拨打了人民爱迪生公司总部的电话，请求将电话转到人事部。过了一会儿，一个装腔作势的声音告诉我，她决不会将公司员工信息透露给我，除非我能征得她的部门主管同意。我向她表示感谢后挂了电话。

我站起身，开始来回踱步。一个叫萨米的阿拉伯人去年学习了潜水课程。显然，他还在人民爱迪生公司供职。或者说他刚开始学习潜水时在那里工作。我还想知道他是否开着一辆SUV。

我手中的擀面杖像个小型蒸汽压路机，朝一个面团碾压过去。面团向四周摊开，破裂，最后屈服于一个更大的力量。等到它完全变得又薄又均匀，我再将面皮移到一只9英寸的馅饼盘里，将多余部分裁掉，然后给饼边压上褶子。我转动着盘子，笑了。玛莎·斯图尔特①跟我比可差远了。我刚开始填饼馅，电话铃突然响了。

“喂？”

没有声音。

“喂？”

我咔嗒一声挂了电话，用沾满面粉的手擦了一下前额。有人拨错了号码。仅此而已。

填完饼馅后，我将馅饼放进冰箱。接着，我开始在食橱里翻找洋葱。既然我现在有心搞家务，就应该早早把火鸡填料准备好。

不巧，一点儿洋葱也没了。不过现在才1点钟。我穿上外套，拿起钥匙。

从超市回家途中，我注意到那辆SUV，就在我车后100码的地方。我转向哈普路的时候，那辆 SUV 依然在我身后，里面坐了两个人，两个男人。

心里一阵恐惧。我踩下油门，迅速驶过我那个街区，一面祈祷

① 美国家政女王，创办家政方面的杂志并主持家政电视节目。

躲藏在路边的警察赶快现身。但他们今天肯定是休假了。SUV 加快了车速，和我的车保持着距离。

我更加害怕了。

开到哈普路尽头后，疾驶绕过日落岭，开上了沃尔兹路。我看了下后视镜。什么也没有，但沃尔兹路弯来绕去太多，根本就没有径直视线。到了利氏路，我右转后朝谢莫尔冲去。

必须找个安全的地方才行。一个没人能靠近我的地方。商场？不行！太大、太孤立，空荡荡的走廊太多。图书馆？就在旁边，并且是我童年时的躲避处，可那儿近来刚进行了改造，里面有许多小学习室和隔间。我需要的是一个既有人群又一览无余的地方。

还在盘算的时候，SUV 突然重新出现在后视镜里，距离越来越近，已经开始减速。我心里响如擂鼓，只得夺命狂奔，一闪而过谢莫尔，然后穿过邓迪，迅速折回那家超市。我冲进停车场，跳下车，快步跑进店门。

我上气不接下气，浑身发抖，赶紧找了一个合适的位置，好让自己能清楚地看到前窗外的情况，然后走向那个女收款员，我俩认识多年，我双臂抱在胸前。

“你这次忘记什么了？”她笑道，然后仔细看了看我。“嘿。你还好吗？”

“好极了。”我试着长长吸了一口气，好消除一些紧张。“现在他们让你几杆？”

“让我几杆？”

“是啊，”我还喘着气。她爱打高尔夫球。

“还行，”她说，语气不太肯定，似乎根本搞不懂我怎么这副样子，但又实在不好意思说出口。“今年夏天又减了一杆。”

我向窗外望去。那辆 SUV 已经驶进停车场，正朝着我的沃尔沃停放的车道缓缓移动。我迅速从窗口退后一步，做了个祈祷。SUV 减慢速度，停下来，然后缓缓开走了。

“太棒了，黛比。”我呼出一口气。“就是太棒了，高尔夫实在是一项了不起的运动。

我漫步走过超市过道，心想，就在那里躲好了，等接蕾切尔的时间到了再离开。我发现棕榈芯[①]居然一罐要 3 美元多，不禁大吃一惊，一小罐鱼子酱才要 6 美元。我信步来到糖果区。不管怎么说，这是更适合我的东西，可即便是这儿，每块的价格也都将近 1 美元。

我扫视着那许许多多色彩鲜艳的包装，喉咙里又有了那种熟悉的痒痒的感觉，我开始明白，此刻的食品超市里不是我待的好地方。唉！我好孤单！好无助！只要惊慌失措，我就很容易手脚不干净起来！于是我强迫自己走向店里前面的咖啡馆，买了杯拿铁，强制自己坐下来，小口慢喝，以便平静下来。

蕾切尔一上车，我就朝司考基开去，这次不走高速路，而是走希巴德街和伊利诺伊街。每走几码远就看看后视镜——没人跟踪。

“咱们这是要去哪里啊？”见我在安静的街道里绕来绕去，蕾切尔就这么问我。

“你外公家。”

“Opa 还好吗？”

“他很好，我……我只是想看看他那儿的情况。”

“哦。”蕾切尔似乎安静得反常，是否在不经意之间，我把自己的恐惧传递给了她？看来要更小心一些才行。转向亨特路的时

---

① 栲恩特棕榈树的树茎内芯。只生长于南美洲亚马逊流域及周边地区，由于生长环境限制，非常珍贵，被称作“蔬菜之王”。

候，经过一个场院，场院里挤满了圣诞老人、糖果手杖以及一个装满包裹的巨大雪橇。

“瞧!”我挥了挥手。“感恩节都还没到呢，这些可能要留到 2 月份了。”

蕾切尔一声不吭。

“咱们要是能熬过去这一段，”我开玩笑说，“就什么都能熬过去了。”

蕾切尔将身子朝后缩了一下，仿佛挨了我一拳。

“宝贝儿，我说的是圣诞节，那些装饰品。”

她泪水涌出。“我不想去 Opa家。”

“蕾切尔，你说什么呢？”

她呜咽着。“他会冲我大吼的，你也会。”

“哦。”原来如此。我把车停到路边。“宝贝儿，不是这样的。”

她啜泣得更厉害了。我将她揽入怀里。她搂着我的脖子，头埋在我肩上。“我以为……我以为自己要进监狱了，妈咪。”接着号啕大哭起来。

“嘘……”我将手指掠过她前额周围的那些卷发。她小的时候，我一直觉得她像个带光轮的天使。“一切都结束了，宝贝儿。”

过了几分钟，她还在啜泣，但开始打起嗝儿。“他们……太……卑鄙。”

“戴维斯警官太卑鄙？”

“不是……她。”她抽泣道，“她……还行。”

我也觉着她还行，何止是还行呢。

“是其他人，抓我的那两个。”她哆嗦着吸了口气。“他们跟我说，我要是再摊上事儿，就得进青少年拘留所。他们对待我那个样子就好像我是……好像……我……是个……”她又开始眼泪哗哗的。

“罪犯？”

她点了点头，双眼呆滞而湿润。“我们到了警察所……就让我们留下手印……然后就把我关进单人牢房……他们还……把我铐到墙上。”

我皱了下眉头。我记起自己曾经因为入店行窃被捕。我当时吓坏了，万般羞耻，非常孤单，我把她抱得更紧了。

“接着他们问了我一大堆问题。但问的方式实在卑鄙。他们老是说他们知道学校里有人在贩毒，我得告诉他们这个人是谁。然后……”她突然停住不说了，脸上现出恐怖的表情。“妈妈，他们会通知学校吗？”

我将一绺老是乱跳的卷发推到她耳后。“不会的，学校根本不知道这事儿。”

“Opa呢？”

“我没跟他讲。”

“妈咪……求你……不要讲。”

我看向她。“不会的，除非你先说些什么。”

“再也不了。”她摇了摇头，吸了吸鼻子。“再也不了。”她抬起头，歪了一下下巴，神情坚定。

“我再也不想见到卡拉，就算是必须另交朋友！”

我勉强笑了一下。“咱们周末时再谈这件事怎么样？我不想让你忘记，但也不想让这事儿坏了感恩节。咱俩再一起合计合计，过了周四[①]咱们怎么做到不招惹是非。”

---

① 感恩节是 11 月的第 4 个星期四。

“咱们？”

“对，咱们，”我说，心里默默感谢上帝，她的麻烦已经结束，似乎已经度过劫难，所受伤害不足挂齿。“你和我，我想多花些时间陪你。”

她点点头，用双手擦了擦眼睛。好几天了，她脸上第一次露出一丝笑容。“妈？”

“什么事？”

“你觉得我能在地下室搞化学实验吗？”

第四十一章

“我最心爱的姑娘们！”老爸打开门，“好大一个惊喜哟。”

“其实我们只是碰巧路过你家小区……”

我俩一起走进门，老爸斜眼看着我。他当然知道我在撒谎。“你们没事吧？”

“没事，”我飞快地说着，和蕾切尔交换了一个眼色。“姑娘们——呃——想和老帅哥共进晚餐，不知可否赏光啊？”

他看看我，又看看蕾切尔。“中餐？”

蕾切尔热切地点点头，老爸便走进厨房去找外卖菜单。蕾切尔脱下外套，扑通一声坐进沙发里。

我四下打量，他这公寓只有一室一厅，一厨一卫，用不了几分钟就转了一圈。

“坐下来，艾利，”老爸在我经过厨房的时候冲我说道。“你弄得我好紧张。”

我在餐桌边坐下。老爸拿过菜单，经过一番讨论，打电话叫了蛋卷，咕咾鸡肉和广东捞面。

手机响了，我跳将起来，从手袋里掏出。“喂？”

没有回应。“喂？”

没声音。

“活见鬼！”我转头说。“没人说话！”

蕾切尔和老爸满脸好奇地看着我。我再次看向手机，希望屏幕上会连带着号码出现“未接来电”的提示。什么也没有。我把手机塞回包里。

“来下盘棋，怎么样？”老爸问道。

“好嘞。”蕾切尔跑去橱柜那儿，拿来了棋盘，在桌子上摆好。

“这局我跳过不玩。”我说。

老爸用手肘碰了蕾切尔一下。“你妈妈是喜剧演员啊。”

蕾切尔咯咯地笑了。

我走到窗边。此时将近五点，尽管天空乌云成团，拥过来挤过去的，天色反而比往常还要亮一些：一场暴风雪即将到来，这次是动真格的了。我回头看看，祖孙俩正在凝神思索如何开局。我悄悄摸进卧室。

“艾利，你在那里偷偷摸摸干什么，我要被你搞疯了。”

我走出来。我都要被自己搞疯了。“不如我去拿外卖？”

“棒棒棒，”蕾切尔说。“我都快饿死了！”

老爸从镜片上方盯着我。“可以等它送来嘛。”

我在包里摸索着手机。“我想出去透透气，没事儿。”

“真没事？”

我点点头，然后走向我的沃尔沃，一边留意着周围的一切：草坪边缘有五块彩绘岩石，人行道上有四条裂缝，两盏街灯对着停车场。我开始数有多少辆车，但刚摸出车钥匙就数乱了。

我把钥匙插进锁眼，突然感觉到上面一个阴影移了过来，迅速向我靠近。没时间上车了。怎么办？钥匙！用钥匙划他的脸！感觉他快到我身子上方时，突然将手挥向空中，并四下划拉。

手腕突然被人攥住——才是勒琼！

我跌跌撞撞地向后倒去。“天哪！”

“我还不至于非礼你吧，chér。”

他穿着一件宽大的深色皮风衣，“酷炫鼓手”牌帽子拉得很低，盖住了半张脸，眼含笑意，俯视着我。

“你这混蛋!”我晃着钥匙。“还笑呢，你那光滑的卡真皮肤差点儿就遭上了一条划痕!”

他松了一下攥着我的手。“你倒总有话说。”

我挣开他的手。他居然这么优哉游哉地像来串门一样！好像最近这一周平安无事一样。

“怎么找到我的？”

“笑话，FBI 特工连个人都找不到？chér。”

我不知道是该骂他一顿还是走开了事。我想把车门打开，但现在见他回来了，那些恐惧、惶惑与危机步步紧逼的种种感觉——突然压得我透不过气来，一下子就失去了先前的镇静。

“天哪，尼克。”我声音颤抖。“我真的特别孤单，特别害怕。有人跟踪我。我不知道找谁——”我把脸埋在他的风衣里，哭了起来。

他耐心地等待着，双臂抱着我，直到我渐渐平息，只剩下一两声啜泣，然后一只手抬起我的下巴，另一只手拭去我脸上的泪痕。他低头靠过来，接下来我只知道，他的嘴印在了我的嘴上——久违了，这种感觉!

开着沃尔沃前往中餐馆途中，我一直在想两人之间刚发生的事。但勒琼只是一言不发地透过挡风玻璃看着前方，脸上挂着淡淡的微笑。也许那件事对他来说算不了什么，只是工作上的一种技巧。或许 FBI 工作指南里写着这么一条：亲吻歇斯底里的女人，从而让她镇静下来，即可达到你的目的。

不管那是什么性质，都只能等到以后去理清，眼下还有更重要的事。我说了那辆 SUV 又在跟踪我了，还说了我是如何甩掉了它的——当然只是暂时甩掉了它。

勒琼点点头，却不吭声。我很奇怪。

停了车，我们向店里走去。“我该怎么办？”我的声音都尖了。“我今晚是有家难回——太危险了。”

“我知道。”

“你知道？”我朝他看去。“你还真是个混蛋，你还知道我有危险，这一个星期跑到哪个鬼地方去了？没收到我留言吗？”

“收到了。”

“那怎么不回电话？我有可能——我和蕾切尔有可能就——”

我们走到餐馆门前，他打断了我。

“我出国了，通话线路不安全。”

我们走进店门。这家餐馆很小，主要做外卖生意，一个高高的柜台占去了店里三分之二的地盘。前面摆着三张小桌子，厨房里飘出爆油的声音，空气中弥漫着亚洲辣调料的气味。

“什么时候回来的？”我问。

“今天早上。”

站到餐馆的灯光下，我才看见了他脸上的胡茬和黑黑的眼袋。他发现我在看他，把头低了下去。我在柜台上检查着打包的饭菜。收据上潦草地写着名字“福曼”——“尔”字总是漏掉。

我指指塑料袋。“你要不要来点什么？”

“咖啡就行。”

我朝老板点点头，老板拿起一个塑料杯倒上咖啡递给他。他接过杯子时动作忽然有些不太稳，不像平时那样自如，似乎有点紧张。

我们买了单，开车回老爸家。

“尼克，我要告诉你最近发生的事。”

他小口喝着咖啡。"这咖啡不错，伦敦那边还是不会煮咖啡。"

"伦敦？你去伦敦了？"

我在红灯路口停了下来。戴尔·里迪来自英格兰。我回想着他外出的时长以及前后发生的事。变灯之后，我说，"你是反恐小分队的，是吧？"

他看着我，好一阵以后才点点头。

"怎么不早跟我说？"

"不能说。"他把手臂搭在椅背上。"几个月前，我们收到沙特情报机构的可靠消息，美国中西部将有一场精心策划的恐怖袭击，很明确跟水有关。这个消息得到了摩萨德[①]和英国情报部门的确认，他们说袭击将在判决之后发动。"

"什么判决？"

"就是那个正在受审的家伙，他一被定罪——"

"十有八九会……"

他耸耸肩。"是啊。嗯，如果法院宣判他有罪，之后将发生一场惊天灾难。"

"在芝加哥？"

他点点头。

"为什么在这里？"

"为什么不能在这里？迄今为止，相对来说芝加哥还没有遭受过袭击，这是第二大城市，而且，我们有理由怀疑芝加哥潜藏着一个恐怖组织的分支机构。"

"这些都跟我录像带上的无线电干扰有关，是吗？"

① 全称为以色列情报和特殊使命局，1948 年由以色列军方设立的情报机关，行事风格激进诡秘，与美国中情局、英国军情六处和克格勃齐名。

“不错。”

车停在老爸屋后，熄了火。我一动不动地坐着。“你们怎么发现这些和我有关的？”

“开始并没有发现。不过后来你在审判桑托罗时作证，说录像带有无线电干扰，在湖上，而芝加哥正在中西部。”他耸耸肩。“于是就感觉这些是我们应该查清楚的事。特别是得知你和黑帮大哥兜风之后。”

“在伦敦发现了什么？”

他指了指那袋饭菜。“还是先把那个送过去再说吧。”

我犹豫了一下。爸爸没见过勒琼，而蕾切尔除了他的车也不怎么喜欢他。但他既然回来了，我就不会让他走出我的视线。我纠结着应该怎么做。“你要一起上来吗？”

尼克一定是察觉到我在犹豫不决。“我还是在车里等吧。”

我舒了一口气，打开车门，把袋子提到老爸屋里，然后就说我不留下来吃饭了。

“怎么了？”

“暂时很难解释。”

“说说看嘛。”

我说勒琼来停车场找我了。“我们——我们有些事要处理。”

老爸满腹怀疑地盯着我。

“公事，”我迅速加一句。

老爸拿过食品袋。“出门小心。”

我拥抱了他一下。“知道，马上回来。”

我回到车边时，勒琼在打电话。我钻进车里。他打完电话，在座位上伸展着手臂，又来蹭我的脖颈。

“过来，chér。”嗓音嘶哑。

我向他看去——他眼中居然现出生理性的冲动！天哪！我发现——自己居然也有同感！他靠近我，手指抚摸过我的面颊——我心里一阵颤动。

“我早就想了。”

我努力稳住自己。“在我们——分心之前……”我推开他的手。“……有些事情要讨论。”他握住我的手指。“比如？”

“比如萨米，我已猜到他是什么人。”

“萨米？”

几颗硕大的雪籽重重地打在挡风玻璃上，我打开了雨刷。“他很可能就是玛丽·乔·博赛尼克遇害那晚出现在卡柳梅特公园的那个家伙，就是坐船出现的那个人，我看他和抽水房有联系。”

勒琼歪起脑袋。

“他叫萨米尔·汉茹尔，住在奥兰帕克。他在‘潜水无极限’学校报了斯库巴潜水班，但他后来退出了。”

他警觉起来，一下坐直了。“你怎么知道的？”

我说了电话调查的情况。“还有呢，有个女人，五大湖石油公司的一个英国女人，也和这事有关。”

他的额纹绷在了一起。“你了解她的什么情况？”

我说了戴尔·里迪和她窗户上的天线，我还没来得及说完，他马上就在手机上戳了一个号码拨过去，向对方重复了我的话。

“对，有可能，带队过去，越快越好！等下回话。”他顿了顿。“让他们在警用船坞集合。”他听着，又说：“给他打电话。”又停顿了一下。“我们知道了这个表兄弟一个可能的身份。萨米尔·汉茹尔。”

“表兄弟？”

他竖起一根手指示意我闭口，重复了一遍奥兰帕克的地址，然后挂了电话。“真是一个闲不下嘴的女人。”

我瞪了他一眼。“你是在恶心我吗？”

“绝对没有。”

“那么，这个表兄弟又是怎么一回事？还有，为什么我觉得你好像已经知道戴尔·里迪这个人呢？”

“但不知道天线的事。”

“但你们确实知道她这个人。”

“这是我去伦敦的原因之一。”

“但你那时不能告诉我。”

他不答。

我双臂交叉抱起。“我再想想看，我这个思路对不对，你早就知道她了吧——从什么时候开始的？”

“五月份拿到的第一份情报。”

“你知道她可能参与了某项恐怖活动，还让我去和她接触？”

“那时我们还没确认她的身份，等到确认时她已经和你联系上了。”

雪下大了，我把雨刷调到高档。“这么说你没有阻止我，而是让我冒着生命危险去和她谈生意？”

昏暗的灯光下，他的眼中闪过一道光。“我问你，如果我们跟你说了，你会和她断绝往来吗？”

真是一针见血！

“不管怎么说，是你启发我们去查她的。”

“我？怎么启发的？”

“我们第一次去你家的时候，你提到了五大湖石油公司高管打来的一个电话。你瞧，艾利。我们先前并不了解具体情况。直到她——通过和你的接触——第二次在事件中露头的时候，我们才把线索串了起来。”

“她第一次怎么露头的？”

他摇摇头。他不会告诉我。

我另辟蹊径。“这么说你是为了戴尔·里迪去的伦敦？”

“没错，原来这女人的经历很不简单：参与过极端人权运动，是个真正的左翼分子，十五年前因为格罗夫纳广场[①]的一起爆炸引起了苏格兰场[②]的关注——她是间接参与者。但她随后突然变了身份，改了名字，结了婚，还找了份正当工作，开始在企业界不断高升。”

“她也不是第一个这么做的人，看看杰瑞·鲁宾[③]。”

“杰瑞·鲁宾可没有和沙特阿拉伯的放逐犯结婚。”

“啥？”

“戴尔·里迪，又名达琳·伊顿，嫁给了一个名叫丹尼·阿齐兹的恐怖活动嫌疑人。多年以来英国情报部门一直都在找这个丹尼。但他很狡猾，一直在地下活动，总是到处跑，而戴尔·里迪就待在这儿。他们的孩子和戴尔的家人住在一起。”

我想起了戴尔办公室里的照片。两个穿足球衫的男孩。样貌可爱，深色头发。她没有提过丈夫，当时还以为她单身呢。

我觉得自己很蠢。“你是说，她的丈夫，这个丹尼，就是萨

---

① 伦敦的花园广场，位于高档城区梅费尔，是威斯敏斯特公爵（以格罗夫纳为姓氏）的核心产业。

② 英国伦敦警察厅的代称。1829 年，其前身首都警务处位于旧苏格兰王室宫殿遗迹，故而得名。

③ 杰瑞·鲁宾（1938—1994），美国六七十年代的极端社会激进分子，在八十年代成为一名成功商人。

米尔？”

他摇摇头。“巴基斯坦特工上个月在白沙瓦[1]看见了阿齐兹。但他有一个表兄弟，已经一年多不见踪影了。”

我默想了一会儿，试图消化这些信息，但我的脑子总是转回到一个问题：“为什么现在要跟我说这些？发生了什么新情况？”

“你被跟踪了，对吧？是一个开 SUV 的人？”见我点头，他拿出一张纸，把它打开来。“打开车顶灯，chér，看看这个。”

我凝视着这张照片；图像质量粗糙，模模糊糊，对比度强烈，可能是护照的照片复印版的复印版。胃里突然抽搐了一下。这深色的眼睛，地中海沿岸高加索人种的五官，表情冷酷。

“原来是他！”我低声道。

勒琼目光灼灼地盯着我。“SUV 里的人是他吗？”

我点点头。“审判桑托罗时，他也在场。”

“肯定是他？”

我想起来他看着我的样子，像看一件无生命的物品一样，好像我是一块有待清理的垃圾。我一阵颤抖。“就在我爸后面一排。”

勒琼伸拿起手机。

我伸过手去制止他。“等等，我还没说完。我还觉得戴尔·里迪和这个阴谋的资助者有某种联系。不管是什么阴谋。”

勒琼转而去拿他的咖啡。“资助者？”

“阿卜杜勒·阿尔·哈马拉尼。他跟人说自己是沙特王室成员，花钱如流水，住豪华酒店，用的幌子是要从五大湖石油公司收购一家化工厂。”

“阿卜杜勒，呃？”

---

① 巴基斯坦西北部城市。

“阿卜杜勒·阿尔·哈马拉尼。他是我——我一个熟人的客户。他和戴尔·里迪有联系。”于是就向他说了戴尔的那本便笺簿，以及阿卜杜勒电话号码的压痕。

他还没来得及回答，手机就响了。

第四十二章

勒琼打着电话，透过挡风玻璃盯着前方，答话简短，态度恭敬。打完电话，他转过身来。

“我们在抽水房发现了天线，我得走了，你——”

我抓住他的胳膊。“我不能——你不能走，不能再丢下我！我不能落在萨米尔手里——”

“但我不能——”他看看表。“该死的，来不及了，我得借用你的车。”

“我在车上才行。”

“但我不能——”

“尼克……”

他向窗外看看，又看向我。“好吧，我们走。”

宽慰和恐惧齐上心头，两者奇怪地交织在一起。“怎么了？”

“说不清。”他脸色严峻。

我打电话给爸爸，说了我要去的地方。

他先没怎么吭声；然后说了一句，“蕾切尔可以待在我这里。我们等你回来。”

“保重，爸！”

雪花夹杂着冻雨而来，我们在车流中艰难行进。街道上滑溜溜的，心急如焚，却偏偏遇上交通高峰期！

我用衣袖擦着挡风玻璃的内壁。勒琼一直不停地踏着急促的拍节。

一小多小时后，我们进入了市区，把车停在警用船坞旁边，上了警方一条船出去。这次航行可不像我记忆中的那次。此刻寒风凛冽，扫过湖面，才几分钟我的脸就冻麻了，胃也随着湖浪一起翻滚——我终于知道为什么埃德蒙·菲茨杰拉德号[①]会遇难了。几乎花了两个钟头，才走上了卡特—哈里森抽水房。

抽水房上挤满了人，多数都穿着FBI的夹克，另有几个芝加哥警官，还有几个人，我猜是水务局的。弧光灯挂起来了，强光中的雪花犹如七彩霓虹。几米之外停着一艘船，不知属于海岸警卫队还是军方，船上载着氧气筒和斯库巴潜水设备。真有意思，朗达·迪萨皮奥说得没错：那些设备确实像原木——金属的壁炉原木。

我凝视着湖里，看着雪花在黑黢黢的湖水里溶解、消失。究竟怎么回事？难道湖底深处藏了什么东西？

勒琼走进那座石灰岩和砖混结构的建筑里，到了人群中间。有几人朝我的方向瞥过来，让我很不自在，我只好盯着石灰岩墙顶上一条向外探身的铜鱼看去，原来那是一个滴水嘴。片片雪花飘到我的脸上。

吊桥上的两个男人正指着一个东西看去。我也眯着眼看。原来，就在靠近那个粉白相间的建筑物顶部，有一套双扇玻璃窗。

勒琼走过来。"已经关了水泵。"

"为什么要关？"

"因为要派人潜到'志愿者护士'里面去。"

"目的呢？"

"要去看天线连接到什么东西上。"

"在哪里——那根天线？"

---

① 货船名，1975年11月10日在密歇根湖遭遇暴风雨沉没，船员全部遇难。

他指了指那座桥。“安在那面墙上，就在那两扇窗户上面，靠近吊桥。”

吊桥。“当时那盘录像带就是放在桥上的，紧挨着‘志愿者护士’，难怪会受损，”我慢慢地说。

“没错，”勒琼说。

抽水房另一侧传来一阵喧嚷，我们转过头去。几个人向勒琼打手势，勒琼便走了过去。然后接听手机，回来时，脸色捉摸不透。“潜水员确有发现。”

我顿时紧张起来。

“我们要请求支援，你得撤了。”他说。

我正要反对，他截住我的话头。“回家吧，我等会儿给你打电话。”

我摇摇头。

他看看那些人，又看看我。我感觉他打定了主意。“好吧，杜萨布尔港那儿停着一辆白色卡车。车里没人，你到那里等我。”

我点点头。“车主是谁？”

“我一个朋友。”

“你就不能过来吗？”

他摇摇头。“暂时还不行。”

“你——不会有危险吧？”

他的手掌拂过我的脸颊。“你放心好了，chér。”

二十分钟后，一艘水警船在抽水房靠了岸，下来六七人，都穿着宽大的深色防化服，戴着宇航服式面罩。我们和警察以及水务局的，一共七人上了船，挤进驾驶座后面半封闭的舱里取暖。该船驶回岸边，一路无人说话。靠岸时，只见五大湖石油公司大厦隐隐矗立在城市上空，苍白的墙壁上映着马赛克般的反射光。

下船后，一个警察走路送我去杜萨布尔港。半圆形的车道上停着一辆白色卡车，车顶上一个金属盘上伸出四根粗短的天线，这金属盘就像一个水平放置的停车标志。还有两根天线从车顶其他地方探出来。

“这是什么？”我问送我过来的警察。

“我也不懂，某种无线电装置吧。”

“我进去真的没事？”

警察指了指把我们送上岸的那艘水警船，它刚开始返程驶出船坞。“车主刚坐船离开。”

我敲敲车门，没人应，便把门滑开了。驾驶座上方夹着的一盏小台灯射出一道光来，总体而言，车内昏暗。驾驶座后面没有座椅，满载设备；有些设备上还有声量计。两面车壁上都挂着扬声器。

唯一的另一道光线，就是车内地板上一台笔记本电脑发出的绿光。我爬了过去。屏幕上有一组绿色的大圆圈，又有点像黄绿色，里面包着层层的圆圈，稍微更亮一些；中心处有一个明亮的绿色光斑，就像电视上播放的风暴雷达图，只是多了一条从光斑中心到圆周的虚线半径。圆圈上面及周围显示了一些数字和显示源、扇区、衰变率等文字。对于这些东西，我完全是外行。

车内有一股微微陈腐的气味，但比起抽水房来，还算温暖干爽。我靠着前排座位的后背蹲下。车窗上淌下一道道冻雨，但我感觉有一艘大船缓缓开了过去，黑暗的船影压在更加漆黑的湖水上。远处什么地方传来一声金属链子的叮当一碰。紧张而又疲乏——也许正是因为紧张，眼皮才沉重起来，我不由得打起了呵欠。

后来的记忆就是车门开了，一股冷空气冲了进来，惊醒了我，随即出现了勒琼。“睡觉美容啊，chér？”

“怎——怎么了？”

他钻进车里，用嘴唇轻触了一下我的唇。他的夹克有一股鱼腥味，那嘴唇很柔软。我闭上眼，回吻他。

嘴唇分开时，我都喘不过气来了。

他咧嘴一笑了：“有这样的欢迎仪式，我还想回去再来一遍呢。”

还没来得及回答，门又滑开了，又爬上来一个人。一个男人从我身边钻过去，坐在前面座椅上，把那盏小台灯开到最亮，强光刺得我直眨眼。这人二十来岁，穿着蓝色的热身运动服，衣服一侧有一道白条竖直下来，不过他胀鼓鼓的腰围说明那衣服只是给人看的，他前额上勒着一条发带，向后卡着一头狮鬃似的深色卷发。

“我是克拉伦斯。”他冲我点头致意。“鼓手的朋友。”

“鼓手？”

他指指勒琼帽子上的“酷炫鼓手钓鱼乐园”字样，我这才想起，无论到哪儿，勒琼都戴着这顶帽子。

“你在帮FBI？”

“有时候。”

我靠着车壁。“你们那儿，怎么就是问不出个利索话呢？”

克拉伦斯清了清喉咙，朝勒琼看去，然后爬到笔记本电脑前。

“现在你就会听到了，”勒琼说。“我来告诉你吧。”他吸了一口气。“是一个防水的密封箱子，手提箱大小——大概三十六英寸长，二十四英寸宽，八英寸高。打开之后发现中间是隔开的，一边装着无线电设备：一个小型发射器，一个接收器，一个内置电源；另一边装着——”他脸色严峻。“一个爆炸装置。”

“炸弹？”我不由得紧紧捂在嘴上。

他点点头。“别担心——已经拆除了。”他朝克拉伦斯瞥了一眼。“不过——”他的声音有些颤抖。“是个核弹。”

我咬着自己的手，免得尖叫起来。我听过手提箱核弹，小型核弹。美苏两国都制造过这种东西，苏联解体后有些核弹就下落不明了，专家们担心落到了恐怖分子手上。

“是不是——是不是俄罗斯人搞的？”

“我们觉得不是。”他转动了一下身子。“这么说吧，苏联的核武器过了二十年了，是否还能使用还是个问题。武器需要定时维修保养，鉴于那边的情况，不可能进行保养。但也许有人弄到了一个当作原型，又造出一个，或者是他们白手起家造出来的。”

“有这个可能？”

“只要资金充足，有一大堆心怀怨恨的巴基斯坦人、苏联核专家，甚至伊拉克人，随时都有可能做出来。”

“我还以为这种技术完全超出了——嗯，对恐怖分子来说太复杂了。”

“最难的一步是搞到武器级的铀。我们听到些传闻说土耳其流出了一些。”他摆摆手。“但谁知道呢？如果能接触到一些铀，就能土法上马，然后——嗯——就能把它搞出来。”

我顿感身子沉重、不想动弹，就像试图踩水前进，却沉入水底一样。我不知道自己是不是进入了休克状态。“有多小？”

“什么有多小？”

“你说是很小的一个装置，有多小？”

“现在还是估计，但应该不超过一千吨爆炸力，是广岛用的核弹当量的十五分之一。”

“但威力足够炸掉几个街区了，”克拉伦斯说。

“或者芝加哥的水源，”勒琼说。

“这就是他们的阴谋？毁掉水源？”

克拉伦斯和勒琼又交换了一个眼神。

“什么？什么意思？为什么你们要那样对视一眼？”

“这正是幸运的地方，”勒琼说。“如果真的爆炸了，造成的辐射足以让芝加哥成为废墟。”他顿了顿。“而且至少持续一两个世纪。要么，如果风向相反，湖水也将污染一两个世纪。”

我的嘴像鱼嘴一样一张一合，有点盼着他咧嘴一笑，然后说那都是开玩笑的，是他和 FBI 同事一起搞的恶作剧，而他的表情严峻得就像花岗岩。

“还不止呢，”他接着说下去。“这样一个爆炸，如果发生在卢普区，能把一街区内的任何一个人烧成灰烬。四分之一英里外，也会有超过 25 万人会在一天内死于核辐射疾病。半英里以外，仍然有数千人丧命。方圆 5-10 英里之内的整个环境，也会被永久污染。”

“可你知道吗，全国只有一个医院能治疗核辐射病，真要命！”克拉伦斯说。“而且还在田纳西，上帝啊！”

“该有一种用来防护的药品吧？”我问。

“碘片嘛，”克拉伦斯说。“但这个只在事前用才有效。而且就算预知事情会发生，怎么可能及时而又足量地分配到每个人手里呢？”

“不过他们没有以卢普区为目标，”我说。“他们安在了抽水房底下的水里。”

“这一点我们要感到庆幸，”勒琼说。“但是毁掉水源依然是很严重的事。人类三天不喝水就不能活。如果所有的瓶装水都喝光了该怎么办？”

我双唇咬在了一起。

“社会秩序崩溃。抢劫、恐慌、混乱，医院爆满。还有，别忘了，芝加哥市中心必须全员疏散，从此荒败，商业、交通，什么都没有了，就这样持续几十年。”他摇摇头。“亲爱的，你将会看到一场大灾难，相比之下，‘911’只算得上一个生日派对。”

我捂住脸。一时静得可怕，只听见笔记本电脑的嗡嗡声。

勒琼轻轻地把我的手从脸上拨开。“但是这些都不会发生了，艾利，一切都不会发生了。”

我抬起脸。

“你知道为什么吗？”他用手抬起我的下颌。“就因为你在那场审判中挺身而出。”

“那个射频干扰，”我轻声说。“录像带上的。”

“那正是我们的突破点，”他向克拉伦斯示意：“告诉她。”

“那不只是简单的发射器和接收器，而是个复杂的信息包无线电设备。我们发现里面有量表，用于监测箱子内部的环境并回传所有数据：温度、湿度、压强、电量，还有其他指标。”

“这些都传回五大湖石油公司大楼了？”

“是啊。不过谁知道那些数据又从那个大厦传到了哪儿呢？瞧，妙就妙在这一点上。那些监控箱子的科学家——或是手握按钮的人——可能在世界任何地方：芝加哥，中东，亚洲都行，只需要一台电脑和一个调制解调器。”

“可是我们去抽水房那里拍摄是一年多以前了。你是说那个时候箱子就已经在水下了？”

“看起来是这样，”克拉伦斯说。

“‘911’之前就安上了？”

勒琼点点头。

“他们怎么弄到那儿的？”

“可能是从港口运进去的，装在钢制集装箱里，然后用驳船走密西西比河运过来。”

我感觉自己的眼睛瞪得圆圆的。万一桑托罗把它偷卸下来了呢？那岂不是偌大一个讽刺？

“戴尔·里迪在哪里？”

“我们在找她，”他说。“她跑不远的，我们派了一整队人去五大湖公司，正在路上。”

我身子前倾，抱住膝盖。“我不明白，以前怎么会没一个人发现抽水房的天线呢？”

“就算是在夏天，那里也没什么人。再说了，除非事先知道有天线而安心去找，否则是找不到的。他们用的是又细又软的导线管，贴在平面上几乎看不见。”他用双手在空中比画出天线的路径。“他们把线从‘志愿者护士’的基脚处拉起来，顺着墙往上牵，然后让天线从吊桥上方的窗子里伸出来，天线本身还不到六英寸长。”

“但你们去那里巡查了呀。”

克拉伦斯搭了腔。“我们开车检测过，带一个场强计[①]坐船出去巡查，但在那边待的时间不够长，而且那个信号装置似乎是每六到八个小时才启动一次，收发信号，除非刚好那时巡查到那里。”

“但我们捕捉到了，”我说，“因为我们当时在那儿拍了十个小时。”

克拉伦斯竖起一根拇指。“完全正确。”

“那——它的电源怎么解决的？”我问道，回想着和汉克的对话。“什么电池能维持将近两年的时间？”

“燃料电池，”克拉伦斯答道。“那东西是航天飞机上用的，刚

---

① 测量无线电波及电磁辐射等的一种仪器。

开始在商业上应用。这种电池把少量的燃料转化为电能，就可以维持好几年的供电，那箱子里就装了一个。”

“我赌萨米尔在德保罗或者伊州理工[①]学过机电与计算机工程，你们愿赌多少钱？”勒琼说。

“就在他上斯库巴潜水课的空档，”我说。

“他就是专门来干这事儿的嘛。”勒琼耸耸肩。

“不过，他们怎么能把那种东西放下水、安在抽水房下面却没人看见呢？”

“‘911’之前，抽水房的安保工作如同儿戏。晚上还有小孩子游到里面去，抽大麻，潜水。冬天的时候，好几个星期一个人影也见不到。”他微微地笑着。“嘿，深夜里带上东西坐船过去，闯进或者潜到‘志愿者护士’那儿，把线缆和天线连接起来，然后把箱子放下去，算不上什么难事。”

我重新蹲坐下来。“他们把各种意外情况都考虑到了，”我恨恨地说。

“恰恰有一个意外情况。就是没想到你的录像带会出现在他们的天线旁边。”

我缓缓地摇了摇头。“那是运气，瞎碰上的运气。”

勒琼笑了。“我爸常说，好运气来自于‘正确知识的指引，辛勤不懈的努力’。”

① 德保罗大学，位于芝加哥，是伊利诺伊州最大的私立大学。伊州理工，伊利诺伊理工大学，位于芝加哥，综合性私立大学。

第四十三章

我不想待在车上，只想回家，回到蕾切尔和爸爸身边。我正要让克拉伦斯送我回停车之处，勒琼的手机响了。

他接了电话。“是的，明白，好的。”他转向我们。“拆弹队已经成功拆除爆炸装置，并且换了管子，正将装置送到实验室。”

“谢天谢地！”我一下子瘫靠在车壁上。勒琼放好手机。克拉伦斯开始摆弄一个平装书大小的塑料盒。“那是什么东西？”我问。

“显示装置。”

“显示什么？”

“哎哟，要是你知道了，我就得杀了你灭口。”他瞟了我一眼。“开个玩笑，”他紧张不安地笑了笑，说道。“这是多普勒测向仪的一个部件，能帮助探测无线电信号源的方向。”

“车顶的那个金属的停车标志呢，也是测向仪的一部分？”

“鼓手说过，你很聪明。”他点点头。“多普勒测向仪主要是无线电爱好者使用——一般人都不知道干什么的——不过像今天这样的情形，用起来倒挺方便的。”

“哎——，上次它可没派上用场哟！”

“那是因为时间不够，也不知道频率，可现在……”

“现在知道频率啦？”

“发射机上有，他们那次用的是一个罕见的无线电波段，220兆赫。”他抬起头，看了看我。“那家伙倒很高明。”

“怎么讲？”

“因为很难被我这类人检测到。”他接着摆弄玩具。

“那你现在是在干什么？这事儿已经全部结束了吧？”

他抬起头。“是结束了。”

“那你干吗还在架起更多的设备？”

“呃……呃……”他的声音越来越低，并且朝勒琼看了一眼。

勒琼的下巴绷紧了。

我这才想起来，最后一个电话以来，勒琼一直心事重重，脸色严峻。我猜这是他不愿，或是不善于表达感情，但此时我吃不准了。危险已经过去，怎么没有丝毫放松？那种FBI特工自以为是的派头哪儿去了？我回想了一下他在通话之后说的那些话。他说，他们取下了炸弹，换上了管子。

“用管子换下了炸弹，”我缓缓说道。

“干吗要那么做，尼克？”

克拉伦斯回到驾驶座，起动车子，驶离了港口。

“为什么要换上管子呢？”

好一阵子以后，勒琼答话了。“才能放回抽水房。”

为什么要放回？应该将炸弹拆掉、无线电断开、所有东西都拆下来，运到国家安全局、中央情报局或是相关机构去分析处理才对呀！我不禁担忧起来。

“为什么要放回去？”

克拉伦斯绕了一个大弯，向西驶去。

勒琼似乎在小心斟酌措辞。“我们在里迪那里放了一条线，还想引萨米尔上钩。”

“萨米尔？他可能已经在回沙特或是也门的路上了。”

“不一定，他可能还不知道我们拆除了炸弹，就算他知道了，还是可能待在附近。”

“此话怎讲？”

“自负，他做的事，难道会轻易放弃？”

“那干吗不等抓了戴尔·里迪，让她带你们去抓捕萨米尔？”

“她会不会坦白，谁也无法保证。你看撞击世贸中心的那个混蛋——正在受审那个——至今也没开口呢。”他不说话了。

我突然很不舒服。

“艾利，”他慢慢说道，“我们需要你的帮助。”

我一动不动地坐在那里。雪打在挡风玻璃上，溅出一个个小坑似的图案。

“萨米尔认为你发现了他们的勾当，我们想让他继续这么想。”

“你们想让他认为炸弹还在那里？”

“让信号持续下去，好将他引出来，而你是实现这个计划的最佳人选。”他将身子朝前探了探，声音反常地轻柔甜美，充满了卡真口音的轻快活泼。“我们想让你返回那里，假装是在为水区拍摄另一个视频，一个续集。”

我惊得目瞪口呆。“荒诞至极！没有人会在这个季节去那儿的，他会明白那是个圈套。”

“如果水区宣布要将去年开拍的视频完成，并且继续聘用你来制作的话，他就不会这么认为了。”

“有谁会相信他们还要拍视频呢？”

“只需一个人相信。”

我呆坐那里，一言不发。他肯定以为我这是默许了，于是又将身子朝我探了探。

“不过，就算他不相信，也想要确认炸弹装置是否完好，他绝不想让人们关注抽水房，他不敢冒那个险。”

“想让我做诱饵？亏你想得出！”

他不答话。

我从他身边跑开：“居然想让我做诱饵！”

他不动声色，似乎没有听到我说话。“我们非常肯定没有走漏任何风声，除非他们派了探子——这种可能性微乎其微，因为抽水房离湖岸有几英里远，他不可能知道我们拆除了炸弹。不过，由于换了材料，传回去的数据值可能发生改变。”

我气得浑身发抖。

“爆炸装置换成铅管之后，内部环境——比如压力、温度——都将发生变化。这会让他们感到困惑、感到焦虑不安，很想知道发生了什么事，可又不能自己走出来亲自检查，所以，你去了那儿，会把他们逼疯的。”

“太棒了，我干吗不干脆在自己背上画个靶心呢？”

“艾利，”他正面看着我。“你不会有危险！我们就等着他们现身。特工、特警[①]、海岸警卫队、芝加哥水上警察全都会潜伏在你附近。你每走一步，我们都会在你周围。如果萨米尔或是他的同伙胆敢在距你 50 码以内的地方出现，一定会被逐个击毙。我绝不会让你出事的。”

我怒视着他。“我凭什么相信你？”

他朝上推了推帽檐。“这还是那个有强烈正义感的女证人吗？那个想挽回自己名誉的女侠？”

“再强烈的正义感，也比不过同样强烈的求生欲！”

他的声音开始变得尖锐。“若是那样的话，你或许该想想自己

---

① 全称为“特种武器和战术部队，一种警察部队。”

的女儿，还有父亲，要是他们都没命了，你活着还有个屁用啊？”

“你混蛋！”我低声怒骂道。

他抓住我的双肩。“听我说：是谁去了天线旁边的索桥上面？是谁的录像带上出现了干扰？是谁看到了里迪的天线？汉茹尔好几周时间都在寻找那些带子。他显然是在追杀你。你这个蠢女人啊，该怎么说你呢，艾利！他杀了你只是个时间问题。他已经开始恐慌了，恐慌就会狗急跳墙！”

话音未落，我茅塞顿开。

我用手指戳着前额——他说得对，我别无选择！

他身子后倾。“咱们这么办，感恩节第二天，也就是周五早上，你返回那儿，就在拂晓之前。侦察外景拍摄地或是随便干什么。”他接着说。“问题是，我们想让你确保戴尔·里迪知道你在干什么。给她发个电子邮件，或留个电话录音。跟她讲，取消那个项目没有关系，就说你接手了一个新的项目并且一定要告诉她具体内容。”他看着我：“你知道该怎么做。”

“我以为她已经走了。”

“我们相信，该听到这个信息的人都会听到。”

我倒吸一口冷气。“然后怎么办？”

他解释说，詹姆斯·J.维苏里号会在码头上等我。我到时上船，然后到达抽水房。“要是他在这之前下手怎么办？”

“我们会在停车场安排一个狙击手小组，在码头上安排一个特警队，还会在拖船上安排人，抽水房上也安排一支队伍。”

“他们要是在周五前出击呢？”

“我们会安排人员保护你全家的安全，从今晚开始，每周 7 天，每天 24 小时。”

“不行，我有家人周四要过来，还有客人，要是他们……”

“你不会有事，你的家人也不会有事的，我保证。”他下巴上有块肌肉跳个不停。“相信我，chér，你应该害怕的只有一个人。”

“谁？”

“我！”

“为什么？”

“因为我从不半途而废。”

第四十四章

狂风呼啸，天色阴沉，冻雨斜飘，乌云疾走。卡车在大雪和冻雨中慢慢移动，竭力避免打滑。我朝向窗外，瞟了几眼周围的环境。

我不自在地扭了一下身子——恐怕要花上好几个钟头才能到爸爸家。不过，或许这样正好——我才有时间想象一下周四那天的情形：桌上堆满食物，老爸正拿刀切火鸡，客人们来到爸爸家里，先要绕过一辆灰色的普利茅斯——车里坐着两个脸色严峻的男子！

“大家不用担心，”我会高兴地柔声说道。“那是 FBI 派来保护我的，那是他们精心设置了一个圈套，我正是其中引诱恐怖分子上钩的诱饵，因为恐怖分子正追杀我，但 FBI 告诉我不用担心，他们会保护我，也保护你们。感恩节快乐！”

10 分钟以后，我突然意识到行车方向并非我停车的船坞，而是上了艾森豪威尔高速公路！我猛然转身。

“这是要去哪里？”

“去我那里，”勒琼迟疑了一下说。

“什么？”

“我住在橡树园[1]，离这儿很近。路况太差了，我们都需要好好休息一下。早上克拉伦斯会开车把你送到你停车之处的。”

“我只想回家！”回到蕾切尔和爸爸那里，回到亲人身边！

---

① 又音译作“奥克帕克”，芝加哥西边一小镇。

“艾利，已经都凌晨一点多了。路况这么差，没法开车。七点钟以前保证送你到家。”

“不行！掉头!”

“Chér，你别耍……”

“呜——”扬声器里突然传出一声，尖利而响亮，既像是浓雾警报，又像是受伤大雁的哀鸣。

我看着勒琼。“什么声音?

勒琼双眉紧皱：“克拉伦斯，这到底是怎么回事？”

一连串尖厉的哔哔啪啪声响起来，就像微波炉刚结束一个任务——但微波炉的声音不会是一连串。克拉伦斯减慢车速，开到路边。他停下车，再次埋头摆弄笔记本电脑。

显示屏出现同样的绿色靶心，但线条更多，而且好像出现了新的数字和文字。克拉伦斯端详着显示器，接着紧绷双唇，脸色异常严峻。

“怎么回事？”尼克语气紧张地问。

克拉伦斯敲了一键，出现了几列三位数，又敲了一键后，出现了另外一列数字。他倒抽了一口冷气。

“怎么？”

“是另外一个信号。”

勒琼摇了摇头。“不可能。”

“的确是，跟抽水房那个的频率一样。”

“可这儿已经离开抽水房好几英里了。”

“几英里外一般不可能有信号，但信号强度计上就是出现了测量数值为 3 的信号。”

他们对望了一下。

“那是什么意思？”我小声问道。两人都没回答。

“说的什么呀，克拉伦斯？”我提高嗓音问道。他转过身。“捕捉到另外一个信号，跟抽水房上那个装置发出的频率一样，刚刚发射出来——就是这附近某处。”

“可我们是沿着艾森豪威尔高速向西而行，已经远离湖区了呀！”

“对啊！”

另外一个信号。“这意味着还有另外一个……？”我抱紧双膝，竭力不让自己惊慌失措。喉咙里似乎塞满了尘土。此刻，我们是在艾森豪威尔高速公路上，已经远离抽水房。

艾森豪威尔高速。

突然觉得有什么不对劲儿！可就是想不起是什么。

雪花打着旋冲向空中，然后落下，然后又沿着它自己设计的旋涡盘旋着。我只能看到几英尺范围内。艾森豪威尔，那个将艾森豪威尔高速和丹·瑞安高速、肯尼迪高速连接在一起的复杂的四叶式立体交叉大转盘。难道那个……

“哎呀，不好！”我扭头看着勒琼和克拉伦斯。“戴尔·里迪可以从办公室看到艾森豪威尔高速！我就从那窗口看到过。”

死一般的寂静。接着——

“天哪！”克拉伦斯满脸惊骇。“他妈的，鼓手！你必须让五大湖的那队人停下来！马上！”

勒琼翻出手机，开始拨号。

“怎么啦？”我哆嗦着问道。“究竟怎么啦？”

“因为……因为……”克拉伦斯开始在大腿上搓起手掌，两眼惊慌地看向四周。“天哪！该死！搞不好事情已经开始了。上帝啊，你得拨通电话啊。”

“克拉伦斯，为什么？究竟什么事情？”勒琼也不停上下搓着自己的大腿。

焦虑还真能相互传染？心跳顿时狂暴起来！我抓住他的手。

他不搓腿了。

“快说！”

他盯着我，眼神颇为担忧。“我们没来得及对系统进行分析，因为不知道它是怎么编程的。或许断开系统的时候，需要输入一个密码。”他颤抖着呼出一口气。“这意味着，如果有第二个装置，如果输入的密码不正确……”他的声音越来越低。

“就会怎么样，克拉伦斯？你到底想说什么？”

他又长长地吸了一口气。“假如五大湖石油公司那边，我们那几个人在输入端上出错，无法输入正确的密码，那么不仅那个装置会爆炸，而且还会引爆另一颗炸弹。”

顿时血液沸腾，耳鼓如雷轰响！我猛然转身，对着尼克。他手机贴着耳朵，面如土灰。

我们等着他拨通手机，谁都没有说话。我屏住呼吸，好像过了几个钟头，才听到快速重复的哔哔声。

忙音。

勒琼关掉手机，然后重试。

飞舞的雪花迅速飘过车窗。

又是忙音。

“他妈的。”勒琼扔下电话。“咱们得返回卢普区。”

“就这鬼天气？”克拉伦斯朝车外指了指。“无论如何也做不到的。”

“必须回去，不能让他们把系统的事搞砸了。”

“还剩多少时间？”我问。

勒琼没有答话。

“尼克？”

“不知道。而且不知道他们现在何处。恐怕已经进了戴尔的办公室。”

顿时犹如冻僵，全身血液成冰！

勒琼转向克拉伦斯。“讲讲信号来源，究竟来自何处？”

“探测范围大约两英里，信号源可以在那个半径内任何地方。”

“能否追踪？”

“等等。”克拉伦斯爬到车子前座那里，拿起一个手机大小的黑盒子。盒子顶端伸出一支短粗的天线，前面有个数字面板。

“那是什么？”我问。

“侦察者，就是测频器，”他说。

“我还以为你们早就知道了频率。”

“我们是知道，可要是我们恰巧处于信号 100 到 150 英尺范围内，‘侦察者’就能提供一个信息数值。”他按了几个按钮，一边咕哝着。“快！快！帮帮忙吧。”他摇了摇头。“什么也没有。”他将那东西放下。“至少还需要一次信号传送——而且很可能是两次——多普勒测向仪上才能标绘出位置。”

“但是，可能还要等上 6 个钟头才会有信号，”我说。“要是……”

克拉伦斯打断我的话。“继续拨电话，鼓手。”

尼克按了“重拨”键，只见他脖子上青筋凸起。

又是忙音。

我们面面相觑，恐慌穿透了我全身，充满了车内。

勒琼解开大衣拉链，额头上汗珠滴滴。他转向笔记本电脑。“我来找张地图。”

克拉伦斯又开始搓起大腿。“手机都无法接通，怎么上得了网？”

勒琼紧紧攥起双拳。“他妈的，最近的出口在哪里？”

“波莱纳，我想，靠近伊大[①]芝加哥分校。”

“这附近还有什么？克拉伦斯？艾利？快点！想一想。附近还有什么？”

“算了吧。”克拉伦斯听天由命地看了他一下。“我们已经无能为力，只能祈祷了。”

“不行！”勒琼的脸色变得坚毅起来。“绝不能就这么算了！肯定会想出办法来！附近有些什么？伊大芝加哥分校？联合中心[②]？西尔斯大厦？快点，帮帮我。”

克拉伦斯回答得不紧不慢。他似乎只是在迁就勒琼，只是敷衍一下。“我认为不是西尔斯，信号似乎是在我们南边不远的地方。西尔斯是在正东方。”

勒琼皱起眉头。“但你也不能确定在哪个方位。”

“还得有一个标绘点才行呀。”

“如果这颗炸弹跟那一个一样，都是‘911’前安放的，只需要有个人穿着石油公司或是电话公司制服就行了。他可以将它放在地下室、货场，甚至是停车场；就像贸易中心第一次遇袭[③]那样。”

勒琼咬了咬嘴唇。“我们应该派人去那边。”他抓起电话，拨了

---

① 即伊利诺伊大学。

② 芝加哥一家室内运动场。芝加哥公牛队和芝加哥黑鹰队所在地。

③ 指1993年2月26日纽约世界贸易中心爆炸案。恐怖分子在地下停车场引爆炸弹。

新号码，闭上眼睛开始等。只听得飞快地哔哔声。

“该死!”

我坐起来，扭了扭肩膀，想缓解一下紧张感。“其实，他们在抽水房下面安放炸弹倒是挺值得注意的。”

勒琼前额上一条青筋抖动了一下。“怎么讲？”

“他们想破坏供水。最大限度地破坏基础设施，而不仅仅是夺取几条人命。”

“哦？”

“第二颗炸弹也很有可能目的相同。”

尼克瞪大了眼睛。“很好，chér。”他点点头。“基础设施，那么，都有些什么基础设施呢？”

“臭小子，多得很呢，”克拉伦斯说。“电力、通讯、公路、火车。”他掰着手指头一一列举。

“从戴尔·里迪的窗口就能看到艾森豪威尔高速公路，”我说。

克拉伦斯一下子坐直身子。“该死的 A 字形！那个交叉口！艾森豪威尔、丹·瑞安和肯尼迪三条高速公路会合的地方!”

“那个地方怎么啦？”勒琼问。

“那是出入卢普区车流最集中的咽喉。它一爆炸，市中心基本上就算完蛋了。”

“而且，如果在高峰时段发生爆炸……”勒琼补充道，不住点着头，“……成千上万的上班族正涌入市中心……”

“天哪!”我用手捂住了嘴。

“这就对了，”勒琼两眼冒火。“总算是明白了!”

“明白什么？”

“我一直在琢磨他们为什么要拿风做文章。”

“风？”

他向前弓起身。“抽水房那个炸弹，如果他们引爆的时候风从西向东刮，大部分辐射将漂移到湖水上方，而不是卢普区。当场死亡的人数虽然要少一些，但湖水遭到核污染，危害更大！”

“那么……”

“哼……这些杂种太恶毒、太奸诈了。他们想造成最大的破坏。”他再次点点头，与其说是朝我们点头，不如说是冲着自己。“我刚才没搞明白，我一直在想他们是否暗中有别的企图，不过他们肯定将风考虑了进去……”

“交叉污染，”克拉伦斯低声说道。

“不错。”勒琼将拳头猛地砸到另一只手掌里。“卢普区两头，一边一个，不管风向哪边吹，后果一样严重。”

“抽水房在东边，艾森豪威尔高速在西边，”克拉伦斯替他把话说完。“能把整个卢普区都覆盖了。”

勒琼和他对视了一下。

克拉伦斯移到驾驶座。

“去哪里？”勒琼问。

“信号好像就在南边不远，必须采取措施，挪挪地方。”

车上公路，路面满是积雪，轮胎发出嗖嗖嗖的声响。

勒琼拿起手机，又拨打了一次。他扬起眉毛。“通了。”他猛地将手机贴到耳朵上。“臭小子，我是勒琼，你们在哪里？”他听着，接着大叫起来。“不，不要碰，你们停下来，马上停，我们接收到另外一个信号，可能还有一个炸弹！”

我听到他的电话传来几声惊呼，可我听得并不太专心，因为正纠结于另一个疑点。差不多呼之欲出了，但它就是不出来！

勒琼看着我。“想什么呢，chér？”

“就是没想明白，哎，你刚才说什么来着？”

“那可就多了。”他咧嘴笑了一下。

这个时候居然还笑得出来！我竭力回忆那场谈话：基础设施、动力、电力、公司制服……

勒琼接着打电话，然后皱起眉头。“遇到个难题。”

克拉伦斯猛然转过身。我的身子也坐得更直。

“你说得对，”勒琼说。“我们的人拆除抽水房那个引爆装置时，临时断开了无线电，然后又尽快重新连接，可无法判断是否改变了密码顺序，因为根本就没时间进入程序搞清楚。”

“那是什么意思？”我问。

“断开系统——即使只是短短的一秒钟——可能就向计算机发出了警报，某个东西发生了变化，系统遭到了入侵，被人动了手脚。结果是，我们刚才听到的响声……”他迟疑了一下，“……可能触发了引爆密码。”

胃子突然一阵痉挛。

“他们说，引爆密码运行结束需要大概 30 分钟时间。”他看了看手表。“现在是一点十七分，咱们是大约 10 分钟前听到那个信号。”

“你是说，只剩下 20 分钟了？”

“想要拆除，全凭运气！”

第四十五章

绝望中的求生本能、而非日常的生活所需，才是灵感的源泉——此刻我才算明白这一点。我木然地坐在车上，漠漠地盯着窗外，绞尽脑汁要想清楚这次爆炸的结果：芝加哥或将毁灭，无数人或将丧命，我也不能幸免——突然，灵光一闪，茅塞顿开！

已到关键时刻——未来就在我手中！我深知——并非事后才知，而是当时就很清楚：我的行为举足轻重，甚至可能改变世界！

有些人会一直盼望着这样的时刻——觉得那是他们的使命！然而此刻，除了恐惧，我只有木然！最后，我终于说出话了。“我给潜水学校打了电话，”我语气平静，“他们给了我萨米尔的单位电话，也可能是他曾经的单位电话。我打过去了，对了，区号是773，结果是人民爱迪生公司的维修室。”

一时没人出声。

然后，克拉伦斯缓慢而悠长地吸了一口气。“那个交叉口南边附近就有个人民爱迪生公司的变电站。”

勒琼的嘴抿紧了。“快走！”

卡车从下一个出口转出去，绕回艾森豪威尔高速返回湖区。克拉伦斯猛踩油门，可这种这鬼天气，车速再快也超不过三十英里！

我看了看仪表盘上的时间。一点二十一。已经过了四分钟，只剩十六分钟了！此刻我多想抱着蕾切尔，再一次把她的头发从额前拨开，真不知道还有没有这样的机会！

勒琼几乎一直都在打电话，克拉伦斯专注于开车，我却不知不觉地在数着自己的呼吸，想努力让呼吸均匀下来。难道是我潜意识里在计时？还是在尚能呼吸的时候多囤点儿空气？

时间漫长，真如永恒！过了好久才感觉车已开始朝南。我跪起身子向外看去。车前灯照到路边一个标志牌："人民爱迪生"，接着驶进一块至少两三英亩的场地。前方一排树木，浸在雪夜奇异的微光之中，光秃秃的枝丫向上蜷曲着，好像乞求着老天的怜悯。

停车，下车。树木的空隙里可以看见很多钢塔，簇拥成林。塔与塔之间由密密缠绕的线圈串在一起。肯定有将近一百座塔。雪花轻舞，飘落于塔间。这些塔形状各异，布局似乎杂乱无章。有些塔为传统样式，周身都有钢结构支撑，有些却像操场上用于孩子们攀爬游戏的猴架，只是尺寸要大得多，还有一些是"T"形线杆。

有一些塔之间的空地上，安放的设备状如冰箱，几乎每件设备上都安着一串串像是超大号电灯泡的东西。我看应该是绝缘器；这些东西将电线连在那些设备上。虽说大雪掩盖了大部分声音，尖啸的嗡嗡声依然从头顶传来——那里是超高压电线。

一辆当地警车开了过来，横着停在入口处，旋转的警灯照出一片粉色和蓝色小点相间的雪幕。不一会儿，又开来两辆轿车。许多人下了车，勒琼上前去接头。接着又来了一辆卡车，车上钻出六七个穿防化服、戴面罩的人，其中两人拿着一个箱子一样的东西，那东西不大，一个背包就能装得下。我隐约觉得似曾相识。

"核应急组的人，"克拉伦斯说。"核应急支持小组，他们去了抽水房。"

"啥？"

"他们四处巡逻，搜寻'脏弹'①，随身带了嗅探器。"

---

① 又称放射性炸弹，是一种大范围传播放射性物质的武器。

“嗅探器？”

“就是探测伽马射线和中子通量的设备，有点儿像那种很炫的盖革计数器[①]。”

这些人两三个一组分散开来，穿过树林，向变电站推进。我把脚上的雪踩掉。“这是要干什么？”

“地毯式搜寻，寻找那个装置。”

“几点了？”

克拉伦斯看看表。“一点二十六。”

只剩十一分钟！

“如果——如果找到了——会怎——怎么样？”

“拆除它。”他开始搓着手。“实际上，这还算比较容易的，”他说。“换句话说，如果时间足够的话。”

“时间不够呢？”

“那就得用另外的方法。上一个机器人——远程遥控排爆。或者用一个注满泡沫的大帐篷，”他冲着手掌呵气。“万一炸弹爆炸，能把辐射截住。”

我脸上抽搐一下。

“不知道这次会怎么搞，应该是军方来处理这事儿，他们可能会把炸弹的线路拆掉。”

一个人跑了出来，打开一辆卡车的车厢，抓起什么东西又跑回去。

我身子一紧。“几点了？”

“一点二十八。”

只剩九分钟！

---

① 一种专门探测电离辐射(α 粒子、β 粒子、γ 射线和 X 射线)强度的记数仪器。

一道道灯光闪过，更多车辆聚集。几个男人和一个女人下了车，一个男人牵着警犬。然后又来了辆卡车，车上坐着芝加哥警察局炸弹小队。他们下车便消失在那些树后面。

突然，扩音器传出一个男人的声音：“请无关人员迅速撤离现场，无关人员撤离，立即撤离。”风卷声音，四处回荡。

我抓住克拉伦斯的手臂。“什么意思？”

他做了个怪相。“找到了！我得进去，处理无线电的事。”

“别！别丢下我！”

但他已经向卡车跑过去了，我跟着他，他打开门，从前排座底下抓起一个面罩，跑向了树后面。

我孤零零地站着，试图活动一下手指——但已全都麻木！

真不应该咬指甲！这习惯真烦人——并且已经传给了蕾切尔！

我微微倾身看时间，一点三十三。

只剩四分钟！

我发起抖来。积雪盖住了我的脚面，要是穿了长筒靴就好了，就像小时候穿的那种亮闪闪的粉红色靴子，那时候，我老是不把最上面的搭扣扣起来，妈妈总因为这个训我。

突然有人大叫了一声，我的胃便跟着抽搐了一下。我瞪大眼睛朝树缝里看去，却被落雪和面前的停车挡住了视线。勒琼跑了出来，把我朝卡车拉去。

“找到了！快走！”他面色憔悴。“快！”

顿觉一阵恐慌从腹部传遍全身！我赶紧钻进了卡车。引擎一点即着。我竭力告诉自己，会没事的，拆弹小组正处理呢。

又看仪表盘：一点三十五。

最后两分钟！

他们会成功的，必须成功！

卡车掉过头去。如果这是我在地球上的最后两分钟，我想和家人待在一起。我刚开始起步，却突然停下了，任引擎空转着——爸爸和蕾切尔在二十英里以北的地方，根本赶不过去！两分钟连公路也上不去。可现在该怎么办？怎么办！

人生的最后两分钟！无事可做、无路可走！简直是一幕荒诞派戏剧！胡思乱想中，突然一辆深色的轿车开了过来，拐弯驶入场地，随后减速滑行，一面车窗摇了下来。想看看开车的人是谁，落雪和黑夜却阻拦着我。那车向前开了几码，停在了几英尺之外。车里人开门下车，我张大了嘴巴——

阿卜杜勒！

我把车熄了火，心里怦怦直跳。尼克在哪儿？我得提醒他，我应该提醒他。确保他能控制住阿卜杜勒。我跳下卡车，飞速跑开，身子右转，正要跑向变电站入口，突然看到闪过一束刺目的蓝光，一声吼叫打破了寂静。我不由得一声尖叫。

随即扑倒在地。

几秒钟后，我才意识到自己还活着。没有爆炸声，没有火球，一架直升机从阴沉的天空中划过，蓝光闪烁，马达轰鸣，准备降落。飞机从我头顶倾斜而过，擦着塔群，终于在五十码外的街道上着陆了。

人群涌出，有些穿着防化服，有些穿军服。军队来了，跑进了变电站。

我爬起来，拂掉身上的雪。勒琼，阿卜杜勒。应该只剩不到一分钟了。我向树缝里移去，一边转过身去看我在雪里留下的足印，数着我的步子。我刚到变电站入口，扩音器里的声音又嚷了起来。

“让路……让路！所有人退后！让我们把这鬼东西搬出去。”

一群人从变电站里走了出来。有几个穿着防化服的，正搬着一个钢制手提箱，箱子放在看似一块平直的木板上，正极其缓慢地向一辆卡车挪动，其他人簇拥在他们周围。我瞥见了人群中戴着面罩的克拉伦斯，他朝我竖起了大拇指。

手提箱放进了卡车，卡车就开走了，穿防化服的那些人立即把面罩扯了下来。其他人热烈击掌，哈哈大笑。有几个人擦着眼泪。我四处张望，寻找勒琼，却找不到。

我猛然转过身去。现在我必须独自面对阿卜杜勒——尽管毫无把握，不知怎么办，尽管冷得要命，精疲力竭，但我决心已定！于是向着那辆卡车跑回去。

可是到了那里，阿卜杜勒连人带车都已不见踪影，那几道轮胎印就是他留下的唯一痕迹，也即将被刚落的雪片覆盖完毕。

再次看表：一点四十一！

人群从变电站蜂拥而出。

一切都过去了。

结局异常平静，呜咽也没一声。

第四十六章

我东看西看，就是没看到勒琼，克拉伦斯则跟着运送炸弹的货车走了。他们另外派人开车送我到了我的沃尔沃停车处。

到家后，我冲了个澡，煮上咖啡，给老爸去了电话。祖孙俩安然无恙，蕾切尔还在睡觉。我给他说正午前后去接他们，要他收拾好小旅行包，好到我那里度周末。

雪渐渐小了，一道柔弱的阳光慢慢照过厨房，射在了墙壁上。我在屋里踱来踱去，焦躁不安，心神不定，极为疲惫——但又难以入眠。表面上，我的世界似乎是正常、完整的，其实里面已经有了裂缝，而且很深，还能愈合吗？心里没底。我只知道，自己再也无法像从前那样看待这个世界了。

十点左右，门铃响了：是勒琼。他换了一件干净的衬衫，但胡子还没刮，眼睛下面有几处深色的污迹。他吻了我。

“好香哦，是什么？”

我竭力假装一切都好，将烤箱加热，放进馅饼，加上芹菜和洋葱。“山核桃馅饼，明天吃，我给你弄杯咖啡。”

我倒咖啡的时候，见他在厨房里转来转去。难道他和我心有同感？我取出糖和牛奶。

他靠在吧台上。“汉茹尔和里迪已经落网。”

我猛然转过身。“都逮着了？”

"里迪还想偷偷飞往法兰克福[1]，被海关抓捕。她交代了怎样找到汉茹尔。我们在奥兰帕克的一家'白母鸡'方便店里找到了他，他和一个同伙正在囤积炸面圈和汽水。"

"炸面圈？他买炸面圈？"

"他的伙伴要去拿刀，但立即被我们制服。汉茹尔当即举手投降。"他搅了搅咖啡。"我看，咱们用不着拍那个续集了。"

"真的结束了？"

他迟疑了一下，似乎自己也不太相信这一点。"搜查过了他们的公寓房，现在正检查他们的电子邮件。他们本来打算在爆炸前远走高飞的。"

"他们不想为事业献身吗？"

"我看，只要在美国居住了一段时间，那种殉难就会失去吸引力。"

"然而他们还是想摧毁这个国家。"

"艾利，没有人说过这些家伙能正视现实、改邪归正。"

我给自己续上一杯咖啡，然后撕开一袋甜味剂，倒进杯里。"你知道吗，我怎么老是有这么个想法：要是我初次见到里迪的时候就发现了天线，就没有这么多事情了？"

"别对自己要求太高了，chér。从某种程度上说，里迪可能救了你的命呢。"

"救了我的命？"

"你第一次见到她时，肯定还没有任何理由将这些事与中东恐怖分子联系起来，你还以为那是黑手党的阴谋。"

"然后呢？"

---

① 德国第五大城市，也是德国及欧洲的工商业与金融中心之一。

“只要你在到处查找黑帮人员，里迪就能约束住汉茹尔，说服汉茹尔追踪那些录像带而不是你这个人，也不要管你，由她自己来对付你。”

我想了想。确有道理。最后一次看到那辆SUV——就是几天以前——正是勒琼和科茨来我家那天，次日我就和戴尔·里迪见了面。

“她从没打算拍那个培训视频，对吗？她叫我过去，就是要打听那盘录像带的事情，试探我，看看我知道多少情况。”

勒琼点点头。

“那么，事情为什么又发生了变化？”

“因为恐怖分子内部无法保证全体一致。可能在如何对待你的问题上，他们最初就出现了分歧，里迪就是这么说的。”

“里迪开口了？”

“比开水烫了的猫开口还要快，还要大声，她可不是傻瓜。”勒琼呷了口咖啡。“不过，她确实提了一个条件。”

“什么条件？”

“要军情五处[1]或是苏格兰场将她的两个孩子接走，并确保他们的安全。”

“他们去接了吗？”

“几个小时前她才跟孩子通了电话。”

我用勺子在桌子上轻轻敲了几下。“她跟你们讲了些什么？”

“炸弹原本计划在‘911’的时候引爆的，但由于慌乱，最终的命令始终没有下达。然后，后来……”

“本来是要作为‘911’一部分的？”

① 英国谍报机构，隶属外交部。

“显然是这样的，你可能知道，恐怖分子的基层组织极为分散和孤立。”他盯着自己的咖啡杯。“不管怎么说，全国上下都在关注安全问题，都在密切注视那些恐怖分子，萨米尔的计划落空了，他不得不中止行动。几个月后，情况平静下来，里迪接到命令，恢复原定计划。就是在那个时候，他们放了第二颗炸弹。”

我的胃一阵痉挛。“接到命令？哎呀，天哪！——我简直忘了告诉你，尼克！阿卜杜勒去了那里，变电站。恐怕是他在掌控这些哦。”

“艾利……”他顿了一下。“阿卜杜勒是沙特情报机构的特工。从 5 月份起我们就一直跟他合作，他跟踪恐怖分子有好多年了。一开始就是他向我们透露了这个恐怖威胁：有个与水有关的阴谋正在进行，今年夏天，在中西部。”

“阿卜杜勒是特工？”我瞪大了眼睛。“可他从没……”

“他不能暴露自己的身份啊。”他咧嘴笑了笑。“当然啦，你帮他做到了。”

我双手握着杯子。“可我在绿蔷薇遇到了他，他到那里干什么？”

“他当时正努力在西弗吉尼亚那一带乡下查找一个训练营。据传阿拉伯恐怖分子在那里和白人分裂主义者勾结在一起进行训练。”

“不对。”

他耸耸肩。“如果有人的目的是用暴力推翻一个政府，我的敌人的敌人……”

“这么说，他是因为这个原因才对那里的乡下那么熟悉的呀。”

勒琼一脸困惑。

“你还记得吧，他当时跟咱们提到那些煤矿……”我停住了。我把勒琼搞成大卫了，我咬了咬嘴唇。我记起上面有阿卜杜勒在四季酒店的电话号码的那张纸。“如果他是在追踪戴尔·里迪，为什么朝五大湖石油公司给她打电话？”

“阿卜杜勒想确认她的身份。她换了名字，记得吗？阿卜杜勒非常肯定自己能听出她的声音。”

“这么说收购工厂的事情确实是个借口。”

“你算是说对了。”

我重新坐到椅子上。“那么，如果不是阿卜杜勒在掌控，是谁命令里迪将一切重新恢复的呢？”

“阿齐兹，她的丈夫。”

“干吗需要两颗炸弹？”

“好确保核辐射覆盖整个卢普区。”

“天哪！”

“也是为了万无一失。以防第一颗出现故障。不要忘了，那颗炸弹在水下有好几个月了。”

“可他们还能收到无线电信号呀。”

他神情严肃。“兴许他们看到纽约的惨象后，决定加大赌注。”

“所以啊，萨米尔就在人民爱迪生找了份工作，顺便侦察了一番。”

勒琼点点头。“不管他是不是恐怖分子，他都需要谋生，还有哪个地方更容易偷窃材料呢？”

我哆嗦了一下。“你认为，就是在玛丽·乔和朗达去卡柳梅特公园那天晚上，他们去抽水房安置的炸弹吗？”

“很难讲，他们可能在进行试验。或是进行事后的安全检查。可不管他们到底是在干什么，萨米尔看到那两个女人后肯定非常惊慌。”

“于是就杀人灭口？”

他再次点了点头。

“之后他以为一切都在掌控之中——直到我出庭作证。”

“正因为如此他才出现在了旁听席上。他得搞清楚无线电频率干扰造成的损害有多严重，以及你是否知道干扰源是什么。”

“你说对了，只要朗达活着，那伙人就无法安宁。”

“萨米尔怎么杀死她的——在她的刹车上做了手脚还是怎么的？”

“是啊，事后里迪不太高兴。里迪意识到他是个不听管束的危险家伙，对他严加申斥，要他追寻录像带，而不是杀人。”

“这才有了麦克影视公司的那起火灾。”

“不错。”

“还有布拉谢尔斯的遇害。”

“正像那些警察说的，他是在错误的时间出现在了错误的地点。”勒琼将咖啡喝完。“他们本来以为把所有的漏洞都堵上了，结果你一出现，就再一次把他们搞得惊慌失措。”

“因为我看到了里迪的天线。”

“你还握着录像带的最后一份拷贝。”他朝我看过来。“从一开始他们就盯上你了，**chér**。”

我们沉默了一会儿。

“你认为她取消那个视频项目是在向我传递信息吗？”

“信息？”他笑了起来。“不可能的，**chér**。她自顾不暇呢。”

“其实她不必给我发电子邮件的，自己消失就行了。”

“你好像是在为她说话。”

我摇了摇头。“只是想搞明白。”

“别浪费时间了。”他用手抹了把脸。“想再来点咖啡吗？”

“当然。”我将杯子递给他。

“黑咖啡，对吧？”

我俩一起喝过多少次咖啡了？我指了指桌上蓝色包装的甜味剂。他神情有些尴尬。

我等他重新坐下。“里迪还说了什么？”

勒琼将身子后仰靠在椅背上。“呃，比如，她说这件事是为了报复海湾战争[①]。”

“什么？”

“我们第一次轰炸伊拉克的时候，毁掉了他们的水处理厂。没有了自来水，人们就从底格里斯河用桶去打水，可河里全是污水，后来伤寒、痢疾、霍乱、甚至小儿麻痹症都在流行，成千上万的人因而死亡。由于受到制裁[②]，他们进口不到氯。”

“这话你相信吗？”

他几乎是哼了一声。“这倒是个方便的借口，制裁仅限制进口武器，并不包括食物药品。不过，够了。”他将我的手抬到他的唇上。“咱们以后再好好谈谈吧，现在，我和你还有些事没做完呢。”他笑着说。

我将手抽回。

他的笑容消失了。

“你知道，”我语调缓慢地说，“当你认为自己就要死去的时

---

① 以美国为首的多国部队于 1991 年 1 月 17 日至 2 月 28 日在联合国安理会授权下，为恢复科威特领土完整而对伊拉克进行的局部战争。

② 1990 年 8 月，伊拉克入侵科威特以后，联合国安理会先后通过 660、661 号等 12 项决议，内容包括对伊拉克武器禁运、经济制裁。

候，会发生非常奇怪的事情。思想反而会变得相当清晰。”我将手压在腿下。“告诉我，尼克。你说你父亲失去一条腿的事。还有提到的休伊·朗。这些都是你早就编好的剧情吗？”

他侧起脑袋。“你在……”

“别这样。”我站起身，走到烤炉前。“别这样。”

他站起来，跨在一把椅子上。“说那些话并不仅仅是为了工作，艾利，从来都不是，我从伦敦回来后就意识到了。我想和你在一块儿，我觉得我俩心心相印。”

“可是……”我踌躇着。“……我不想和你在一块儿。”

他直愣愣看着我。

“只要我们是在朝着同一个目标努力，表演得像那么回事是很容易的。可以假装。可从你同意利用我做诱饵那一刻起，情况变了。”

“是你自己做的决定呀。”

“都是你逼的，我别无选择!”

“那不是我的主意！你知道吗，我一再反对，还差点儿丢了工作。”

我低下头：他说的是实话吗？唉，算了，管他实话不实话。“当然也并不是说没必要那么做，当时的确有这个必要；可问题是，是你说服我同意的。”我将手指交叉在一起。“读过《国王的人马》[①]没有？”

他没有答话。

“我敢打赌，你一定看过。还记得威利·斯塔克刚开始希望改革政治的情景吗？怀着为社会造福的强烈愿望？可是到了后来，他

① 美国作家罗伯特·佩恩·沃伦的一本小说。

学会的却是如何操纵民意，愚弄民众。”

他不敢直视我。

“当然，到头来他走向堕落。”我顿了一下。“问题是，即便如此，即便他有着强烈的权利欲，最后依然取得了巨大的成就。”

他抬起头。

“你也一样，尼克，大多数人会放弃，但你没有。而且，假如我再度陷入麻烦，我最想看到的人，依然是你。”我站起身来。“可是现在，我认为你最好离开，而且……别再回来。”

他低头不语，似乎挨了一顿辛辣的批评。

我转过身，假装忙活烤箱里的东西，片刻之后，只听得啪嗒啪嗒的声音穿过地板，通向门厅，前门开了，随后关上。

第四十七章

“我错怪你了。”

我和老爸坐在家庭娱乐室里，看着壁炉中的火焰摇曳着，跳动着，窜到烟囱里去；一两点火星落到地板上，渐渐熄灭。欢快劲爆的音乐声，从蕾切尔房间里涌出，一直飘下楼梯，直达客厅。

“说什么呀？”我端起一杯红酒，酒杯旁边是一盘巧克力夹心饼干。

“我当时以为，你又要开始一场无意义的折腾了，”他把手中的一杯茶端平，说道。“以为你只有些生拉硬拽的胡乱猜测，结果证明，我错了。”

“哎呀，我不怪你。”我转了一下酒杯，透过玻璃看着摇曳、闪烁的火光。“是啊，谁会信那些呢？”

“不，我本来就应该相信你的，你是我女儿呀！”

“忘记了吗？”我朝他靠过去，紧紧握住他没拿茶杯的那只手。“勇于认错即君子，尤其是敢于在儿女面前认错的人。”

他也握住我的手。“跟我讲讲吧。那些——那些个……”他似乎难以说出炸弹这个词。“‘911’之前就放在那儿了？”

“有一个是，另一个是后来才添上的。”

老爸眉峰蹙起。“还有吗，你看呢？没被发现的？”

“还有的话，上帝也不容啊。”

“是啊，嗯，我看，咱们也只能祈祷了。”他凝视着我，眼中满是忧虑。“不过，怎么还没有相关的报道？”

“勒琼说必须守口如瓶，要等到政府想好公开之后怎么回应公众才能报道。”

“祝他们好运。”

“他们有胜算的，抽水房那里的行动离湖岸有好几英里，而且昨晚的天气那么糟糕，周围也没什么人。”

他吸了吸鼻子。“那个女人——被捕的英国女人——她招供了？”

“听说是招了。”

“怎么发现她身份的？”

“阿卜杜勒的情报。”

他放下了茶杯。“阿卜杜勒？”

“我们在‘绿蔷薇’遇到的。”

“就是大卫那个大亨客户？”

“不错，就是他。”

其实那天下午，他还到我家来道歉，请求我的谅解呢，当时我们聊了很久。

“他是沙特情报部门的人，爸，他多年来一直在追踪恐怖分子，石油大亨是他的假身份。”

“大卫知道吗？”

“阿卜杜勒说他前几天和大卫解释过了，大卫听了是不太爽，但也能理解。”

老爸咬了一口饼干。回想起阿卜杜勒的餐桌仪态，火柴梗丢在丝绸桌布上，放吐司的位置沾上了鱼子酱，确实不怎么有王室范儿——这些本来就令人生疑。

“话说回来，里迪确实犯了个大错误。”

老爸停下了咀嚼饼干，看着我。

“那根天线，真的是最后关头才注意到的，要是先前留心一点，可能早就发现了，她为什么不弄得隐蔽点呢？”

“也许是英国人的帝国心态吧。你知道的，他们有多傲慢。”

突然想起了她那张两个小儿子的照片。“是不是傲慢倒不知道；我在想，她是不是潜意识里就希望我发现那根天线呢？”

老爸歪起脑袋。“啥？”

“她有两个儿子，FBI 认为她丈夫在拿孩子胁迫她，也许，只有让事情败露才是母子三人脱离控制的唯一出路。”

“抓到他了吗？”

“阿齐兹？还没有，不过他也无足轻重了。”

老爸皱起眉头。“看来我真是老啦，废物，成白痴啰！我知道什么呢？”

这就是他在告诫我：我这又是在妄加猜测。也许我真是胡乱猜测，不过，我总觉得男人就是闹不明白，不懂得一个母亲为了保护自己的孩子能做出多么极端的事。这是烙在我们灵魂中的本性。我伸手去拿饼干，忽然停住了——难道这意味着我和戴尔·里迪之间有某种共同点，一个微妙但彼此心照不宣的默契？我不安地扭动了一下身子。

“西尔维娅还好吗？”

“你自己看吧，明天。”

“爸，你准备好开始这一段儿了吗？”

他拿起餐巾擦了擦嘴。“跟你说吧，艾利，有她在，我就很开心，她能打一手漂亮的金罗美①，我牵着她的手那个喜欢呀，就像牵你的一样。耄耋之年有伴如此，夫复何求！”

---

① 一种双人牌戏。

"只要你开心……"

"我当然很开心。"爸爸的手盖在我的手上。"倒是你呢？"

"我只是觉得很累，真想睡上好几天！不过我也一直提醒自己，我应该满足，应该常怀感恩之心。"

他拍拍我的手。我把一条腿蜷在身下。"只有一件烦心事，我感觉啊，蕾切尔整个秋天一直都在给大卫打电话、打我的小报告。这小鬼①简直是缠在身上监视我。"

老爸的手移开了。

"过了感恩节，我要跟她好好谈谈行为界限的问题。"

他把弄着匙子。"我要是你，就不会这么做。"

"怎么？"

"你错怪她了。"

"爸——"

"艾利，我们是大卫唯一的亲人了，也许你不想和他有联系，可我想，而且理所应当。"

我皱起眉，却并不太吃惊。爸爸年少时与大卫的妈妈曾经相恋②，虽然最后没成，但我们两家之间也因此铸就了一条纽带。我和大卫走到一起，部分原因也是发现了我们父母的这段历史。爸爸确信这是 bashert③，命运如此。

"从来就没有完美的爱情，"他说。"你们年轻人依然很不愿意接受这个事实，宁肯走上离婚之路也不愿风雨并肩，共同面对，一起解决。"

---

① 犹太童话里的一种鬼怪，能附身在人身上，控制其行为。

② 参见《谋杀鉴赏》相关章节。

③ 意第绪语，意为天定之缘。

我想插话，他却压住我的话头。“我不是说你不应该和巴里离婚。但是，如果你足够幸运，又拥有了一次爱情，遇到了一个爱你胜过爱自己的人，呃……”他大手一挥。“算了算了，我干吗还跟你说这个？你现在是大英雄了，想干吗就干吗好了。”

“正确知识的指引，辛勤不懈的努力”我喃喃道。

“啥？”

“好运气。”

“我就是这个意思。”

“你知道我想干什么吗？就想离开一段时间，到某个炎热，干燥，没有一滴水的沙漠里去。”

“想好了旅伴吗？”

“就是你呀。”

“我的档期早就满啦。”他指了一下我的手袋。“不过我敢打赌，只要你拿起手机，就会找到一个心潮澎湃的同行者，尤其是，你还能亲自下厨请他感恩节共进晚餐，就更好了。”

“爸，他肯定有其他计划了，而且很可能连我的电话都不会接。我——我在他眼里已经很讨厌了。”

“为何不让他自己判断呢？”

“如果我是他，就不会接电话。”

“幸亏你不是他！”

“就算他还愿意理我，也赶不到这里呀！已经是周三晚上了。”

“嘿，你忘了吗，有一种东西叫飞机呀，艾利，”他说。“我上次还听说过，周四早上也有一班呢。”

我想了一下，然后站起身来，拿出手机时，爸爸眼中似乎现出一丝亮光，他呀，总是有些深不可测！

“要不你打到他办公室吧，他可能在加班。”

我睁大了眼睛，拨了号码。

一个女人接了电话。“晚上好，林登先生办公室。”我的眉毛不禁一跳！我深深地吸了一口气。“他——他在吗？我是艾利·福尔曼。”

鸣　谢

本书的写成有赖于许多人的帮助，作者不胜感激。

特别感谢唐·怀特曼：你真是天赐的好帮手——知识广博，富有耐心，仔细审读手稿；感谢 FBI 特工詹姆斯·惠特默，鲍勃·伊根，大卫·韦克斯勒，盖瑞·凯斯勒，莱昂·格瓦奎尔，诺斯布鲁克警察分局副局长迈克·格林，诺斯菲尔德警察局长比尔·拉斯蒂格，戴夫和琼·玛丽·凯斯，还有红鲱鱼作家小组[①]的各位文朋诗友。

感谢杰奇·萨克和萨曼莎·曼多尔：你们眼光独到，——给予艾利·福尔曼系列以无与伦比的支持，感谢诺拉·加文，多亏了你善于倾听的耳朵。

最后，特别感谢芭芭拉·彼得斯：你自称为“刻薄的编辑”，其实是一位人间天使，对我帮助颇大！

再次谢谢你们！

---

① 作者的作家朋友圈，每周相聚一次，品读作品极为挑剔。

图书在版编目（CIP）数据

谜案鉴赏 / (美) 莉比·菲舍尔·赫尔曼著；马遇乐，刘建洲，汪德均译. -- 天津：天津人民出版社，2019.6

书名原文：A Picture of Guilt

ISBN 978-7-201-14387-3

Ⅰ.①谜… Ⅱ.①莉… ②马… ③刘… ④汪… Ⅲ.①侦探小说—美国—现代 Ⅳ.①I712.45

中国版本图书馆CIP数据核字(2018)第302501号

著作权合同登记号：图字 02-2018-263 号

谜案鉴赏
MI AN JIAN SHANG
[美] 莉比·菲舍尔·赫尔曼 著 马遇乐，刘建洲，汪德均 译

出　　版 天津人民出版社
出 版 人 刘　庆
地　　址 天津市和平区西路西康路35号康岳大厦
邮政编码 300051
联系电话 022-23332469
网　　址 http://www.tjrmcbs.com
电子邮箱 tjrmcbs@126.com

责任编辑 孙　瑛
产品经理 汪德均
封面设计 戈梦华

印　　刷 天津旭丰源印刷有限公司
经　　销 新华书店
开　　本 880×1230 毫米 1/32
印　　张 12
字　　数 289 千字
版次印次 2019 年 6 月第 1 版 2019 年 6 月第 1 次印刷
定　　价 49.80 元